魔力の胎動

東野圭吾

角川文庫
22593

目次

第一章　あの風に向かって翔べ

1

逆三角形の背中には無駄な肉が全くなく、代わりに見事な背筋が緩やかな曲線を形作っていた。それを見るとナユタは、いつも飛行機の翼を連想する。この背中がパワーだけでなく、揚力をも生み出しているのでは、と思ってしまう。

相手はベッドでうつ伏せになっている。ナユタはその背中から腰にかけてを、両手で軽く触れてみた。すぐに違和感に気づいた。

「どう？」背中の主――坂屋《さかや》幸広《ゆきひろ》が尋ねてきた。

「左側に炎症がありますね」

「やっぱりそうか」

ナユタは腰から両腿《りょうもも》にかけて手のひらを滑らせた。

「全体的に左側が張っています。右膝《ひざ》を庇《かば》ってるんじゃないですか」

坂屋がため息をついたので、背中が上下した。

「そうなんだよな。この間の体力テストでもトレーナーからいわれた。右の筋力が低下してるらしい。無意識に力を入れないようにしているんだってさ。競技の時だけでなく、日常的にも。気をつけてるつもりだったんだけどなあ」

坂屋が右膝を傷めたのは五年ほど前らしい。手術はせず、ごまかしながら今日までやってきたということだった。

「無意識というのが厄介ですね」

「全くだ。でもまあ仕方ないか。満身創痍《そうい》のポンコツだからな。こんな身体で若い奴らと張り合おうってのが、土台無理な話なんだ」

坂屋の口癖が始まった。こういうことをいいだした時のナユタの対応は決まっている。

「何をいってるんですか。そんなことをいいながら、また次の試合では表彰台を狙ってるんでしょ。しかも真ん中の台」

いつもなら、まあそうだけどな、という不敵な台詞《せりふ》が返ってくるはずだった。しかし今日は違った。うつ伏せの姿勢のまま、黙り込んでいる。

どうしたんですか、とは訊《き》かなかった。アスリートの心は複雑だ。

「では始めますので、左側を下にしてください」

坂屋が身体を動かしている間に、傍らのバッグを開けた。そこに商売道具が入っている。何十本もの鍼《はり》だ。つまりナユタは鍼灸師《しんきゅうし》だった。

ちょっと頼めないか、と坂屋から電話があったのは昨夜のことだった。その時から、少し様子が変だと感じていた。声にいつもの勢いがなかったのだ。余程具合が悪いのかなと思ってやってきたが、診たかぎりではさほどでもない。たぶん調子が上がらないのだろうが、原因は身体だけではないということか。

身体の表面を消毒し、慎重に鍼を入れていく。ふつうの人の場合、患部にさしかかると、鍼に絡みつくような抵抗を感じる。だがトップアスリートの上質な筋肉だと、それは殆《ほと》どない。何の抵抗も受けず、鍼はすっと入っていく。しかしそれは異状がないということではない。筋肉の奥深くに、彼等本人だけが自覚している微小な患部が存在する。そこまで鍼を挿し込んだ時、ようやくかすかな違和感が指先に伝わってくる。

時折、坂屋は小さく呻《うめ》く。鍼先が神経を刺激するのだろう。ナユタが坂屋に鍼を打つようになって三年になる。彼の急所がどこにあるのかは熟知していた。

丹念に打ったので一時間近くを要した。左手の親指の付け根に最後の鍼を打った。

「ありがとう。急に無理をいって悪かった」服を着ながら坂屋が礼をいった。

「とんでもない。いつでもいってください」

「これで少しは身体のキレが戻ってくれるといいんだけど」坂屋は首を捻《ひね》った。「焼け石に水……かな」

ナユタは後片付けの手を止めた。「珍しく弱気ですね」

「現実的に考えるようになっただけだ」

「現実的って……」

その時、ノックの音がした。ドアロックを挟んであるので、ドアは自由に開閉できる。

どうぞ、と坂屋がいった。

ドアを開けて入ってきたのは、筒井利之《つついとしゆき》だった。相変わらず、ゴルフ焼けで四角い顔は真っ黒だ。ポロシャツの上からダウンジャケットを羽織っている。

「終わった？」ナユタに訊いてきた。鍼のことは坂屋から聞いているらしい。

「今、終わったところです」

「どんな感じ？」

「そうですね……」ナユタは坂屋のほうを見て、少し逡巡《しゅんじゅん》した。

「遠慮しなくていい」坂屋は苦笑した。「俺も聞きたいし」

ナユタは頷《うなず》き、一呼吸置いてから口を開いた。

「筋肉に疲労がかなり溜《た》まっています。でもそれは短期的なものじゃなく、長年のものだと思います」

「勤続疲労ってやつだ」坂屋が唇を歪《ゆが》めた。

「でも、まだまだ若いです。競技に支障はないはずです」

「だといいけどな」

「何だよ、名医のお墨付きを貰《もら》えたんだから、少しは元気を出せ」筒井が顔をしかめ、発破をかけた。「さあ、行くぞ。準備は整えてある」

「正直いうと、今はあんまり見たくないんだけどなあ」坂屋は気乗りしない表情だ。

「逃げてどうする。己を知らずして、勝負には勝てないぞ」

坂屋は頭を掻《か》き、太い息を吐き出してから腰を上げた。「わかりましたよ」

「何ですか？」ナユタは筒井を見た。

「この前の試合の解析結果が出たんだ。工藤《くどう》君も、よかったらどう？」

「いいんですか」

「時間があれば、だけど」

「じゃあ、喜んで」

ナユタは登山用のジャケットを羽織った。

三人で部屋を出て、エレベータへと向かった。廊下の窓から外に目をやると、小雪がちらついていた。三月に入ったというのに、ここにはまだ冬が残っている。

「次の試合、天気はどうですかね」ナユタは訊いてみた。

さあなあ、と歩きながら首を傾げたのは筒井だ。「予報では晴れになってる。気温も上がりそうだ」

「南風か」坂屋が舌打ちした。「あの台の追い風はきついんだ。ノーチャンスかなあ」

ホテルを出て、駐車場まで歩いた。道路の脇には雪が高く積まれている。弱い風が吹いただけで、耳が少し痛くなった。

筒井の車はワンボックスのバンだった。助手席に坂屋を乗せ、ゆっくりと発進していく。その後をナユタは小振りのRVで追った。四駆なので、雪道でも安定している。

向かう先は筒井の職場――北稜《ほくりょう》大学だった。彼はそこで流体工学の研究を行っている。肩書きは准教授だ。

筒井の車について五分ほど走った時、道路の右側に巨大なスロープが見えた。ラージヒルのスキージャンプ台だ。次の土曜と日曜、坂屋はあの台に挑む。

坂屋が跳ぶ時だけ、いい風が吹いてくれればいいのに、とナユタは思った。

2

入り口のドアの上には、『流体工学研究室』と記されたプレートが貼られていた。

「あまり奇麗とはいえないけど、どこへでも適当に座ってくれ」そういいながら筒井は、脱いだダウンジャケットをそばの机の上に置いた。

たしかに、あまり片付いているとはいいがたかった。ホワイトボードがあり、大きな作業台があり、キャビネットがあり、それらの間を埋めるように様々な機器が置かれている。火事になったら逃げるのが厄介そうだ。

筒井がどこからかノートパソコンを持ってきて、作業台に置いた。坂屋が、その正面に座るのを見届けてから、ナユタも隣に腰掛けた。

筒井はパソコンを起動させ、キーボードを操作した。やがて画面に現れたのは、ジャンプ台の踏み切り部分だ。ドイツ語でカンテという。

「まずは去年の映像を見てもらう。坂屋君が比較的好調だった時のものだ」

筒井がキーボードに指を伸ばしかけた時、電話が鳴りだした。研究室の固定電話だ。

ちょっと失礼といって筒井は作業台から離れ、事務机の上の電話を取った。

「もしもし……はい、筒井です。……客？　誰ですか。……女の子？　はあ？……いや、そんな予定はないですよ。何かの間違いだと思うけど。……はい」筒井は受話器の送話口を手で押さえ、怪訝《けげん》そうな顔をナユタたちに向けてきた。「守衛室からだ。俺に会いたいといって、若い女の子が来ているらしい」

「女の子？　何だよ、それ。怪しいな」坂屋が、にやにやした。「キャバクラからツケの請求にでも来たんじゃないの」

「そんなものはないよ。――ああ、はい」筒井は電話の応対に戻った。「……お父さんが知り合い？　何という人ですか。……ウハラ？　ああ、なるほど、わかりました。……ええ、通してもらって結構です。こちらに来るようにいってもらえますか。お願いします」筒井は受話器を置いた。

「知り合いの娘さん？」

坂屋の質問に、筒井は頷いた。彼によれば開明《かいめい》大学医学部の羽原《うはら》という人物らしい。

「知り合いといっても、去年、一度会ったことがあるだけなんだけどね。国際科学サミットというのが沖縄で開かれた時だ」

ああ、とナユタは記憶を探り出した。

「聞いたことがあります。世界中の、いろいろな方面の科学者が集まったんですよね」

筒井は肩をすくめた。

「そういう言い方をすると、ものすごい国際会議のように聞こえるが、実際のところは、日本の科学水準の高さを世界にアピールしようっていう大会だった。だから、私程度の研究者にもお声がかかった。ただ、羽原博士は違う。まさに日本を代表する脳外科医にして、天才脳科学者だ」

「そんなすごい人の娘さんが、何の用だろう」

筒井は鼻の横を掻いた。「たぶん竜巻のことだな」

「竜巻？」

「七年前、北海道ですごい竜巻が発生して、大きな被害が出た。その時、私も調査団に加わったんだ。流体工学の視点から被害状況を分析するのが私の役割だった。こう見えても私の本職はそっちだからね。その話を何気なく羽原博士にしたところ、急に表情が変わった。聞いてみたら、奥さんがその竜巻で亡くなったそうなんだ」

坂屋が目を見開いた。「そいつは気の毒に……」

「その時はそれだけで終わったんだけど、先日羽原博士から連絡があって、娘があなたの研究に興味を持ったようなので、一度話を聞かせてやってもらえないだろうか、といわれた。だから、いつでもいいですよ、と答えておいたんだけど、まさか本当に訪ねてくるとは思わなかったな」

戸惑った表情で筒井が首を傾げた時、ドアがノックされた。どうぞ、と筒井が大声で応じた。

ゆっくりとドアが開き、フード付きの防寒着に身を包んだ娘が現れた。高校生ぐらいだろうか。顔が小さく、そのせいか吊《つ》り上がり気味の目が印象的だ。ニット帽からは長い髪が下りていた。

彼女は帽子を取り、こんにちは、と挨拶《あいさつ》してきた。そして筒井に向かって、「急に訪ねてきて、ごめんなさい」といった。

「それはいいんだけど、ええと、羽原博士のお嬢さんなんだね」

「そうです。羽原マドカといいます」

彼女は頭を下げ、ジャケットのポケットから四角い紙を出してきた。筒井がそれを受け取った。ナユタは首を伸ばし、覗《のぞ》き込んだ。どうやら手製の名刺らしい。羽原円華《まどか》、と書かれた文字が見えた。

自分が貰うだけではまずいと思ったか、筒井も机の抽斗《ひきだし》から名刺を出してきて、彼女に渡した。

「国際科学サミットで、父にお会いになったそうですね」円華は筒井の名刺を見ながらいった。

「会ったよ。今も、その話をしていたんだ」

先生、と坂屋が腰を上げた。「彼女、大事な話があるみたいだから、俺は引き揚げるよ」

「いや、試合までもう時間がない。どうしても今日、見ておいてもらいたい」そういってから筒井は円華に顔を向けた。「すまないけど、ちょっと待っててもらえないかな。そこにいてくれていい。椅子はあるだろ？」

「わかりました。すみません。あたし、お仕事の邪魔をしちゃってるみたいですね」

「気にしなくていい」手を振ったのは坂屋だ。「この先生の場合、ジャンプは仕事じゃなくて趣味だから」

「まあ、それは否定しない」筒井は作業台に戻ってきた。「どこまで話したかな。ああそうだ。こいつは去年、好調だった時の映像。ちょっと見てくれ」

パソコンのキーボードを操作すると、画像が動きだした。左側からクラウチングスタイルを取ったジャンパーが現れたかと思うと、勢いよく踏み切ってカンテから飛び出し、すぐに画面から消えた。

「次に、この前の試合での映像を見てもらおう」

筒井は慣れた手つきでタッチパッド上で指を滑らせた。するとすぐに先程とは別の動画がスタートした。やはりジャンプ台のカンテが映っているが、周りの風景は違う。

さっきと同様に、左側からジャンパーが現れ、カンテを踏み切って飛んでいった。どちらのジャンパーも坂屋らしいが、ナユタにフォームの違いは全くわからなかった。

「どう思う？」筒井が坂屋に訊いた。

坂屋は難しい顔でしばらく黙り込んだ後、「さっきのと今の映像をもう一度ずつ見せてもらえるかな」といった。

筒井がパソコンを操作した。画面上で、二つの動画が順番にリピートされた。

坂屋は腕組みをし、低く唸《うな》った。その横顔を見ているだけでは、彼が自身のフォームの違いに気づいているかどうかはわからなかった。

「ジョウタイノツッコミガハヤイ」

沈黙を破ったのは意外な人物だった。

あまりに意外すぎて、ナユタはその声がどこから発せられたのか、そして何といったのか、咄嗟《とっさ》にはわからなかった。ほかの二人も同様らしく、お互いに顔を見合わせてから、円華のほうに目を向けた。彼女は気まずそうに俯《うつむ》いた。

「今、何ていった？」坂屋が訊いた。

円華は顔を上げ、ふっと息を吐いた。「上体の突っ込みが早いって……」

坂屋は、はっはっと妙な笑い方をした。

「聞いたか、先生。ふつうの女の子にまで見抜かれちまってる。こいつはいよいよだめだ。やっぱり、もう潮時ってことだ」

筒井は返す言葉に困っている様子だ。それを見てナユタは、坂屋さん、と声をかけた。

「どういう意味ですか。彼女がいったことは……」

「当たりだよ」坂屋は冷めた口調でいった。「上体の突っ込みが早い――まさにその通りなんだ。俺がそういおうと思っていたら、先に彼女にいわれちまったってわけだ。素人にも一目瞭然《いちもくりようぜん》じゃ、もう救いようがないだろ」

「いやあ、でも」ナユタはパソコンの画面を見て、かぶりを振った。「俺にはわからなかったです。調子が良かった時のフォームと今のフォームの違いが」そういってから円華のほうを振り返った。「なあ君、本当に違いがわかったの？　当てずっぽうでいったんじゃないのか。正直に答えてくれ」

彼女はかすかに眉《まゆ》をひそめ、迷いの色を見せてから唇を開いた。

「あたしは直感で、思いついたことをいっただけです」

「そういうのを当てずっぽうというんだ。――聞いたでしょ、坂屋さん。理屈がわかってていったわけじゃないんですよ」

「ごめんなさい。もう、黙ってます」円華はふて腐れたように下を向いた。

「君が謝ることはない」坂屋は彼女にいってから、ナユタに目を向けてきた。「素人の直感っていうのは、案外馬鹿にできないものなんだ。余計なことを知らない分、的を射てたりする。その点、君はジャンプをたくさん見ているし、理屈もわかっている。だから却《かえ》って肝心な部分に気づかないってことはある」

そして坂屋は、だよな、と筒井に同意を求めた。

「それがわかってるなら、フォームの欠点を彼女に指摘されたぐらいで悲観することはないだろう。欠点がはっきりしてるってことは、まだまだ道が拓かれる可能性はあるってことだ。修正すればいいんだからな」

筒井がパソコンを操作すると、踏み切り時の動きを細かく分解した画像が二種類、上下に並べて表示された。さらに次の操作で、坂屋の姿を撮影した写真が、胴体や手足をすべて直線で表現したスティック・ピクチャーに変わった。

筒井は、スティック・ピクチャーの一つ一つに説明をつけたり、ほかの選手のデータを示したりしながら、現在のフォームの欠点を詳しく指摘していった。ナユタはメモを取りながらそれらの話を聞いた。やがて、「上体の突っ込みが早い」という円華の発言が的確なものだったということがわかってきた。

一通りの説明を聞き終えると、坂屋は大きなため息をついた。

「同じように跳んでるつもりなんだけど、感覚が微妙にずれちゃってるんだよな。一度失った感覚を取り戻すのは簡単なことじゃない」

「イメージトレーニングをしっかりやることだ」

「まあ、やってみるよ」坂屋は立ち上がった。腕時計を見てから、傍らに脱ぎ捨ててあった防寒コートを手にした。「ミーティングがあるから合宿所に戻る」

「あっ、送っていきますよ」ナユタはいった。

「大丈夫、バスがある。じゃあ先生、また」

「明日の練習、見に行くよ」

坂屋は片手を小さく上げると、円華に向かって小さく頷きかけてから部屋を出ていった。

筒井は腕を組んだ。「どうもまずいな。気持ちが切れかかっている」

「いつもの坂屋さんらしくないですね。どんなに調子が悪くても、試合が近づけば威勢のいいことをいってたのに」

「空元気で大口を叩《たた》いているうちに、本当にその気になって調子を上げていくってのがこれまでのパターンだったけど、そんな余裕もなくなってきたんだろ。このままだと、今シーズンも未勝利で終わってしまう。もう三年以上勝ってない。相当焦っているはずだ」

ナユタはパソコンの画面に目を向けた。「この解析結果が役に立つといいですね」

そうだな、と筒井が呟《つぶや》いた直後、「無理だと思う」という声がナユタの背後から聞こえた。またしても円華が発したのだ。

ナユタは振り返り、眉をひそめた。「どうして?」つい、声が尖《とが》った。

「だって、バランスが崩れてるもの」

「バランス?」

「身体の左右のバランス。それが狂ってるので、踏み切りのタイミングが遅れる。で、そのことを本人も無意識に予想してるから、辻褄《つじつま》を合わそうとして上体が突っ込む」円華はパソコンを指差した。「そんなんじゃ、うまく風に乗れるわけがない」

「何だよ、偉そうに。先生が話したことを繰り返しただけじゃないか」

「いや、俺は身体のバランス云々《うんぬん》はいってない」筒井は円華を見た。「どうして、そう思うんだ？」

「どうしてって……あの人が歩いているのを見て、そう感じたから」さらに彼女は続けていった。「たぶん右足が原因だと思う。膝……かな。以前、傷めたんじゃないかな」

ナユタは目を見張った。「わかるのか」

彼女は頷く代わりに、ゆっくりと瞬《まばた》きをした。

「まさか。それこそ当てずっぽうだろ？」

「別に信じてくれなくてもいいよ。あたしには関係ないし。それより――」彼女は筒井のほうを向いた。「お仕事は、まだ終わりませんか」

「ああ、いや」筒井は片手でパソコンのキーボードを叩いた。「私のやるべきことは終わった。ええと、工藤君はどうだ。何か訊きたいことでもあるか」

いえ、とナユタはジャケットを手にし、椅子から立ち上がった。

「これで失礼します。先生は、明日の練習を見に行かれるんですよね。俺も行こうかな」

「東京には帰らなくてもいいのか」

「大丈夫です。日曜まで帰らないかもしれないといってきましたから」

「そうか。だったら、是非」

「そうします。ではまた明日」

「うん、ジャンプ台の下で会おう」

ナユタはジャケットを着て、ドアに向かった。ちらりと円華を見たが、彼女は横を向いていた。

失礼しますと筒井に挨拶し、部屋を出た。

3

ナユタがこの地に滞在する際には、大抵同じ宿に泊まる。スキー場からは離れているが、食事のうまさと料金の安さが売りのホテルだ。

翌朝は七時半に起きた。顔を洗ってから、朝食券を手に部屋を出た。朝食会場は一階のレストランだ。入り口で朝食券を渡し、店に入った。台に並んでいる料理を、自分の好みに合わせて選んでいくバイキング形式だ。まだスキーシーズン中だが、あまり客は多くない。十数人といったところか。

味噌汁《みそしる》のコーナーで椀《わん》に注いでいたら、隣に別の客がやってきた。ナユタは味噌汁を入れた椀をトレイに置いた後、どうぞ、と杓子《しゃくし》を隣の人物に差し出した。だがその直後、あっと声を漏らしていた。

驚いたのは、向こうも同様のようだ。杓子に伸ばしかけていた手を止め、目を見開いたままで静止している。

羽原円華だった。ぴったりとしたパーカーが、細身の体つきを一層華奢《きゃしゃ》に見せていた。

「君もここに泊まってたのか」

「筒井先生に勧められたの。料金がリーズナブルで、予約を取るのも簡単だろうからって」

「連れはいるの？」

「いない。あたし一人だけ」円華は椀に味噌汁をよそい始めた。傍らに置いた彼女のトレイを見ると、目玉焼きとベーコン、サラダなどが盛られている。

「じゃあ、よかったら一緒に食べないか。俺も一人なんだ」

彼女はナユタを見上げ、小さく頷いた。

すぐそばのテーブルが空いていたので、向き合って座った。円華は、いただきます、と手を合わせてから箸《はし》を手に取った。

「自己紹介をしてなかった。俺は工藤。工藤ナユタ。後で名刺を渡すよ」

円華は箸を持ったままで顔を上げた。「ナユタ？」

「変わった名前だろ。一応、漢字はあるんだけど、カタカナで覚えてくれていい。名刺にも、そう印刷してあるし」

円華は少し考える素振りを見せてから、「アソウギの上の？」と訊いてきた。

「えっ？」

「オク、チョウ、ケイ、ガイ、ジョ、ジョウ、コウ、カン、セイ、サイ、ゴク、ゴウガシャ、アソウギ、ナユタ、フカシギ、ムリョウタイスウ」すらすらと淀《よど》みなくいい、「アソウギの上、フカシギの下のナユタじゃないの？」と訊いた。

ナユタは瞬きし、彼女の顔を見返した。「そんなものを覚えてるのか」

「何となく頭に入ってるだけ。ねえ、そうじゃないの？」

「いや、君のいう通りだ。そのナユタだ」

「やっぱり」にっこりと笑い、円華はサラダのプチトマトを口に入れた。

ナユタは軽い衝撃を受けていた。彼女が呪文のように唱えたのは、すべて数の単位だ。「オク、チョウ、ケイ」は、いうまでもなく「億、兆、京」だし、「ゴウガシャ、アソウギ、フカシギ、ムリョウタイスウ」は、漢字では「恒河沙、阿僧祇、不可思議、無量大数」と書く。そして、「ナユタ」は「那由多」だ。

「それ、本名？」円華がさらに訊く。

「もちろん」

「誰に付けてもらったの？」

「母親だけど」

「ふうん、いい名前だね」

「珍しいとは思うけど、悪くないだろ。何しろ十の六十乗だぜ」

「七十二乗という説もある」

そんなことまで知っているのかと驚きつつ、「いずれにしても、すごく大きな数字だ。

期待の表れだと思うようにしているんだけどね」とナユタはいった。

円華は猫を思わせる目でじっとナユタを見つめた後、「まあ、それならいいんだけど」といって箸を動かし始めた。

「君のことは何て呼んだらいい？　たしか、羽原円華さんだったよね」

「何とでも」

「円華ちゃん、は馴《な》れ馴れしすぎるか。円華君ってことでどうだろう」

「御自由に」

「じゃあ、そうしよう。早速だけど、円華君にいくつか質問してもいいかな」

「いいけど、答えるかどうかはわかんない」

「それでいい。まず最初の質問。どうして坂屋さんの右膝に古傷があることがわかった」

円華は、じろりと睨《にら》みつけてきた。「当てずっぽうだと思ったんじゃないの？」

ナユタは顔をしかめた。

「そう決めつけたことは謝る。でもそんなわけはないと思い直したから、こうして訊いてるんだ。君のいう通り、坂屋さんは何年か前に右膝を傷めている。それが完治していないのもたしかだ。教えてくれ。どうしてわかった」

「どうしてって訊かれても困る。わかるからわかるとしかいいようがない。目玉焼きを見て、真ん中が黄色いといってるようなものだもの」

「君は人の身体を見ただけで、どこを傷めているのかわかるのか」

「わかることもある。でもわからない時も多い」彼女は箸先で空中にバツ印を描いた。「説明が面倒だから、これに関する質問は打ち切り」

「ちょっと待ってくれ」

「食事の邪魔をするなら、ほかの席に移る」

ナユタはため息をつき、焼き魚に箸を伸ばした。

「わかった。質問を変えよう。どこから来たんだ」

「東京。東京のどこかとか、そういう細かいことは訊かないで」

「筒井先生に用があったみたいだけど、目的は果たせたのか」

「果たせなかったから、今ここにいるの。今日、もう一度先生に会う予定」

「今日？　聞いてたと思うけど、先生はジャンプの練習を見学するはずだ」

「そう。だから練習が終わったら、先生がここへ迎えに来てくれることになってる。問題は、それまでどうやって時間を潰《つぶ》すかってこと」

「せっかく近くにスキー場があるんだ。スキーやスノーボードを楽しんだらどうだ」

「どっちもやらない」

彼女が首を横に振った時、一人の男性従業員がそばを通りかかった。彼は何重にも積み上げたガラスのコップを運んでいた。危なっかしく見えるが慣れているのだろう。だがそう思った直後、アクシデントが起きた。どこかから走ってきた男の子が、男性従業員の肘《ひじ》に衝突したのだ。彼は咄嗟にバランスを保とうとしたが、手遅れだった。積み上げられたコップがピサの斜塔のように傾くのがナユタの目に入った。

次の瞬間、ガラスのコップは床に叩きつけられていた。激しい音と共に粉々になった破片が周囲に散らばった。

箒《ほうき》を持った別の従業員が駆けつけてきて、コップを落とした従業員と共に周囲の客に謝りながら掃除を始めた。素足を床に下ろさないでください、などといっている。

彼等はナユタたちのところへも来て、床を点検した。何もないと思ったか、立ち去ろうとした。その時だ。

「彼の後ろ」円華がいった。

箒を持った従業員が振り返った。

「この人の右足の後ろに破片が二つあるはず」円華が左手でナユタを指し、右手で箸を動かしながらいった。

従業員がナユタの後ろに回った。ほんとだ、といって箒で掃いた。ちりとりに小さなガラス片が入れられるのをナユタも見た。

円華は何事もなかったかのように食事を続けている。彼女を見ながら、一体何者なのだろう、とナユタは思った。ふつうの娘ではない。それだけはたしかだ。

「あたしの食べ方、何か変？」円華が箸を止めて訊いた。

「いや、別に。どうして？」

「だって、じっと見てるから」

ああ、とナユタは首を縦に振った。

「ごめん。ちょっとぼんやりしていた。それより物は相談なんだけど、ジャンプ練習の見学に君も付き合わないか」

「ジャンプを？」

「そう。見たことある？」

「ない」

「だったら、一緒にどうだ。ジャンプは爽快《そうかい》だぜ。生身の人間が空を飛んでいくんだ。一見の価値はある」

円華は眉根を寄せて何事かを考える表情になった。

あれは、と彼女はいった。「飛んでるんじゃなくて、落ちてるんだと思うけど」

ぐうの音も出ない、とはこのことだ。まさにその通りなので、ナユタは返答に困った。

「それでもいいじゃないか」開き直っていった。「距離にして百メートル以上も落ちるんだ。ある意味、飛ぶよりすごい」

ああ、と無表情のまま円華は呟いた。「それはそうかも」

「だろ？　見たいと思わないか。見に行こう。どうせやることがないんだろ？　君が行けば、筒井先生に迎えにきてもらう必要もなくなるわけだし」

円華は頷いた。「わかった。そこまでいうのなら付き合ったげる。車はある？」

もちろん、とナユタは親指を立てた。

4

「もっと広々とした車を予想してたんだけどな」助手席で円華がぼやいた。

「ふだんは俺一人しか乗らないから、助手席の乗り心地までは気が回らない」応じながらナユタはハンドルを操作した。

「品川《しながわ》ナンバーってことは東京から来てるんだね。大変そう」

「もっと遠くまで出張することもある。何しろ、顧客は全国にいるからな」

「顧客って？」

「鍼灸の患者」

「シンキュウ？」

「ハリ治療のことだ。俺、鍼灸師なんだよ。坂屋さんも顧客の一人でね」

「ハリ……か。ああいう仕事って、もっとおじいさんがするものだと思ってた」

ナユタは軽く噴き出した。

「鍼灸師にだって若い頃はある。でもまあ、君の指摘はある意味正しい。全国に顧客がいるといったけど、元々は俺の師匠の患者たちだ。でも師匠は八十歳を過ぎて、いよいよ足腰が怪しくなってきた。それで代わりに弟子の俺が出張するようになったというわけだ」

「ふうん、なるほどね」円華はあまり関心がなさそうだった。

ナユタが彼女をジャンプの練習見学に誘ったことに、特別大きな理由はなかった。強いていえば、もう少し彼女について知りたかった。坂屋の不調の原因を一目で見抜いたこと、膝の古傷に気づいたこと、そして床に散らばったガラス片の行方を見切ったこと、それらすべてが単なる偶然だとは思えなかった。一緒にいれば、その謎が少しでも解けるのではないかと思ったのだ。

前方に巨大なジャンプ台が見えてきた。今日は晴天で、雲は殆どない。真っ青な空を背景にそびえ立つ姿は、白い要塞《ようさい》を連想させた。

駐車場にはワゴンやRVがたくさん駐《と》められていた。次の試合に出場する選手たちの関係車両だろう。チーム名が脇に記された車もある。

いつもの登山服の上からショルダーバッグを斜めがけにし、ナユタは車を離れた。円華も一緒についてくる。彼女はニット帽を被《かぶ》っていた。

すでに練習は始まっていて、次々と選手が舞い降りてくる。下からだとスタートするところは見えるが、踏み切るところは見えないので、カンテからいきなり飛び出してくる感じだ。この迫力にはさすがに圧倒されたのか、円華は見上げたままで言葉を発しない。

ランディングバーンを間近に見られる観客スペースに、筒井と坂屋の姿があった。筒井は昨日と同じダウンジャケットを羽織っているが、坂屋はブルーのジャンプスーツ姿だ。二人は並んで、何やら話し込んでいる。

　ナユタたちが近づいていくと、筒井が気づいて片手を上げた。円華を連れてくることは、先に電話で知らせてある。

　おはようございます、とナユタは二人に挨拶してから、「腰の具合はどうですか」と坂屋に訊いた。

　坂屋は身体を左右に捻ってから頷いた。

「おかげで多少良くなったように思う。さすがはゴッドハンドの弟子だな」

「恐れ入ります」

「あとは俺の技量の問題だ。こればっかりは、どんな名医でも治せないからなあ」

「そんなこといわず、がんばってください」

「まっ、やるだけやってみるわ」

　坂屋は抱えていたヘルメットを被り、そばに立てかけてあったスキー板を担いで歩きだした。その後ろ姿からは、あまり覇気が感じられない。

「何とか調子を取り戻してくれるといいんだけどな」筒井が呟いた。

「例のフォームの欠点を修正できればいいわけですよね」

「それはそうなんだけど、いうは易く行うは難しってやつだ。何かきっかけが必要なのかもしれない」

「きっかけというと？」

「どんなことでもいいんだ。まぐれの大ジャンプでもいい。ジャンパーってのは、ほんの些細《ささい》なことでコツを思い出すものなんだ」

「まぐれの……ねえ」

でも、と隣で円華がいった。「見込みはあるかも」

「どうして？」ナユタは訊いた。

彼女はリフト乗り場に向かっている坂屋を指差した。

「身体の左右のバランスが良くなってる。昨日より、ずっといい。鍼灸の効果かな。だとしたら、あなたってやっぱりすごいんだね」

ストレートに褒められ、ナユタは逆に狼狽《ろうばい》した。「それはどうも……」ほかに言葉が思いつかなかった。

「あのリフト、誰でも乗れるのかな。それとも選手しか乗れないの？」

「いや、お金を払えば乗れるはずだけど」

そう、といって円華は歩きだした。リフトに乗る気らしい。

「不思議な女の子だ」筒井が、ぽつりといった。

「先生もそう思いますか」

「思うね。何を考えているのか、まるで掴《つか》みどころがない。そのくせこっちの考えはすっかり見透かされているような気がする。こんな言い方は失礼だが、率直にいうと――」ひと呼吸置いてから筒井は続けた。「気味が悪い」

「昨日、彼女は目的を果たせなかったといってましたけど」

「そう。例の竜巻に関する調査結果を見せてほしいといわれたんだが、何しろ七年も前のことだから、こっちの記憶が曖昧《あいまい》だ。資料や写真を確認して頭の中を整理してから改めて話をする、ということで昨日は引き取ってもらった」

「そういうことでしたか」

「竜巻には彼女も巻き込まれたらしい」

「えっ、じゃあお母さんが亡くなった時……」

「一緒にいたらしい。息を引き取るのを、目の前で見たそうだ」

筒井の言葉に返す言葉を失ったまま、ナユタはリフトの先を見つめた。リフトの搬器に腰掛けた円華が、今まさに最上部に到着しようとしていた。

5

三十分ほどで円華は下りてきた。筒井はカンテの横にあるコーチ席に行っている。

どうだった、とナユタは彼女に訊いた。

「いろいろな選手がいるね。飛び方がそれぞれ違ってて、面白かった」

さらりというのを聞き、ナユタはまたしても驚く。ジャンパーのフォームに個性があるのは事実だが、素人には見分けがつかないものなのだ。だがもうナユタは、彼女がいい加減なことをいっているようには思わなくなっていた。

「坂屋さんのジャンプは見たか」

「見た。悪くないと思うけど、優勝は無理かな」

「どうして？」

「だって、もっと上手に飛ぶ選手が何人かいるもの。あたしが見たかぎり、三人はいる」円華は指を三本立てた。「特に、坂屋さんの二つ後に飛んだ選手は別格。優勝候補かな」

ナユタは舌を巻かざるをえなかった。彼女の見立ては正しい。実際、現時点では坂屋の実力は四番手か五番手というところだ。

「どうすればいいと思う？」

さあ、と円華は肩をすくめた。「もっと良いフォームで飛べば、としかいいようがない。もっと合理的で、もっと遠くまで飛べるフォームでね。でもそれができないから、本人も悩んでるわけでしょ」

ひどく生意気で身も蓋《ふた》もない言い方だが、なぜか不快には聞こえなくなっていた。筒井がいった、気味が悪い、という言葉を思い出した。

円華の視点がナユタの後方に向けられていた。振り返ると、坂屋が三十歳前後と思われる女性と話しているところだった。女性の傍らには幼い男の子がいる。まだ小学校にも上がっていないだろう。

坂屋は穏やかな表情で男の子の頭を撫《な》でると、スキーを担いで歩き始めた。リフト乗り場に向かうようだ。女性と男の子も一緒に歩いてくる。やがてナユタたちのところまで近づいてきた。

「紹介するよ。うちの女房だ。キョウコっていうんだ。で、こいつはシュウタ。一人息子だ」続いて妻のほうを振り返り、「いつも話している鍼灸師の工藤君だ」と説明した。

「はじめまして」ナユタは頭を下げた。

「お世話になっております。今回もわざわざ東京から来ていただいたそうで、本当に申し訳ありません」夫人は丸顔のおとなしい印象の女性だった。

ナユタは男の子にも挨拶した。少年は母親の足にしがみついたまま、コンニチハと小声で応じた。

じゃあまた、といって坂屋は再びリフト乗り場に向かっていく。

「たしか、御自宅は北海道の小樽《おたる》ですよね。わざわざ応援にいらっしゃったんですか」

ナユタは夫人に訊いた。

ええ、と彼女は小声で答えた。「じつは、応援に来るのは久しぶりなんです。北海道で試合が行われる時でも行きませんでした」

「あっ、そうなんですか」

「結婚前とか結婚当初は、欠かさず来ていたんですけど、この子が出来て、ちょっと動きづらくなったものですから。それに、来るな、ともいわれてましたから」

「坂屋さんからですか？　どうしてだろう」

夫人は気まずそうに俯いた後、寂しげな笑みを浮かべた。

「はっきりとはいわないんですけど、勝つ自信がないからだと思います。よくない成績で終わるところを、私たちに見せたくないんでしょう」

ナユタは少年を見下ろした。「息子さんは何歳ですか」

「ついこの間、四歳になりました」

「じゃあ、もしかしたら息子さんは坂屋さんのジャンプを……」

「見たことがありません。それどころか、この子は父親がジャンプをしていること自体を知らないんです。あの人が家では全然話さないものですから。だからこの子は、父親の仕事はピザ屋さんだと思っています」

「ピザ屋？　なぜですか」

「一度、あの人がジャンプのヘルメットを持って帰ってきたことがあるんです。それを見つけて、お父さんはピザ屋さんなのって、訊いたんです。宅配ピザの店員さんって、ヘルメットを被っていることが多いでしょ。それを聞いて彼が、そうだよ空飛ぶピザ屋さんだって答えたものだから、すっかり信じちゃって」

何て馬鹿なことをと思うが、坂屋の気持ちもわからないではなかった。長年勝てないことから、胸を張ってお父さんの仕事はスキージャンパーだといえず、つい自虐的になったのだろう。

「でも、今回は応援に来られたんですね」

はい、と夫人は答えた。

「あの人は来なくていいといいました。でも、私が押し切ったんです。たとえ勝てなくても、この子に見せておきたいと。父親が命がけのスポーツに挑んでるのに、それを最後まで息子に見せないなんて、母親として許せないと思いましたから」

「最後まで？」

「土曜と日曜の二試合が終わったら引退する、と彼はいいました。すでにコーチには伝えてあるそうです。日曜日のラージヒルが終わったら、正式に発表するとか」

「そうだったんですか……」ナユタは腰を屈《かが》め、顔の高さを少年に合わせてから、ジャンプ台を指差した。「君のお父さん、すごいだろ。あんなに高いところから飛び降りてくるんだぞ」

だが少年は戸惑い顔だ。夫人が苦笑した。

「まだぴんとこないみたいなんです。どの選手が父親なのかもわかってないようですし」

初めて見るのなら無理もなかった。下からだと、スタートゲートにいる選手は豆粒のようにしか見えない。そもそも、この競技の意味をどこまで理解しているかも怪しい。

「何とか、いい結果が出るといいですね」

「ええ……できれば表彰台に上がってくれたら、この子にも自慢できるんですけど」

夫人の話を聞き、坂屋の様子がいつもと違っていることにも合点がいった。彼は決して気合いが入っていないわけでも、気持ちが切れかかっているわけでもない。逆だ。彼は何としてでも勝たなければならないと思っているのだ。幼い息子に、父がスキージャンパーとして活躍したという思い出を残してやりたいと考え、自分を追い詰めているのだ。

「大丈夫です。坂屋さんなら、必ずやってくれると思います。俺は信じています」

「だといいんですけど」夫人は腕時計に目を落とした。「所用がありますので、これで失礼いたします」

「明日は、俺も観戦に来ます。一緒に応援しましょう」

「ありがとうございます」

幼い息子の手を引きながら立ち去っていく夫人の後ろ姿を見送っていると、「あんな無責任なこと、よくいえるね」と円華が隣に来ていった。「必ずやってくれると思いますとか、信じてるとか」

「じゃあ、何ていうんだ。順当にいったら表彰台は無理でしょう、とでもいえばよかったのか」

「何もいわなくてよかったんじゃないの。あの奥さんも、たぶん期待はしてないよ」

「そうかもしれないけど……」

円華がジャンプ台を見上げた。つられて視線を上げると、一人の選手がスタートしたところだった。フォームと体形で坂屋だとわかった。

例によってカンテの直前で姿が見えなくなる。そして一瞬の間の後、空中に飛び出してきた。その直後だ。

「百十六メートル」円華が冷めた声でいった。

坂屋のフォームにはまとまりがあった。しかしやはり力強さに欠ける。着地した地点は、まさに円華が予言した距離のところだった。このジャンプ台はK点が百二十メートルだ。少なくともそれを越えなければ優勝はない。

坂屋が滑り降りてきた。ナユタが手を振ると、親指を立てて応《こた》えてくれた。ゴーグルを着けているので表情はわからない。だが自らの飛翔に満足していないことは、全身から発せられる雰囲気で明らかだった。

6

夜、ホテルの部屋でパソコンに向かっていたら、ノックの音がした。心当たりがないので、「だれ？」と訊いてみた。

あたし、とぶっきらぼうに答えた声には聞き覚えがあった。

ナユタは鍵《かぎ》を外し、ドアを開けた。リュックサックと防寒着を抱えた円華が不機嫌そうな顔で立っていた。

「東京に帰るんじゃなかったのか」

「うん、そのつもりだったんだけど」円華は断りもなく部屋に入ってきた。二つあるベッドの片方に腰を下ろし、荷物を置いた。「筒井先生のところで、いろいろと話しているうちに、もう少しいようかなって気になった」

練習の見学を終えた後、円華は筒井の車に乗り込んでいた。大学を出たら、そのまま東京に帰るようなことをいっていた。

ナユタは、もう一つのベッドに腰掛けた。「こっちに留《とど》まる理由ができたっていうのか」

うん、と彼女は頷いた。「あなたと同じ」

「俺と？　どういうことだ」

「坂屋選手のことが気になってる。何とかならないかなって」

「君の筒井先生への用件というのは、ジャンプとは関係なかったんじゃないのか」

「関係ないよ。あたしは七年前の竜巻について調べてる。筒井先生には、貴重なデータをたくさん見せてもらった。ただその後、単なる雑談として先生とジャンプのことをいろいろと話してるうちに、坂屋選手が勝てる見込みもあるんじゃないかって気がしてきたの」

「どんなふうに？」

円華はベッドの上で胡座《あぐら》をかき、腕組みをした。

「問題は天候。風向き。知ってると思うけど、向かい風だと飛距離が伸びる」

「うん、ジャンプの常識だ」

「条件が一緒なら、どの選手も等しく恩恵を受けられるわけだから、不公平はない。でも実際にはそうじゃない。風の強さや向きなんて、刻々と変化する」

「そのせいで、金メダル確実といわれた選手が勝てない、なんてこともしょっちゅうだ。ただし、以前に比べて、多少はそれを考慮したルールが今はあるけどね」

「筒井先生からも聞いた。ウィンドファクターというやつね」

「そう」

有利な向かい風を貰った時には得点がマイナスされるし、追い風を食らった時には逆にプラス点を貰える、というルールだ。

「でもそれで、風による運不運はなくなったの？」

「多少はなくなっただろうな。ただし完全とはいいがたい。風の向きや強さなんて、場所によってまちまちだ。ジャンプ台の何か所かで測定して平均を取るわけだけど、厳密とはいえない。大事なのは、ジャンパーが飛んでいる空間での風だからね」

「それに筒井先生によれば、飛距離だけの問題じゃないってことだった。遠くまで飛べるってことは、それだけ飛行時間が長いわけだから、選手の心にも余裕が生まれる。着地体勢にも入りやすいってわけ」

「その通りだ」

「それに着地での衝撃も無視できないって。着地の時に向かい風なら、落下傘みたいにふわりと降りられる。逆に追い風なら、後ろから押されて、叩きつけられるみたいにして着地しなきゃいけない。転倒しないように踏ん張るのが精一杯で、フォームのことなんか気にしちゃいられない」

ナユタは円華の顔をしげしげと眺めた。

「筒井先生と、ずいぶんと深く話し込んだんだな。いっぱしの評論家じゃないか」

円華の顔から表情が消えた。「茶化すんならもうやめる」

「ごめん」ナユタは即座に謝った。「ウィンドファクターでは風による運不運をカバーしきれない、という話はよくわかった。俺も同感だ。それで？」

「筒井先生は、残念ながら今の坂屋選手だと、追い風では飛距離を伸ばせないし、飛型点も出ず、ウィンドファクターで何点か貰ったとしても勝つのは難しいだろうといってた。もし勝つ見込みがあるとすれば、向かい風を貰った時だろうって」

「しかも、その風が吹くのは坂屋さんの時だけで、ほかの選手の時には吹かない。そういう都合のいいことなら、君にいわれるまでもなく、俺も願ってるよ。祈ってるといってもいい」ナユタは足を組み、ため息をついた。

するると円華が、じっと見つめてきた。どうした、とナユタは訊いた。

「可能性は、ある」

「はあ？」

「明日なら、そういう都合のいいことが起きる可能性は十分にある」

ナユタは首を傾げた。「どういうことだ」

「明日の試合開始時刻は午前十一時。その時間帯の天候は晴れ。横風は殆どなく、予定通りに試合は行われるはず。向かい風は少しあるけど、一本目の競技が行われている間は安定していて、飛ぶ順序による不公平が出るレベルじゃない。だから坂屋選手には、何とか実力で飛距離を伸ばしてもらうしかない。問題は二本目。途中から少しずつ南からの風が強くなってくる。あのジャンプ台にとっては追い風ってことになる」

「ちょっと待て」ナユタは円華の話を制するために手を出した。

だが彼女は黙らなかった。

「影響は少しずつ出てくる。競技は一本目での順位が低い選手から行われるから、成績が良かった選手ほど追い風の影響を受けて失速するようになる。でも、追い風ばかりじゃない。上空の空気は次第にジャンプ台を中心に大きく渦を巻くように回り始める。だから一回目の順位で、八位以上にはつけておきたい。問題はスタートのタイミングだけど——」

「ちょっと待てって」ナユタは両手を前に伸ばした。「一体、何の話をしてるんだ」

「明日の試合の話」

「それはわかってるけど、追い風がどうとか、空気が渦を巻くとかって何なんだ。筒井先生は、そんなことまでいってたのか」

円華は首を振った。「先生は、そんなことはいわない」

「じゃあ、今の話は何なんだ」

それは、といいかけて円華は口を閉じた。そして少し迷うような顔をしてから、諦《あきら》めたように吐息をついた。「あなたにはわかんないよね。ごめん、忘れて」

「はあ？　何だよ、最後まで説明しろよ」

「無理。説明しても、たぶんわかってもらえない。百聞は一見にしかずっていうよね。明日、その目で見てもらったほうが早い。とにかくあたしがいいたいのは、坂屋選手が勝てる可能性は十分にあるってこと。ただし」円華は自分の胸を指した。「あたしがその場にいる必要がある。だから東京には帰らず、ここへ戻ってきたの」

真面目な顔で話す円華を見て、ナユタは少し頭が混乱した。真意がまるで理解できない。

というわけで、と彼女は続けた。「今夜は、ここに泊めて」

えっ、とナユタは目を剝《む》いた。

「別にいいでしょ。元々ツインルームで、ベッドは余ってるわけだし。ホテルにはあたしから話しておく」

「待てよ。俺はいいけど、君は嫌じゃないのか。男と同じ部屋で」

円華は吊り上がった目をナユタに向けてきた。その視線には、何かを観察しようとする光が宿っているようだった。やがて彼女は首を振った。「全然。あたしは平気」

「だったら、いいけど……」

「よかった」円華はベッドの上で靴下を脱ぎ始めた。

7

円華がいった通り、土曜日は朝から快晴となった。朝食を済ませたナユタは、車の助手席に彼女を乗せ、ジャンプ会場に向かった。

駐車場には、昨日とは比較にならない数の車が駐まっていた。大型バスもあった。ジャンプの国内戦など東京では話題にならないが、試合が開催される地元では、それなりに注目されるらしい。

車を降りた後、筒井に電話をかけてみた。すると彼は現在、坂屋たちと一緒にいるということだった。

「後で会おう。彼女……羽原円華さんもいるんだろ？」

「そうです。昨夜、急に部屋に押しかけてきたんです」

筒井は、ふふんと鼻を鳴らして笑った。

「研究室でも、肝心の竜巻の話もそこそこに、ジャンプや坂屋君のことばかり訊いてきた。余程興味を持ったみたいだな。おしまいには、自分も試合を観たいといいだした。自分が行けば坂屋選手が勝てるかもしれない、とまでね」

どうやら筒井にも、あの奇妙な話をしたらしい。

「円華さんにいっておいてくれ。例の件については話をつけておいたとね」

「例の件って?」

「彼女に訊けばわかる」

電話を終えた後、ナユタは筒井の言葉を円華に伝えた。よかった、と彼女は満足そうに頷いた。「コーチボックスに上がりたいって頼んだの」

「コーチボックスに?」

ナユタは驚いた。コーチボックスとは、選手にスタートなどの合図を送るコーチがいる場所で、カンテの脇に設けられている。当然、誰でも立ち入れるわけではない。

「筒井先生はジャンプの研究のためということで、立ち入りが認められるIDカードを貰えるんだって。そのカードをあたしにも回してもらえることになったってわけ。先生の助手という名目でね」

「コーチボックスなんかに上がって、どうする気だ」

「そんなの、決まってるじゃない」円華は自分の電話を出した。だが時刻を確認するのが目的だったようだ。「急ごう。そろそろ一回目が始まっちゃう」

競技場内に入ると、観客席は意外とすいていた。ガラガラといってもいい。ここが満席になる時には、駐車場の混み方はあんなものではないのだな、と思い知った。

ナユタはなるべく上の観客席に移動したかったが、円華は一番下でいいといった。ブレーキング・ゾーンと呼ばれる、着地を終えた選手が止まるためのスペースの横だ。

「ここからだと肝心のジャンプは遠すぎてよく見えないぞ」

「いいの、一本目は。それよりもっと大事なことがある」円華はピンクのニット帽を深く被り直した。

間もなく試合が始まった。名前と所属をアナウンスされた選手が、はるか上方から飛び降りてくる様子は、いつ観ても迫力がある。たとえ失敗ジャンプでも、百メートル近くは飛ぶのだ。とても人間業とは思えなかった。

ブレーキング・ゾーンで停止した選手は、即座に板をブーツから外し、それを担いでリフト乗り場に向かう。二本目の競技に臨むためだ。その際、ナユタたちのいる前を通っていく。

ふと気づくと、すぐそばに坂屋の妻の姿があった。キョウコと紹介されたが、どういう字を書くのかはわからない。シュウタという幼い息子と手を繋《つな》ぎ、不安げな顔でジャンプ台を見上げている。

やがて彼女のほうもナユタに気づいたようだ。表情を緩め、会釈してきた。ナユタも頭を下げて応えた。

そしていよいよ坂屋の名前が呼ばれた。スタートゲートにブルーのウェアを着た坂屋が現れた。ナユタはキョウコを見た。彼女は息子の手を握っていないほうの手を、自分の胸に当てている。

坂屋がスタートした。アプローチを高速で滑降してくる。数秒後、カンテから空中に飛び出した。その瞬間、グッド、と円華が言葉を発した。「百二十メートル」

スキー板をV字形に大きく開いたフォームで舞い降りた坂屋は、ランディングバーンでの着地も見事に決めた。そのままブレーキング・ゾーンまで滑ってきた。

スキー板を外し、坂屋は不安と期待の混じった顔で電光掲示板を見上げている。ナユタも目を凝らした。やがてそこに表示された距離は、円華がいった通りのものだった。飛型点も悪くない。現時点ではトップだ。拍手が鳴り響いた。

坂屋はスキー板を担ぎ、空いたほうの左手を握りしめて、ナユタたちのところへやってくる。彼の妻子が駆け寄った。

「やったじゃない」キョウコが声を弾ませた。

「まあまあだな」坂屋は照れ臭そうだ。

「シュウちゃん、パパがすごく飛んだよ。次もがんばってっていいなさい」

小さな息子は、あまり状況を理解していない様子だったが、ガンバッテ、とたどたどしくいった。

坂屋は息子の頭を撫でた後、リフト乗り場に向かって歩きだした。ナユタが、「ナイスジャンプっ」と声をかけると、笑顔で頷いた。

「坂屋さん、坂屋選手」円華が駆けだした。坂屋に追いつくと、彼と一緒に歩きながら、何やら懸命に話しかけている。

ナユタも後を追った。信じてください、と円華がいっているのが耳に届いた。坂屋は困ったように首を捻っている。

「何やってるんだ」ナユタは後ろから彼女に訊いた。

坂屋が足を止め、振り返って苦笑を浮かべた。

「この子が変なことをいうんだ。勝ちたかったら、あたしの合図で飛んでくれって」

「えっ？　正気か」

円華はナユタのほうを見ようともせず、ピンクのニット帽を脱いだ。

「あたしはコーチボックスにいます。この帽子を振ったら、即座にスタートして。一秒たりとも遅れないように」

「お嬢さん、選手はコーチの合図でスタートするんだよ」

円華は苛立《いらだ》ったように顔を横に振った。長い髪がなびいた。

「コーチなんかをあてにしちゃだめ。今、いいジャンプができたのは風が安定していたから。安定した向かい風だったでしょ。でも二回目はそんなわけにはいかない。間もなく……あと十五分ほどしたら風向きは変わる。あなたの大嫌いな追い風が来る」

坂屋の顔から笑みが消えた。「不吉な予言をしてくれるね」

「予言ではなく、すでに決まっていることなの。お願い、あたしを信じて。勝ちたくないの？」

「俺に勝たせたかったら、おとなしく観戦していてくれ。工藤君、彼女を頼む」

行こう、とナユタは円華の腕を摑んだ。

「放してよ。邪魔しないでっ」彼女は手を振りほどこうとした。だがナユタは離さなかった。すると足早に遠ざかっていく坂屋の背中に向かって、彼女は叫んだ。「あたしを信じて。必ずあなたに最高の風をプレゼントするから。あたしの合図を見てて」

坂屋は振り返らず、リフト乗り場へと歩いていった。

8

一回目の坂屋の順位は七位だった。条件がよかったせいか、彼を上回る記録を出した選手が六人もいたわけだ。しかし僅差《きんさ》であり、十分に逆転優勝を狙える位置だった。

二回目の競技が始まる前にナユタと円華は、コーチボックスの下で筒井に会った。彼はナユタにもIDカードを用意してくれていた。

ナユタは円華が坂屋に持ちかけた提案のことを筒井に話した。

「君は風が読めるというのか」筒井は円華に訊いた。「刻々と変化する風の向きを」

「簡単にいえば、そういうことになります。たぶん、信じられないと思いますけど」

ナユタはカンテの脇に取り付けられた風向計を見た。それは追い風を示している。彼女の予告通りだった。そのことを筒井に話した。

「天気図なんかを参考にしているのか」筒井は円華を見た。

彼女は首を振った。「天気図なんかでわかるのは、すごく大雑把なことだけです」

「じゃあ何を元に読むんだ」

円華は両手を広げ、周囲を見回した。

「いろいろなもの。気温、地形、木々の揺らぎ、煙の流れ、雲の動き、太陽の位置、目に入るもの、聞こえるもの、肌で感じられること、そうしたことすべてを元に読むんです」

筒井はナユタのほうに目を向けてきた。信じられるか、と尋ねる顔だ。ナユタは首を捻るしかない。だが円華がでまかせをいっているようにも思えなかった。

「とにかく、あたしをコーチボックスに連れていってくれたらわかると思います」

筒井は釈然としない様子ながら頷いた。「とりあえず、上がってみるか」

コーチボックスには、防寒着を身に纏《まと》った男性がたくさんいた。彼等はナユタと円華を見て一瞬不審そうな色を見せたが、二人がＩＤカードを首から下げており、そばに筒井が一緒にいることで、研究の助手らしいと納得したようだ。その筒井は、三脚で固定した高速度撮影カメラを操作している。選手の踏み切りを撮影しているようだ。

テストジャンパーによる試技が何本か続いた後、二回目の競技が始まった。一回目の順位が下の選手から飛んでいく。

最初の、つまり一回目で最下位だった選手がスタートした。クラウチングスタイルで滑降してきて、カンテで踏み切った。こんな間近で見るのは、ナユタも初めてだ。ものすごい迫力がある。

選手が空中で飛行フォームを作った瞬間、「タイミングが遅い」と円華が呟いた。「百メートル、行かないかな」

飛び出した選手はランディングバーンへと落下していく。着地点は、コーチボックスからは見えない。

間もなく電光掲示板に距離と飛型点が表示された。距離は九十七メートルだ。

ビデオカメラを操作していた筒井が振り返った。驚きの色を浮かべている。円華の呟きを聞いていたらしい。

次の選手が滑り降りてきた。カンテから飛び出し、ナユタたちの視界から消えた。円華はいう。「これも失敗。さっきの選手より短い」

その通りだった。電光掲示板に表示された距離は、九十五メートルだった。

「どうしてわかるんだ」ナユタは小声で訊いた。

「わかって当然」円華は平然といった。「飛行物の行方は、物体の形状、飛び出し速度、角度、風向きでほぼ決まるんだから」

その後も選手が飛ぶたびに、円華は飛距離を口にした。その数値は、ほぼ的中していた。三メートル以上、違っていることはなかった。

やがて彼女が、「風が変わった」といった。「単なる追い風じゃない。回り始めている」

ナユタは風向計に目をやった。するとたしかにそれは、ゆらゆらと動いている。風向きの変化にはコーチたちも気づき始めたようだ。選手に合図を出すタイミングに苦慮しているのがよくわかる。ずっと追い風のままなら、仕方がないと割り切れるが、そうでない時があるのなら、なるべく好条件で飛ばせたいと考えるのは当然だ。

ジャンプ台の横には信号機が付いていて、それが赤のうちはスタートできない。だが青になれば、制限時間内にスタートしなければ失格となる。今日の試合は、それが十五秒だ。

一人の選手がスタートした。時速九十キロほどのスピードで滑り降りてくる。空中に飛び出した瞬間、その身体が揺れた。向かい風を受けているのがナユタにもわかった。

おおっ、とコーチたちから声が上がる。「これは行ったぞっ」と誰かが叫んだ。

「そんなに行かない」だが円華は冷めた口調でいった。「着地で落とされる」

距離が発表された。百十五メートルだ。円華がいったように、大した記録ではなかった。

下は追い風だったらしい——そんな声がコーチ陣から聞こえてきた。今日は難しいな、と誰かが応じた。

筒井が円華を見た。

「ランディングバーンは、ここからだと見えない。君は見えない場所の風向きもわかるというのか」

彼女は頷いた。「昨日、リフトで上がって、地形は全部頭に入っていますから」

筒井は鼻を膨らませた。言葉をなくしているように見えた。

また一人、選手がスタートした。風はあまりないようにナユタには感じられた。だが円華は、「グッドタイミング」といった。「これは行くかも」

選手はカンテで力強く踏み切った。行った、と円華が呟いた。「K点越える」

彼女の言葉が正しいことは、次の瞬間にわかった。今まであまり盛り上がらなかった観客席から、大きな歓声と拍手が上がったのだ。

やがて発表された飛距離は百二十一メートル。二回目では最高の記録だ。その選手は、当然トップに立った。

「下では向かい風だったのか」

ナユタの問いに、円華は頷く。「最高の向かい風」

だが電光掲示板を見るかぎり、ウィンドファクターはそれほど減点されていない。向かい風なのは、着地点付近だけの現象なのだ。

「筒井先生、どう思いますか」ナユタは訊いた。

筒井は眉間《みけん》に皺《しわ》を寄せ、小さく首を振った。「とても信じられん」

「でも、彼女のいうことはすべて的中しています」

「そうかもしれないが……」筒井の表情は、苦しげとでもいえるものだった。目の当たりにしている状況が、科学者としての彼が受け入れられる範囲を超えているのかもしれない。

「坂屋さんのコーチに、彼女がいうタイミングで合図を出すよう頼んでもらえませんか」

「無茶いうなよ。頭がおかしくなったのかと思われる」

「でも――」

その時、隣で円華がニット帽を脱いだ。はっとしてナユタはスタートゲートを見上げた。坂屋がゲートにつこうとしていた。

「間もなく、着地点にいい風が来る。急がないと」円華がいった。

ナユタは前方を見た。コーチボックスの端で、坂屋のコーチが片手で旗を掲げていた。それを振り下ろすのが合図だ。

信号機が青に変わった。その瞬間、円華はニット帽を手にした右手を大きく振り始めた。その姿は、おそらく坂屋にも見えているはずだ。

「スタートしてっ」円華が叫んだ。「早くっ、間に合わない」

だが坂屋はスタートしなかった。コーチが旗を振り下ろさないからだ。コーチは、まだいい風が来ていないと判断したのだろう。

円華が腕を下ろした。「だめだ……もう間に合わない」

その直後、コーチの旗が振り下ろされた。「あっ、馬鹿」円華が吐き捨てた。「最悪」

滑降してきた坂屋が、カンテから空中へと飛び出していった。そのタイミングもフォームも悪くないように思われた。

だが観客席からは、先程の選手が大ジャンプを見せた時のような歓声は上がらなかった。円華は悄然《しょうぜん》とした様子で、飛距離を口にしようとしない。

次の瞬間、観客たちのどよめきが聞こえてきた。素晴らしいジャンプだったからではないことは、不穏な響きから察せられた。

間もなく、転倒した、と誰かがいった。

坂屋のコーチが血相を変え、携帯電話で話し始めた。筒井が近づいていく。

「坂屋選手、転んだみたいだね」円華がいった。「怪我してなきゃいいけど」

「そんなに悪条件だったのか」

円華はため息をついた。「強い横風」

「あ……」返す言葉がなかった。

筒井が戻ってきた。

「バランスを崩したまま着地して、その後転んだらしい。怪我はないようだ」

よかった、と呟いてナユタは電光掲示板を見上げた。坂屋は最下位に落ちていた。

9

ブルーのウェアを着た坂屋が滑り始めた。撮影されている方向は、ナユタたちが見ていたほうとは逆だ。しかも高い位置からなので、アプローチ、踏み切り、飛行、着地と、一連の動作として確認できる。

坂屋が踏み切った。飛行姿勢も悪くない。しかし飛距離は伸びない。失速し、どんどん落ちていく。さらに着地直前、体勢が大きく右に傾いた。辛うじて着地するが、不恰《ぶかっ》好《こう》な両足ランディングだ。しかも重心が明らかにずれている。その姿勢のままでランディングバーンを滑り降りていくが、無理な荷重に耐えきれないようにスキー板がブーツから外れた。当然の如く、転倒。

筒井が画像を停止させた。「たしかに横風を受けている」

「彼女がいった通りだ」ナユタはいった。

「こんなに強い横風を受けたのは、後にも先にも坂屋君だけだ。この時かぎりの突風ということになる。どうして彼女にそれが察知できたのか……」

「だから、読めたんじゃないですか。風の行方を」

「まさか」

「でも、そう考えないと説明がつきません」

筒井は唸って腕組みをする。認めたくないようだ。

例によって北稜大学の研究室にいる。パソコンで見ているのは、試合の主催者が記録用に撮影した映像だ。筒井が頼み込んで、ダビングさせてもらったのだという。

円華はいない。誘ったのだが、「そんな映像を見たって意味がない」といって一人でホテルに戻ってしまった。

「坂屋さんのコーチに、先生から事情を話してもらえませんか」

「何といって話すんだ。信じてくれるわけがない。私だって半信半疑なんだ」

「半信半疑……ということは、半分は信じる気になったってことですね」

筒井は口元を歪め、首筋を擦《さす》った。

「単なる偶然だとか、まぐれとかのレベルでないことはわかっている。何か特殊な力があるのだろうとは思う。だけど他人を説得できるほど受け入れられてはいないんだ」

「科学的根拠に乏しいってことですか」

「科学……か。じつは彼女のいったことは非科学的なわけじゃない。周りの状況から風向きを予測するのは立派な科学だ。問題は、それを一人の人間が頭の中だけで解析できるのかということだが」筒井は考え込むように俯いた。「コーチを説得するのは難しいが、坂屋君なら何とかなるかもしれんなあ……」

「というのは？」

「今日の出来事を話して、明日の試合ではコーチの合図ではなく、円華君の合図でスタートしろといってみる手はある。もちろん、そのことはコーチには内緒だ」

「あっ、なるほど」

「しかし、本人が何というかだな」

「それ、やってみましょうよ。お願いします」ナユタは頭を下げた。「俺、何としても坂屋さんに勝ってもらいたいんです」

「勝たせたいのは私も同じだ。問題は、坂屋君にどう説明するかだな」筒井は渋い表情を浮かべながら、自分の電話を手に取った。片手で操作し、耳に当てる。しばらくして、首を振り、耳から離した。「だめだ。繋がらない。転倒による怪我はなかったはずだが、念のために病院で検査を受けてるのかもしれんな。後でもう一度かけてみよう」

「何とか坂屋さんを説得してもらえますか」

筒井は不承不承といった表情ながら、首を縦に動かした。

「そうするしかないだろう。どっちみち、今のままでは坂屋君に勝利の目はない。だったら、神頼みでも何でもするしかない」

「神頼みよりは見込みがあると思います」ナユタは立ち上がり、登山服を羽織った。

「俺はホテルに戻って、円華君に話してみます。彼女、自分の意見が無視されたことで、かなりおかんむりの様子でした。明日は協力しないとかいいだすかもしれない」

「それはまずい。よろしく頼むよ」そういってから筒井は気まずそうに頭を掻いた。

「……と、俺がいうのも変な話だな。半信半疑だとかいっておいて」

「お互い様です。正直いうと、俺もまだ三割ぐらいは疑ってますから」

よろしくお願いします、といって研究室を後にした。

ホテルに戻り、部屋のドアを開けてぎょっとした。円華があられもない姿でベッドに座っていたからだ。Tシャツは着ているが、下はパンティのみだ。しかも胡座をかいている。

ナユタは顔をそむけた。「なんて恰好をしてるんだ」

「だって暑いんだもん。お風呂《ふろ》に浸かりすぎちゃった。ここの大浴場、気持ちいいね」

「知らない。入ったことはない。それより何か穿《は》けよ。目のやり場に困るだろ」

「困らなくていいよ。あたしは平気だから」

「俺が平気じゃない」

「ふーん、面倒臭いね」ごそごそと動く気配があった。「はい、いいよ」

ナユタが見ると、円華は腰にバスタオルを巻いていた。

「穿いてないじゃないか」

「だってお風呂上がりにジーンズは穿きたくないもん」

「何かないのか。パジャマとかスウェットとか」

「ない。着替えはTシャツと下着だけ」円華はスマートフォンを操作しながら答えた。

ナユタはため息をつき、自分のベッドに腰を下ろした。「君に頼みがある。明日、もう一度、坂屋さんのために風を読んでほしい」

円華は顔を上げた。「もちろん、そのつもり。だからその準備をしているの」そういってスマートフォンの画面をナユタのほうに向けた。そこには天気図が表示されている。

どうやら坂屋に愛想を尽かしたわけではなさそうだ。

「明日の風、どうかな」

円華は、ふうーっと息を吐いた。「はっきりいって難しい。今日なんかよりずっと」

「今日より？　それはまずいな」

「でも逆にいえば、大番狂わせも可能ってこと。あのバカが、あたしのいう通りにすれば、だけど」

バカとは坂屋のことらしい。

ナユタは、筒井が坂屋を説得するはずだということを円華に話した。

「それで素直にいうことを聞いてくれたらいいんだけど……。ただ、もしあたしの指示にしたがってくれたとしても、問題は二本目だな」

「二本目？　何かあるのか」

円華は考え込む顔になってから、吹っ切るように首を振った。「何でもない」

「もったいつけるなよ。二本目が何なんだ」

「もったいつけてるわけじゃない。明日になればわかるよ。それよりおなかがすいた。晩ご飯、食べに行こう」円華は勢いよくベッドから下りた。その拍子にバスタオルが外れたので、ナユタはまた顔をそむけることになった。

10

日曜日は、打って変わって曇天だった。そのくせ妙に気温が高い。風が吹いていても寒さを少しも感じなかった。

昨日と同じように、ジャンプ台の駐車場に着いてから、ナユタは筒井に電話をかけてみた。すぐに繋がったが、「今、こちらからかけようと思っていたんだ」といった筒井の声は沈んでいた。

「どうかしたんですか。坂屋さんのこと、うまく説得できなかったとか」

「そのことだが、昨日はとうとう彼に連絡を取れなかったんだ。どうやらわざと電源を切っていたらしい。一人でゆっくりと考えたいことがあったとかで」

「考えたいことって……」

筒井のため息が伝わってきた。

「今日の試合のことだ。さっき会ったんだが、棄権するといいだした。昨日の二本目のジャンプで、はっきりと自分の限界を悟った、これ以上醜態をさらしたくない、とかいって」

「棄権？　そんな……最後の試合なのに」

ナユタの言葉で事情を察知したのか、そばで聞いていた円華が目を吊り上がらせた。

「今、コーチたちが説得しているところだ。でも難しいかもしれないな。決意は固そうだ」

「筒井先生は、今どこに？」

「選手の控え室の前にいる」

「わかりました」ナユタは電話を切り、円華を見た。「坂屋さんは飛ばない気だ」

「あのバカっ」円華は舌打ちした。「やっぱりバカだ。どこにいるって？」

「控え室らしい。会いに行くか？」

もちろん、といって彼女は足早に歩きだした。

リフト乗り場の脇にある小さな建物が選手用の控え室だ。更衣室や準備体操室、ワックスルームなどが備えられている。

ナユタたちが行くと、入り口の前で筒井と坂屋が向き合っていた。坂屋はジャージ姿で、ジャンプ用のウェアを着ていない。

坂屋がナユタたちに気づき、苦笑を浮かべた。「工藤君まで説得にやってきたのか」

「飛んでくださいよ、坂屋さん」ナユタはいった。「これが最後なんでしょ。意地を見せてください」

坂屋は顔の前で手をひらひらと振った。

「見せられるものなら見せたいよ。でも、もう無理だ。昨日の二本目で、自分に失望した」

円華が一歩前に出た。

「昨日、あなたが墜落したのは、あたしのいうことを聞かなかったから。あたしの指示に従ってくれれば、今日は勝てる」

「またそれか。君はしつこいな」

「筒井先生に聞いて。あたしは嘘はついてない」

坂屋は訝《いぶか》しげに筒井を見た。

筒井は頷いた。「風に対する勘が鋭いのはたしかだと思う」

「信じられんな。それに――」坂屋はジャージのポケットに手を突っ込んだ。「俺にはもう関係ない。どうせ飛ばないんだから」ナユタたちに背を向け、歩きだした。

待って、と円華が追いかけた。坂屋の前に回り込み、立ち塞《ふさ》がった。

「息子さんに見せたくないの？　飛ぶところを。応援に来てくれてるんでしょ」

「棄権することは、さっき電話したよ」

「じゃあ、電話をかけ直して。やっぱり飛ぶって」

坂屋は頭を振り、呆《あき》れたように両手を軽く広げると、無言で再び歩きだそうとした。

しかし円華が、またしてもその前に立つ。

「いい加減にしてくれ」坂屋が苛立ちの声を上げた。「一体何なんだ」

「ピザ屋のままでいいのっ？」

円華の言葉に、坂屋の身体が一瞬揺れたようだった。「何だって……」

「シュウタ君に、お父さんの仕事はピザの宅配だと思われたままでいいのかって訊いてんの。ジャンパーなんでしょ。だったら、ジャンプを見せてやりなよ」

坂屋の肩が大きく上下している。ナユタには背中しか見えないが、狼狽していることは明らかだった。

「ピザ屋か……それも、しょうがないんじゃないか」

「あんたはそれでよくても、子供はよくないっ」円華は叫ぶようにいった。「子供にとって、父親の仕事って大事なんだよ。もしかしたらあんたは、自分が若い頃の映像か何かを見せて、これがお父さんの仕事だったとかいえば、それで済むと思ってるのかもしれないけど、そんなもんじゃないからね。実際に見てなかったら、子供は寂しいだけ。そんな簡単なことが、どうしてわかんないの？　それとも昨日の失敗ジャンプを、シュウタ君の唯一の思い出にしたらいいとでもいうわけ？」

「……今日飛んでも、無様なジャンプを見せることになる」

「だから、そうはさせないといってるじゃないか、このわからず屋っ」円華は坂屋の顔を指差した。「さっさとウェアに着替えろ。飛ぶ準備をしろ。あたしが風を読んでやる。風に支配されるんじゃなくて、あんたが風を支配するんだ」

坂屋は、たじろぐように後ずさりした。しばらく沈黙した後、ナユタたちのほうを振り返り、再び円華に目を戻した。

「よし、わかった。そこまでいうなら飛んでやろう。君の合図に従おうじゃないか」

「約束だよ。守らなかったら、勝ち目はない」

「ああ、約束する」吐き捨てるようにいうと、坂屋は踵《きびす》を返した。筒井とナユタに、「こうなりゃヤケクソだ」といって大股《おおまた》で建物に入っていった。その目には、最近はあまり見られなくなっていた気迫が籠《こ》もっていた。

ナユタは筒井と顔を見合わせた後、円華を見た。「よくやった」

「何が？」彼女は仏頂面だ。

「坂屋さんを、よく説得してくれたといってるんだ」

「あんなバカのことなんかはどうでもいいんだ。問題はシュウタ君。さあ、行こう」円華は歩き始めた。コーチボックスに向かう気らしい。


その後ろ姿を見つめながらナユタは、先程彼女が放った言葉を反芻《はんすう》した。風に支配されるんじゃなくて、あんたが風を支配するんだ——。

なぜか、彼女の母親が竜巻によって命を落とした、という話を思い出した。

11

開始予定時刻よりも約三十分遅れて、競技は開始された。遅れたのは、横風が強かったからだ。一時は中止も検討されたらしい。そうなっていたら、せっかくの円華の説得も無駄に終わるところだった。

風が弱まったために競技は始まったが、選手にとって良いコンディションとはいえなかった。昨日以上に風の向きがくるくると変わるのだ。円華がいった通りだった。当然、選手たちの記録にもばらつきが出た。良い風を貰って距離を伸ばせた選手と、不運にも恵まれなかった選手との得点差は、ウィンドファクターで補いきれるものではなかった。

刻一刻と坂屋の順番が近づいてくる。ナユタは気が気でなかった。果たして、彼が飛ぶ時に良い風が吹いてくれるのだろうか。

「聞いたか、坂屋、棄権するつもりだったらしいぞ」すぐそばで一人の男が小声でいった。どこかのチームのコーチらしい。

「ああ、そうだってな。で、そのまま引退ってことだったんだろ。まあ、昨日のジャンプを見たら、妥当な判断だと思うね」もう一方の男が応じている。

「去年、さっと辞めてりゃなあ。今シーズンは勝つどころか、予選落ちも多かった。見ていて、こっちが辛《つら》かったよ」

「まだまだやれるはずだって、本人だけが思ってるんだよなあ。あれだけのベテランになると周りが何もいえない。それで引き際を見失っちまうんだ。でも、どうして棄権を取り消したんだろう」

「だから、それはあれだろ。最後の思い出にってことだ。何とか花道を飾りたいんじゃないのか。今の力から考えると難しいだろうけどさ」

ナユタは一言いってやりたい気分だったが、唇を噛《か》んで堪《こら》えた。円華を見ると、彼女にも今の会話が聞こえていないわけはなかったが、意に介していない様子で、周囲を見回したり、空を見上げたりしていた。

そしてついに坂屋が飛ぶ番がやってきた。円華がニット帽を脱いだ。

風向計は追い風を示している。だがそれが弱まった直後、信号が青に変わった。コーチは、しめたとばかりに旗を振り下ろした。

しかし坂屋はスタートしない。ゲートで構えたままだ。

「あいつ……何やってるんだっ」コーチが喚《わめ》いた。「早くスタートしろ。また風が変わっちまうぞ」本人に聞こえるわけがないが、怒鳴った。

ナユタは気が気でなかった。円華は帽子を握ったままだ。信号が青になってから、十秒が経とうとしている。

やばいと思った瞬間、円華がニット帽を持った手を大きく振った。見えたらしく、坂屋がスタートした。猛然と滑り降りるフォームはいつも通りだが、昨日までとは違う殺気のようなオーラに包まれている。

カンテで踏み切った瞬間の姿勢には、獣が獲物に襲いかかるような凄《すご》みがあった。

「やった、完璧《かんぺき》」すぐ隣で円華が呟いた。

間もなく観客たちの大歓声が轟《とどろ》いた。結果が出るのを待つまでもない。大ジャンプに成功したに違いない。

アナウンスされた距離は百三十二・五メートルだった。今日だけでなく、昨日からの最長不倒距離だ。

坂屋のコーチは呆気《あっけ》にとられたように首を傾げつつ、嬉《うれ》しそうな顔で手を叩いている。ほかのチームのコーチたちも驚きと賛辞の混じった言葉を繰り返した。その中には、先程話していた二人もいる。彼等にしても、往年の名選手の活躍を待ちわびていたのだ。

筒井がやってきていった。「もう半信半疑じゃない。確信した。彼女の力は本物だ」

「同感です」

やりとりが耳に入ったのか、円華が振り返った。

「喜ぶのは早いよ。問題は二本目だから」

「二本目……昨日もそういってたな。一体、何があるんだ」

　円華は首を振った。「何もない」

「ない？　だったらどうして……」

「何もないから問題なんだ。とりあえず、下りよう。坂屋選手の奥さんを捜すの」

「奥さんを？　どうして？」

「理由は後で話すから」ナユタの手を引っ張った。

　長い階段を下りて、ブレーキング・ゾーンの脇を目指して歩いていると、反対側から坂屋がやってきた。これからリフトに乗るのだろう。その顔は満足そうで、自信に溢《あふ》れているように見えた。

「坂屋さん、ナイスジャンプ」

　ナユタの声に、坂屋は片手を上げた。

「幸運の女神の言葉を信じてよかった」彼は立ち止まり、円華を見つめた。「ありがとう。じつにいい向かい風を貰《もら》えた。どうすれば、あんなにうまく風を読めるんだ？」

「それをあなたが考える必要はない。忘れちゃいけないのは、飛距離が出たのは風のおかげだけじゃないってこと。昨日までのあなたなら、きっとあんなには飛べなかった」

　彼女の言葉に、坂屋は思い当たる顔になった。

「たしかに、何かが吹っ切れたような気はする」

「あなたなら飛べる」円華はいった。「三本目も、期待してる」

「わかった」

「奥さんと息子さんには会ったんですか」ナユタが訊いた。

「ブレーキング・ゾーンの脇にいる。さっきまで話してたところだ」

「シュウタ君は今のジャンプを……」

「見たそうだ。すごいといってくれた」坂屋は少し照れ臭そうだ。

「勝負は二本目」円華がいった。「表彰台に立つところを見せてあげるの。大丈夫、あたしの合図で飛べば勝てる」

「ああ、がんばるよ」坂屋は拳《こぶし》を握りしめ、リフト乗り場に向かった。

ナユタは円華と共にブレーキング・ゾーンの横まで進んだ。すると坂屋がいった通り、彼の妻と息子の姿があった。表情が明るいのは、大ジャンプを見たからだろう。

近づいていき、こんにちは、と挨拶した。「坂屋さん、よかったですね」

「ありがとうございます。今日は、二本目もうまくいくといいんですけど」夫人は遠慮がちにいった。

「大丈夫ですよ、今日の調子なら」

「さあ、どうでしょうか……」期待していないはずがなかったが、密《ひそ》かに諦めの気持ちも用意しているように見えた。昨日のことがあるからだろう。

奥さん、と円華が前に出た。「お願いがあるんですけど」

夫人は気圧《けお》されたように少し身を引いた。「何でしょうか」

「御主人に力を与えてほしいんです」

円華の言葉に、夫人は戸惑いの色を浮かべた。

12

二回目の競技が始まった。

ジャンプ台を見上げるナユタの胸は、不安な思いで一杯だった。果たして坂屋はうまく飛べるだろうか。一回目に首位に立った彼は、一番最後に飛ぶ。二位以下との差はさほど大きくなく、少しでも失敗すれば逆転されるかもしれない。

一人、また一人と選手が飛ぶ。一回目の順位が下の選手から飛んでいくのだから、通常ならば、徐々に飛距離を伸ばす選手が出てくるはずだ。ところが順位が上位になっても、あまり記録が伸びてこない。

風の条件が良くないからだ。むしろ、時間経過と共に悪くなっている。

選手が残り五人となった。一回目、五位の選手が飛んだ。その直後に、「これは大丈夫」と円華が横で呟いた。結果は、百メートルちょっと。失敗ジャンプだ。この時点での首位にも立たない。

だが一回目四位の選手は違った。悪条件の中、K点近くまで距離を伸ばした。この時点でのトップとなった。

そして一回目三位の選手も負けてはいなかった。前の選手と、ほぼ同じところまで達した。飛型点も高く、トップを奪う。

まずいな、とナユタは思った。現時点での一位と二位は、かなりの高得点だ。これを上回るためには、坂屋もK点つまり百二十メートル近くまで飛ぶ必要がある。

最悪、三位には入ってほしいな、とナユタは思った。それならば表彰台に上がれる。

しかし次に飛んだ選手が、そんな願いを吹き飛ばしてしまった。またしてもK点越えだ。当然、トップに立った。

「やっぱり、上位に入る選手は違う」ナユタはいった。「悪条件でも何とかしてくる」

円華は答えずにジャンプ台を見上げている。その顔つきは険しい。

ナユタは祈る思いでスタートゲートを見つめた。最後の一人である坂屋がスタンバイしている。その表情はもちろんわからない。だが胸の中で勝利への強い欲求と失敗を恐れる気持ちが交錯していることは、容易に想像できた。

信号が青に変わった。ピンク色のニット帽は、果たしていつ振られるのか——ナユタは固唾《かたず》を呑《の》んだ。

間もなく坂屋がスタートした。無論、帽子が振られたからだろう。ナユタは目を閉じたくなった。だがこの瞬間を見逃してはならない。逆に目を凝らした。

カンテから坂屋が飛び出した。スキー板がV字に開かれる。よしっ、という円華の力強い声がナユタの耳に届いた。

奇麗な空中姿勢を保ったまま、坂屋はランディングバーンへと向かった。その飛行曲線の大きさは、前に飛んだ選手たちにも負けないものだった。着地でのテレマーク姿勢も見事に決まった。観客席から大歓声が上がる。K点を優に越えたことは、ナユタの位置からでも明らかだった。

ブレーキング・ゾーンに向かいながら、坂屋は両手でガッツポーズを作っている。滑り降りてくる彼の口元は、喜びに溢れていた。勝利を確信しているのだろう。

停止した彼は、スキー板を外し、電光掲示板に見入っている。やがて、そこに結果が表示された。飛距離は百二十三メートル、合計点の結果は、紛れもない一位だ。

坂屋は、その場で飛び跳ねた。同時に、何人もの選手たちが彼に駆け寄った。その中にはトップを争った若い選手たちの姿もある。彼等でさえ、かつての名選手の華麗なる復活劇を心から喜んでいるのだ。

「やったな」ナユタは円華を見た。

うん、と彼女は頷いた。「あたしは何もしてないけどね」

「奥さんの愛の力……かな」

さあ、と円華は首を傾げ、コーチボックスを見上げた。

ナユタたちはブレーキング・ゾーンの脇にいる。二人の代わりにコーチボックスにいるのは、坂屋の妻と息子だ。彼等にはナユタたちのIDカードを持たせた。

二回目の飛躍が始まる前、円華は坂屋の妻に自分のニット帽を差し出していった。

「信号が青になったら、あなたがいいと思う時にこれを振ってください」

不思議そうな顔をする夫人に、円華はこう続けた。

「気の毒ですけど、坂屋選手が飛ぶ時に、いい風は来ません。ずっと追い風です。つまり、どんなタイミングで飛んでも条件は同じなんです。だから、奥さんが旦那《だんな》さんの飛ぶ時を決めてください」

「えっ、でも、どうやって……」

「いいんです。奥さんが飛ばせたいと思った時に振ればいいです。悔いのないように。だって、これが最後のジャンプになるかもしれないんだから」

夫人はニット帽を受け取った後、円華を見つめ返し、ゆっくりと頷いた。その顔からは、深い覚悟の気配を読み取れた。

スタートゲートからコーチボックスは遠く離れている。坂屋は、合図を送ったのが妻だとは、想像もしていなかっただろう。風を読める不思議な娘の力を信じ、飛んだのに違いない。だが同時に彼は、自分の力をも信じたのだ。力を発揮すれば、まだまだ負けないはずだ、と。

隣では円華が携帯電話で誰かと話しているところだった。どこかから、かかってきたらしい。

「わかってるよ。すぐに帰るから。ちょっと寄り道しただけ。……キリミヤさんには関係ないよ。じゃあ、もう切るよ」電話を切った後、円華は舌打ちした。

「どこから？」

「東京。まったくもう、うるさいんだから。じゃあ、あたしは行くね。皆さんによろしく」

歩きだした円華を、待ってくれ、とナユタは呼び止めた。

「また、会えるかな？」

さあ、と彼女は首を傾げた。「そういう流れがきたら、会えるかもね」

「流れって……」

軽く手を上げ、再び円華は歩き始めた。振り返る気配はない。

ナユタはブレーキング・ゾーンに目を戻した。見事な復活を成し遂げた往年の名ジャンパーは、一回り以上も年下の選手たちから胴上げされていた。

第二章　この手で魔球を

1

鉄製の扉を開けたと同時に、ぱん、と乾いた音が響いた。

工藤《くどう》ナユタは視線を前方に向けた。室内練習場の隅で、トレーニングウェアに身を包んだ二人の男がキャッチボールをしていた。ほかに人影はない。

奥にいる長身の男性——石黒達也《いしぐろたつや》がナユタに気づき、片手を挙げてきた。それを見て、手前にいた男性が振り返った。特製のキャッチャーミットを手にしているのは三浦勝夫《みうらかつお》だ。石黒とは対照的に、ややずんぐりとした体形だ。

よう、と三浦は笑いかけてきた。「ごくろうさん」

「お疲れ様です」ナユタは頭を下げた。

石黒がグローブを外しながら歩み寄ってきた。「先日はどうもありがとう」

「調子はどうですか」

「うん、おかげさまで快調だ」石黒は右の肩を軽く回した。「肩甲骨の動きが、かなりスムーズになった」

「それは何よりです」

ナユタが石黒の身体に鍼《はり》を打ったのは一週間前だ。沖縄でのキャンプを終え、東京に帰ってきた直後だった。本格的なトレーニングを約一か月続け、そろそろ疲れが出るというタイミングでの施術だった。案の定、身体の各部が硬くなっていた。

ナユタは時計を見た。約束の午後五時までは、まだ少し時間がある。

「今回はすみません。変なことをお願いしちゃって」ナユタは二人に詫《わ》びた。

石黒は、ふっと苦笑した。「これまでにも似たようなことを頼まれたよ。テレビ局とかからね」

「NHKの教育番組が一回、バラエティ番組が二回だ」三浦が横からいい添えた。

「でも断ってたんですよね」

「面倒だからな」石黒は口元を曲げた。「そもそも俺はテレビってやつが好きじゃない。段取りとか、いろいろあるだろ？　あれが嫌なんだよ。それに、敵に情報をくれてやるようなことはしたくない」

「敵に？」

「その番組を、ほかの球団のバッターだって観るかもしれないわけだ。それをきっかけに打開策を見つけられてしまうおそれがゼロとはいえない。そうは思わないか？」

ナユタは頷《うなず》いた。「あり得ないとは、いいきれませんね」

「だろ？　俺にとっては死活問題だ」

「わかります。だから映像は非公開にしてもらう約束です」

「そう聞いたから、引き受けることにした。それに何より、工藤君からの頼みだ。余程のことがないかぎり、断るわけにはいかない」

「すみません、ありがとうございます」

「そんなに恐縮する必要はないぞ」横から三浦がいった。「石黒のほうこそ、工藤君の魔法の鍼に何度助けてもらったかわからないんだからな。今シーズンも多くなるんじゃないか。登板の前日に急遽《きゅうきょ》呼びつけて、肩の痛みを和らげてもらうなんてことが」

「ああ、おそらくそうだ。だから今回みたいな時には、しっかりと恩を売っておくんだよ」石黒は、にやにやした。

「どうせそんなことだろうと思った。そういうことだから工藤君、遠慮なんてしなくていいぞ。どんどんこき使えばいいんだ」

「こき使うだなんて、そんな……。僕が聞いているかぎりでは、それほど多くは投げなくていいはずです」

「ええと、何という人だっけ。大学の先生なんだよな」石黒が訊《き》いた。

「筒井《つつい》先生です。北稜《ほくりょう》大学『流体工学研究室』の筒井利之《としゆき》准教授です」

ナユタの回答に、三浦は小さくのけぞった。「こんなことでもなかったら、俺たちには一生縁のない肩書きだな」

「筒井先生はスポーツと関わりの深い方です。冬の間などは主にスキーのジャンプについて研究しておられます」

ほお、と二人は意表をつかれたような顔になった。

後方から扉が開閉する音が聞こえた。ナユタが振り返ると、四角い顔を真っ黒に日焼けさせた筒井利之が入ってくるところだった。大きなバッグを両手に提げている。挨拶《あいさつ》代わりに片手を挙げかけて、ナユタは動きを止めた。筒井の後ろから一人の娘が入ってくるのが見えたからだ。女性の助手を連れてくることは事前にメールで知らされていたが、誰なのかは記されていなかった。

ナユタのよく知っている人物だった。顔が小さくて顎《あご》が細く、やや吊《つ》り上がり気味の目が印象的だ。一か月ほど前に、筒井の研究室で出会った娘だった。名前は羽原円華《うはらまどか》といった。その直後に行われたスキーのジャンプ大会で彼女が不思議な力を発揮したことを、ナユタは今も鮮明に覚えている。

「どうして彼女が？」ナユタは筒井に小声で訊いた。

「詳しいことは後で話す。とりあえず石黒投手たちに紹介してもらえるかな」

「わかりました」

ナユタは頷き、石黒と三浦に筒井を紹介した。円華についてはどう説明していいかわからずに戸惑っていると、「助手の羽原です」と彼女が自ら名乗った。大学生にしては明らかに若すぎるのだが、石黒たちは何もいわなかった。女性の年齢は推し量りにくいと思っているのかもしれない。

「今回は無理なことをお願いして申し訳ありません」筒井が石黒にいった。「工藤君からは、ただ何球か投げればいいだけだと聞いているんですが」

「それで結構です。よろしくお願いいたします。機械をセットしますので、投げる準備をしておいていただけますか」

「じゃあ、軽くやるか」石黒はグローブを嵌《は》め直し、三浦に声をかけた。おう、と三浦は答える。

この室内練習場にはマウンドやバッターボックスが設置されていて、ちょっとした打撃練習をできるほどの広さがあった。石黒はゆっくりとマウンドに向かった。

筒井はバッグからカメラや三脚、様々な計測機器を取り出した。円華も手伝っている。どうやら、名ばかりの助手ではなさそうだ。

「どういうことですか」ナユタは筒井に訊いた。「なぜ彼女がここに？」

「例の竜巻事故に関することで、彼女がまたうちの研究室に来たんだ。その時に今日の話をしたら、是非自分も見たいといいだしてね。その理由が面白かったから連れてきた」

「どんな理由ですか」

ナユタが訊くと、筒井はにやりと笑って円華のほうを見た。「君から話してやったらどうだ？」

円華はカメラの三脚を立てる手を止めることなく、「ランリュウに興味があるから」といった。

「ランリュウ?」

「ランは乱れるの乱、リュウは流れだ」筒井がいった。「乱流。流体力学の用語だ」

「どうしてそんなものに……」

「面白いだろ? だから連れてきたんだ。また何かが起きるような気もしてね」筒井が意味ありげにいったのは、先日のスキージャンプの一件が念頭にあるからだろう。

ナユタは円華を見た。彼女は自分のことはほうっておいてくれといわんばかりに、黙々と作業を続けている。

筒井が、おっと声を漏らした。彼の目は石黒たちに向けられている。

ナユタもそちらを見た。石黒が投球動作に入ったところだった。さほど大きくないモーションから投じられたボールは、緩やかなカーブを描いて三浦のミットに収まった。それは一見、単なる遅い球としか思えなかった。

2

石黒達也がプロ野球のドラフト会議で指名を受けたのは、今から七年前のことだった。ドラフト五位での指名だった。当時、石黒は北関東にあるクラブチームで投げていた。

殆《ほとん》ど無名の存在だったが、指名された際には少し話題になった。ただし残念ながら、その理由は実力とは関係がない。三十歳という年齢にスポットライトが当てられたのだ。

球速はないが、コントロールがよくて変化球が多彩だった。即戦力の中継ぎ投手を欲していた球団の方針と合致していた。七、八年働いてくれれば御の字、という判断からの指名だっただろう。

しかしその目論見は外れた。二軍相手なら抑えられても、一軍では通用しなかった。石黒によれば、「入団二年目にして居場所がなくなった」とのことだ。もっとも本人は、さほど落ち込まなかったらしい。「元々、やっていける自信なんてなかった。プロの世界を覗《のぞ》いて、今後の人生に役立てようという気持ちでの入団だった」からだ。

そんな時、ある発見をしてくれたのが三浦だった。三浦は一軍の控え捕手だったが、怪我が原因で二軍落ちしていた。歳が近いので、一緒に練習することも多かった。

三浦相手に投球練習をしている時、石黒はちょっとした悪戯《いたずら》を仕掛けた。アマチュア時代に習得した変化球を投げてみたのだ。プロに入ってからは、本格的に投げたことはない。

三浦は、それを捕球できなかった。不思議そうな顔で首を捻《ひね》っている。そこで、もう一球投げてみた。すると三浦は、また捕れなかった。

すぐに駆け寄ってきて、「何だ、今のボールは?」と訊いてきた。

すまん、と石黒は謝った。

「ちょっと遊んでみただけだ。次からは真面目に投げるよ」

「どう遊んだんだ？　何を投げたんだ？」三浦は真剣な顔つきで詰問してきた。

仕方なく、石黒は握り方を示した。折り曲げた指でボールをホールドし、殆ど回転を与えずに投げる——所謂《いわゆる》ナックルボールだった。アマチュア時代、先輩から投げ方を教わったのだ。

「もうちょっと投げてみろ」そういって三浦は元の場所に戻った。

石黒は続けざまにナックルボールを投げてみた。そのうちの何球かを三浦は後逸した。その後、彼は投手コーチを呼んできて、自分の後ろに立たせた。

怪訝《けげん》そうにしていたコーチの顔つきが変わった。

その日が運命の分岐点だった。翌日には一軍の監督やピッチングコーチの前で、披露させられることになった。

それ以後、石黒は徹底的にナックルボールの練習をさせられた。ほかの変化球は投げなくていいから、ナックルボールでストライクを取れるようにしろと命じられた。

ナックルボールは極めて特殊な変化球だ。その軌道は不規則で、行方は投げた本人にさえわからない。投手に要求されるのは、ストライクゾーンに入れることだけだ。ところがそれが容易ではない。コントロールを優先すると変化が乏しくなるのだ。その理由で過去に多くのピッチャーがナックルボーラーになることを断念していた。

しかし元々向いていたのか、石黒は程なく、ナックルボールを高い確率でストライクゾーンに投げられるようになった。そうなると首脳陣としては、実戦で使えるかどうかを確かめたくなる。

二軍の試合で投げることになった。捕手は三浦が務めた。それは日本のプロ野球界にとって画期的な出来事だった。投げた全球がナックルボールだ。短いイニングだったが、石黒は完璧《かんぺき》に抑えた。

何試合か投げた後、石黒の一軍昇格が決まった。ところが問題があった。彼のナックルボールを受けられる捕手が一軍にいないのだ。こうして三浦も一緒に上がることになった。

この頃になると一部のファンから注目されるようになっていたし、スポーツメディアも取り上げ始めた。謳《うた》い文句は、「日本初のフルタイム・ナックルボーラー誕生」だった。

だが石黒自身は冷めていた。一軍昇格に浮かれることはなかった。

ペナントレースは終盤に入っており、チームは優勝争いから脱落していた。観客動員数も右肩下がりだ。球団としては客を呼べそうな話題がほしかったのだろう、と冷静に分析していた。つまり自分たちは客寄せパンダなのだ。

三浦は、それでもいいじゃないか、といった。

「パンダ、大いに結構。そのパンダにも牙《きば》があるってところを見せてやろうじゃないか」

友人の言葉を聞き、どんな状況でもプラス思考のできる人間はいるのだな、と石黒は感心したという。

球団の狙いがどこにあったのか、真相は不明だ。当時の監督が、本気で日本初のナックルボーラーを信用していたかどうかは怪しい。当初、石黒と三浦に与えられた出番は、勝敗に関係のない場面ばかりだったからだ。

ところが徐々に事情が変わっていった。石黒のナックルボールは、殆ど打たれなかった。ヒットになった場合でも、当たり損ないのゴロがたまたま野手の間を抜けていったというだけで、ジャストミートされることはめったになかった。

シーズンが終わる直前、石黒たちはチャンスを摑《つか》んだ。先発を命じられたのだ。結果は五安打完封勝利という見事なものだった。

その年末、石黒と三浦は球団事務所で契約更改を終えた。もちろんどちらも年俸アップに納得してサインしたのだった。

3

計測機器を調整する筒井の目は、真剣そのものだった。遊びや趣味で撮影しようとしているのでないことは、その表情からも明らかだ。

石黒がナユタの顧客だと知った筒井が、ナックルボールを撮影させてもらえないだろうかと頼んできたのは、昨年の暮れだ。筒井はスポーツと流体力学の関係をライフワークの一つにしている。彼によれば、ナックルボールは謎の宝庫なのだそうだ。何とか力になりたいと思ったナユタは石黒に筒井の頼みを伝え、今日の撮影が実現したのだった。

フルタイム・ナックルボーラーとして華々しく復活した石黒は、五年あまりで球界において独自の地位を築き上げた。ナックルボールは彼自身の好不調だけでなく、その日の気象条件などにも影響されるので、常に無敵というわけにはいかない。簡単に打ち込まれることもあった。それでも石黒が積み上げた白星は五十個を超えている。奪三振のタイトルを獲ったこともあった。

一昨年の春先、ナユタはそんな異能の投手と出会った。八十歳になったばかりの鍼の師匠から、沖縄に行ってくれと命じられたのだ。そこに顧客として待っていたのが石黒だった。チームのキャンプに参加していたのだ。最初はナユタの若さに不安を感じたようだが、鍼を打ち始めると、石黒はすぐに警戒を解いてくれた。師匠と手つきがそっくりだといわれ、ナユタはほっとした。

それ以来、頼まれればどこへでも飛んでいく。必要とされているのが何よりも嬉《うれ》しい。

筒井が、「いつでもいいですよ」と三浦の背中に声をかけた。すべての計測機器のセッティングが終わったらしい。

三浦は石黒に向かって小さく手を挙げた後、筒井のほうを見た。「一つ、こちらからもお願いがあるんですがね」

「何でしょうか」筒井が訊いた。

「もう一人立ち会わせたい人間がいるんです。すぐ近くで待たせているんですが、呼んでも構いませんか」

「それは構いませんが、どういった方でしょうか」

「怪しい人間じゃありません。うちのチームの選手です。じゃあ、呼んでみます」三浦は、近くの椅子に置いてあったバッグからスマートフォンを取りだし、どこかに電話をかけ始めた。

円華がモニターを操作していたので、ナユタは近づいていった。画面に映っているのは、石黒が投げたボールをキャッチャー側から見た映像だった。肩慣らしの間に、試しに撮影したらしい。ハイスピードカメラによる撮影なので、ふつうの速度で再生してもスローモーションになる。ボールが単純な軌道を描いていないことは一目瞭然《りょうぜん》だった。

すごいな、とナユタは呟《つぶや》いた。「まさに魔球だ。行き先がまるで予測できない」

すると円華が冷めた目を向けてきた。「その表現は正しくない」

「じゃあ、何といえばいいんだ」

「正しくは」彼女は言葉を探すように間をあけてから続けた。「予測が間に合わない。でもあなたの場合は、できないってことでいいのかな。予測の方法を知らないだろうから」

「君は知ってるとでもいうのか」

「単なる物理現象だからね。予測できない物理現象なんてない」

どういう意味だとナユタが訊こうとした時、扉の開く音がした。入り口を見ると、大柄な男性が入ってくるところだった。

石黒たちと同じチームの捕手、山東《さんとう》だ。大学卒で、何年か前のドラフトで入団した。大型捕手という触れ込みだったが、まだ芽は出ていない。

ナユタは、はっとした。山東とナックルボールに関する、ひとつの記憶が蘇《よみがえ》ったからだ。

ウインドブレーカー姿の山東は近くまで来ると、どうも、といって誰にともなく頭を下げた。三浦も特に彼を改めて皆に紹介する気はないらしく、「では始めましょうか」と筒井にいった。

お願いします、と筒井はモニターの前に座った。円華がその後ろに立ったので、ナユタも横に並んだ。

三浦がキャッチャーミットを構えた。石黒が徐《おもむろ》に振りかぶり、いつものフォームで一球目を投じた。傍からだと何の変哲もない半速球に見える。球速は百十キロ前後だといわれている。

ところがキャッチャーやバッターの側からだと、とてもそうは見えない。右へ左へと、全く予期せぬ変化を示すのだ。ごくわずかな動きではあるが、直径が七センチあまりのボールにとってはそれで十分だ。

すごいな、と筒井がモニターを見て呟いた。「これはバットに当たらないよ」

石黒が十球目を投げ終えたところで、「お疲れ様でした」と筒井が声をかけた。撮影するのは十球ほど、という約束になっていた。

「ありがとうございました。おかげで貴重な映像が撮れました」筒井がバッテリーの二人に礼をいった。

三浦が立ち上がり、「ちょっと待っててもらえますか」といって、石黒のところへ駆け寄った。二人で何やら話してから戻ってきて、今度は山東を呼び寄せた。三浦がどんな話をしているのかはわからないが、山東は浮かない顔だ。

「何だろうな」筒井がナユタの耳元に尋ねてきた。

「さあ……」

三浦が山東の肩をぽんと叩《たた》いた後、ナユタたちのところへやってきた。

「じつは、もう一つお願いがあるんですが、聞いてもらえませんかね」筒井にいった。

「どんなことでしょうか」

「大したことじゃありません。もう五、六球、石黒に投げさせますから、そいつも撮影してもらいたいんです」

「それは構いません。こちらとしてはデータは多ければ多いほどありがたいので」

「ただし、キャッチャーを山東に代えたいんです。それでもいいですか」

「あ、山東選手に……」筒井は当惑した表情を見せたが、すぐに頷いた。「わかりました」

「すみません。すぐに準備をさせます」三浦は山東のもとへ戻っていった。

山東はウインドブレーカーを脱いだ。下にはトレーニングウェアを着ていた。キャッチャーを務めることは事前に聞かされていたのかもしれない。三浦から渡されたミットを嵌め、石黒に会釈してから捕球位置で腰を下ろした。

三浦が石黒に向かって手を挙げた。

石黒がモーションを起こした。キャッチャーが代わっても、彼のフォームは変わらない。投じられたボールのスピードも、今までと殆ど同じだ。山なりの緩やかな曲線を描いている。

そのボールが山東の構えたミットに収まる様子をナユタは予想した。これまで三浦が当たり前のように捕球していたからだ。ところが結果は違った。ボールは山東のミットには収まらず、鈍い音をたててミットの端に当たった後、大きく横に弾んだ。

すみません、と小声でいい、山東はボールを拾いにいった。

ナユタは筒井と顔を見合わせた。筒井は小さく首を傾げた。

石黒の表情は変わっていない。何事もなかったかのように足元の土をならしている。

しかし三浦は平静ではないようだ。山東に何やら耳打ちしている。アドバイスしているように見えた。

石黒が二球目を投じた。

ところがまたしても山東は捕れなかった。ボールはミットからわずかに外れ、山東の身体に当たった。山東の舌打ちが聞こえたが、痛みからではないようだった。

　気まずい沈黙の中、石黒は残り三球を投げた。一球はワンバウンドし、山東の後方に転がった。次の一球は、また山東の身体に当たった。山東が捕球できたのは最後の一球だけだった。ただしミットの先に辛うじて引っ掛かった、というものだ。

「お疲れさん、もういいよ」三浦が山東に声をかけてから、筒井のほうを見た。「どうもありがとうございました」

「いえ、とんでもない」筒井は手を振ってから、「カメラや計測器を片付けてくれ」と円華に命じた。彼女は頷き、作業を始めた。

　山東はミットを三浦に返すと、すみません、と頭を下げた。

「気にするな。まだまだこれからだ」

　山東は答えず、小さく首を捻った後、ナユタたちに一礼してから出口に向かって歩きだした。気落ちしているのが、その背中からもわかった。

　石黒がやってきて、「こんなところでいいですか」と筒井に訊いた。

「十分です。ありがとうございました。解析結果が出ましたら、連絡させていただきます」

　筒井の言葉に、石黒は手を横に振った。

「結構です。科学的なことなんて、どうでもいいんで」そういってからナユタのほうを向いた。「じゃあ工藤君、またよろしくな」

「お疲れ様でした」

石黒は椅子に置いてあったバッグを肩に担ぎ、歩き始めた。それを見送ってから、三浦は筒井のほうを向いた。

「この後、少し時間はありませんか。相談したいことがあるんですが」

「私に、ですか？」筒井が戸惑ったように訊いた。

「はい。無理な相談かもしれませんがね」

筒井はナユタの顔をちらりと見た後、わかりました、と三浦に答えた。

室内練習場の隣に休憩所があった。テーブルを挟んでナユタと筒井は三浦と向き合って座った。円華は隣のテーブルについている。

「相談事というのはほかでもありません。山東のことです」三浦が改まった口調で切りだした。

「後から来た、若い選手のことですね」

「そうです。じつは、あいつを俺の後釜《あとがま》に、と考えているんです」

「後釜？　あなたはどうされるんですか」

三浦は、ふっと唇を緩めた。「ここだけの話ですが、俺はもう限界なんですよ。そう長くはやれそうにないんです」

ナユタは驚いた。初耳だった。「どこが悪いんですか」

「あっちもこっちもだ」

膝《ひざ》、と横から円華がいった。「両膝が悪い。特に左膝」

三浦が不審そうな目を彼女に向けた。

「どうして知ってる？　公表してないのに。君は医学部か」

「そうじゃないけど、動きを見ればわかります」無愛想にいった後、円華は右手を小さく振った。「ごめんなさい。余計なことをいっちゃった」

ナユタは先月のことを思い出した。円華はジャンプ選手の古傷も、ひと目で見抜いたのだった。

三浦は釈然としない様子だったが、ナユタたちのほうに顔を戻した。

「彼女がいうように左膝が最悪だ。手術してもどうにもならないといわれた。はっきりいって、今シーズンいっぱい保《も》てば上等ってところだ。でもたぶん無理だろう」

「そんなに……」

ナユタは三浦の身体に鍼を打ったことはないが、年齢なりの故障を抱えているだろうと思ってはいた。だが、それほど深刻だとは知らなかった。

「俺は覚悟ができています」三浦は筒井に目を移した。「しかし引退するとなれば、解決しなきゃいけない問題がある」

「石黒投手のボールを誰が受けるか、ですか」

「その通りです」筒井は顎を引いた。「あいつのナックルはすごい。打てなくて当然です。何しろ、受けるだけで四苦八苦するんですからね。そのおかげで、俺みたいな二流選手でも使ってもらえた。石黒専属のキャッチャーとしてね。それだけに膝の故障も隠しておく必要がありました。そんなことが知られたら、ライバル球団を喜ばせるだけですから。でも、今もいったようにもう限界なんです」

「だから後継者を育てる必要がある、と」

「そういうことです。もちろん俺の身体については監督やコーチも承知していて、去年あたりから、後釜を誰にするかっていう話は始まっているんです。何人かのキャッチャーの中から選んだのが山東です。そこで昨シーズンの石黒の最終登板では、山東にマスクを被《かぶ》らせました。それがあいつの一軍デビューでもありました」

「その試合のこと、俺、知っています」ナユタはいった。「ネットニュースで、ちょっと話題になっていましたから。三浦さん以外の選手がキャッチャーをしたってことで、俺も気になったんです」

「じゃあ、どういう結果だったかも知ってるな？」

ええ、とナユタは俯いた。

「どんな結果だったんですか」筒井が訊いた。

「滑り出しは上々でした。石黒の調子がよかったこともあり、一回、二回と三者凡退。山東はそつなくこなしているように見えました」

ところが、と三浦は表情を暗くした。

「その試合で初めてランナーが出てから様子がおかしくなりました。ランナーが出ると石黒は盗塁を防ぐためにクイックモーションで投げるんですが、途端に山東がパスボールを連発するようになったんです。挙げ句の果てにノーヒットで点をとられるという有様です。見かねた監督は、俺に交代させました」

「その映像、動画投稿サイトにもアップされています」ナユタはいった。「一イニングでパスボール四回……だったかな」

「五回だ」三浦は手のひらを広げた。

「クイックモーションで投げると捕球しにくいのですか」筒井が訊いた。

三浦は首を振った。

「そんなことはありません。クイックで投げようが、練習では山東も捕れていたんです。ところが突然おかしなことになって……。最初の落球でパニックになったようです。ただ、その試合だけで終わっていれば問題なかった。深刻なのは、その日以来、山東が石黒のナックルを全く捕球できなくなってしまったことです。先程の様子を見て、おわかりになったと思いますが」

「たしかに捕球できる気配がなかった。こんな言い方をしては失礼かもしれませんが」

「おっしゃる通りなんです。すっかり自信をなくしてしまっている。所謂、捕球イップスというやつにかかっちまったようなんです」

「捕球イップス？」ナユタは目を見開いた。「そんなのがあるんですか」

イップスというのはゴルフ用語だ。何でもない距離のパッティングの際、身体を思うように動かせなくなる運動障害のことをいう。

「あるんだよ。野球では、ピッチャーや野手がボールをうまく投げられなくなるイップスが有名だけど、捕球できなくなるケースも稀《まれ》にある。どうってことのないゴロを捕れなくなったり、フライを落としたりってことが。俺の見たところ、山東は完全にそれだ」三浦は筒井に視線を戻した。「厄介なことに、自然に治るってことはめったにありません。ほうっておくと悪化する一方だったりするんです。じつをいうと最近の山東は、ほかのピッチャーの時でもキャッチングがおかしくなってきています」

「まさか……」

「いや、それが本当なんです」

うーむ、と筒井は唸《うな》り腕組みをした。「で、私に相談したいこととは？」

「先生は石黒のナックルを科学的に調べようとなさってるわけですよね。そのついでに、というのはおかしいかもしれませんが、なぜ山東が捕球できないのか、解明してはもらえませんか。原因は精神的なものでしょうけど、そのせいでキャッチングがどんなふうに狂っているのか、この目で確かめたいんです」

どうやらそれが目的で、山東にキャッチャーをさせたらしい。

筒井は当惑した顔で顎を撫《な》でた。

「話はよくわかりました。個人的にも興味があるので、映像を解析する際には、そういう視点でも見てみます。ただ、精神的なものとなると、解明できるかどうかはわかりません」

「それで結構です。正直、藁《わら》にもすがりたいという心境でしてね。あ、いやいや、先生の研究を藁だと思ってるわけじゃないんですが……」

「ほかの選手を起用するという考えはないのですか」ナユタが訊いた。

「今のところはね」三浦は苦い顔になった。「監督やコーチからも、慎重にやれといわれている。安易に若手キャッチャーを抜擢《ばってき》して、そいつが山東みたいなスランプに陥ったら大変だというわけだ。ほかの選手たちにしても、山東を見ているからやりたがらない」

「それは厄介ですね」

「この問題について、石黒投手はどんなふうにいっておられるんですか？」筒井が訊いた。

三浦は渋面でかぶりを振った。

「何もいいません。俺の膝のことはわかっているはずなんですが、後釜の話になると他人事《ひとごと》のような態度をとります。あいつが何を考えているのか、さっぱりわからんのですよ」そういってため息をついた。

4

筒井からナユタのもとに、「興味深いことがわかったので、こっちに来る用があるなら寄ってほしい」と連絡があったのは、石黒のナックルボールを撮影した日から四日後のことだった。ちょうど近くまで行く用があったので、その翌日、ナユタは長野県にある北稜大学『流体工学研究室』を訪ねていった。

「ナックルボールというのは、予想した以上に厄介な代物だったよ」筒井はテーブルの上でノートパソコンを起動させた。

「というと?」

「変化に関わるファクターがべらぼうに多い。しかもそれらが複雑に絡み合っている。とても一筋縄ではいかない」

筒井はパソコンの画面をナユタのほうに向けた。そこにはハイスピードカメラで撮影された先日の石黒の投球が、スローモーションで映っている。ボールの縫い目までもがしっかりと確認できるほど鮮明な映像だ。

「ボールには全くといっていいほど回転が加えられていない。通常、ピッチャーが投げる球は直球であれ変化球であれ、高速で回転している。それによって軸が安定し、キャッチャーのミットに収まるまで、姿勢が変わることはない。これをジャイロ効果という。

自転車や独楽《こま》が倒れないのと同じだ。フォークボールは回転を抑えることで空気抵抗を増やし、バッターの予測よりも早く落ちる変化球だが、それでも多少は回転している。ところがナックルボールは、ほぼ無回転だ。そのため軸は不安定で、しかも空気抵抗はフォークボールよりさらに大きくなる。ただ、それだけなら真っ直ぐ下に落ちるだけのはずだ。よく見てくれ。次の瞬間だ」

筒井が画面を指差した。すると今まで無回転だったボールが、ゆっくりと回り始めた。

あっ、とナユタは声を漏らした。

「投球時に回転力を与えられていなかったボールが、なぜ途中から回りだすのか。その理由は縫い目にある。縫い目は、ごくわずかながら盛り上がっている。この部分に空気抵抗を受けることで回転し始めるんだ。止まっている扇風機に風を当てると羽根が回るのと同じ原理だ。問題は、ボールの場合、回転すれば進行方向と縫い目の位置関係が変わることだ。それによって空気抵抗の受け方に新たな変化が生じ、ボールは左右どちらかに動く。そして動いたことでまた空気抵抗の受け方が変わり、軌道がずれる。つまり揺れながら落ちる」

ボールがミットに収まったところで、筒井は映像を止めた。

「大雑把にいうと、ナックルボールとはそういう変化球だということになる。そこへさらに空気の粘性や湿度、気圧の影響なども関わってくるのだから、投げた本人にさえも変化が予測できないのも無理はない」

ナユタは思わず苦笑していた。「本当に厄介な代物のようですね」

「それだけに研究し甲斐《がい》はある。詳しいことは、これからじっくりと解析していくつもりだ。俺としては、ナックルボールの軌道を完全にシミュレーションすることが一応のゴールだと思っている」

「できるんですか、そんなこと」

「理論的には可能なはずだ。単なる物理現象の積み重ねだからな」

筒井の言葉を聞き、ナユタは円華の台詞《せりふ》を思い出した。彼女はナックルボールの行方を予測できるといった。予測できない物理現象などない、と。

さて、と筒井がパソコンを引き寄せた。「以上が前置きだ」

「前置きだったんですか」

「本題はここからだよ」

筒井はパソコンを操作し、別の動画を画面に表示させた。映っているのは山東の背中だ。彼がキャッチャーをした際の映像だった。

「三浦選手から頼まれた件ですね。何かわかったんですか」

「うん、とにかく見てくれ」

画面の中では石黒が投げたボールを山東は捕り損なっている。その顔は見えないが、焦っている表情が目に浮かんだ。

筒井がキーボードを操作した。スロー再生になり、さらに山東の手元がアップになった。

「なぜ山東選手は捕球できないのか。それを詳しく調べてみたところ、捕球直前にミットが動いていることが判明した」

「ミットが？」

筒井がキーボードを叩くと、別の画面が現れた。真ん中で二つに分かれ、左右の画面にミットが映っている。

「左が三浦選手の捕球動作で、右が山東選手のものだ。違いがわかりやすいように、タイミングを合わせて並べてみた」

殆ど同じタイミングでボールが画面に現れた。左の画面のボールはしっかりとミットに収まったが、右のボールはミットからそれていく。だが実際には、ミットのほうが無駄に動いているのだ。

ほんとだ、とナユタは呟いた。

「石黒投手は山東選手にナックルを五球投げたが、いずれも捕球直前、ミットが微妙に動いてしまっている。これが落球の原因だと思われる」

「なぜこんなことになるんだろう」

「それは私にはわからない。たぶん精神的なものなんだろう」筒井はパソコンを操作し、映像を閉じた。「このデータを三浦さんに見てもらってくれ」

「わかりました。近々会う予定なので、その時に持っていきます」

「私も同席できればいいんだが、いろいろとやることがあって時間がないんだ。もし君がよければ、円華君を連れていったらいいと思う」

意外な名前が出たので、ナユタは筒井の顔を見返した。「彼女を？」

「彼女にはいろいろと手伝ってもらったから、このデータについても、すべて説明できるはずだ」

「彼女、本当に先生の助手をしているんですか。乱流に興味がある、とかいってましたよね。あれ、どういうことなんですか」

「君も知っているだろう。彼女のお母さんは北海道で発生した巨大竜巻に巻き込まれて亡くなっている。彼女には、竜巻やダウンバーストなどの異常気象を予測したいという野望があるらしい。それを実現するには、乱流の謎を解く必要がある。ナックルボールについて解明することも、それに繋《つな》がると考えているようだ」

「そんな難しいことを……彼女、まだ十代半ばですよね」

「彼女に特殊な能力があることは、君も知っているはずだ。流体の挙動を直感的に、かつ総合的に把握する能力だ。だから私としても興味があるわけだ。ナックルボールを巡って、今度はどんなものを見せてくれるだろうかと」

「たしかに彼女のことは気になっていますけど……」

「だろ？　だから連れていったらいいといってるんだ」筒井は机の抽斗《ひきだし》を開け、中からカードを出してきた。

そこには羽原円華という名前と携帯電話番号が手書きされていた。

5

「やっぱり、こんなことになっていたか」ノートパソコンの画面を見て、三浦は表情を歪《ゆが》めた。「ミットでボールを迎えにいっちまっている。これじゃあナックルは捕れない」

パソコンの画面に映っているのは、筒井の研究室で見せられた、三浦と山東の捕球動作を比較した映像だった。

ナユタはコーヒーカップに伸ばしかけていた手を止めた。

「やっぱり……ということは、三浦さんには原因がわかっていたわけですね」

三浦は苦しげな顔で小さく頷いた。

「ナックルを受けるコツは、とにかく最後の最後まで目を切らず、ボールがミットに飛び込んでくるのを待つってことなんだ。ボールが揺れながら落ちてくるから、つい摑《つか》みにいきたくなるが、そこを我慢しなきゃいけない。山東も、前はそれができていたはずなんだがなあ」

都内にあるホテルのラウンジにいた。一番奥のテーブルなので、周囲の目を気にする必要はない。

「なぜできなくなったんでしょうか」

「それはもちろん、例の試合が直接の原因だろう」

「パスボールを連発した試合ですね」

「そうだ。石黒がクイックで投げ始めた途端、うまく捕れなくなった。おそらく原因はクイックなんかじゃなく、ランナーがいることだったんだ。ランナーに盗塁を許しちゃいけない、という思いが強すぎたんだろう。ナックルは球速がないので、盗塁を狙われやすい。だから石黒はクイックで投げたわけだが、山東としても、少しでも早くボールを摑みにいきたくなったんだろう。その結果、落球して、結局ランナーを二塁に行かせてしまった。するとますます頭に血が上り、今度こそうまく捕らなきゃいけないと焦る。それでまたボールを摑みにいく。そうしてまたミスをしてパニックになる。そういう悪循環に陥ったってことだと思う。失敗したことなんか忘れればいいんだが、根が真面目な奴だから、それができない。逆にトラウマみたいになっちまってるんだ」

「だったら、この映像を山東選手に見せればいいんじゃないですか。原因がわかれば、修正できるんじゃないでしょうか？」ナユタは傍らに置いたバッグから平たいケースを出した。「このDVD─Rに同じ映像が入っています」

三浦は少し考える顔をしてから受け取った。

「とりあえず見せてみるが、たぶんそう簡単にはいかんだろう。スポーツにおける癖ってのは、おいそれとは直らないからな。特に、こういう一瞬の動きで、しかも精神的なものが原因となれば修正は難しい。大事なことは自信を取り戻せるかどうかだと思う。

自信さえ戻れば、きっとまた捕れるようになる。ところが今のあいつには自信のかけらもない。一体どうすればいいかなあ」

「ほうっておけばいいんじゃないですか」ナユタの隣に座っている円華がいった。

えっ、とナユタは彼女の顔を見た。「どういうことだ」

「スランプになった選手のことなんか、ほうっておけばいいと思う。プロなんだから、自分の力で立ち直らせるべきだよ。それができないならやめるしかない」

三浦は苦笑した。「手厳しいな」

「プロの世界を知らないくせに、生意気なことをいうなよ」ナユタはいった。

円華は不思議そうな顔で見返してきた。「本当のことをいうのが生意気？」

「いや、君のいう通りだ」三浦は円華に頷きかけた。「プロというのは、そういうものだ。本来、誰も助けてはくれない。むしろ、自分以外の選手がスランプになったら、ざまあみろとほくそ笑むぐらいでないと生き残っていけない世界なんだ」

「それなのにどうして三浦さんは、山東選手を助けるんですか」円華は訊く。

「俺があいつを選んだからだ」

「選んだ？」

「俺の後釜について監督やコーチから相談を受けた時、俺が山東を推薦した。あいつが入団以来、密《ひそ》かに俺のことを手本にしてくれていることを、あいつと親しい人間から聞いて知っていたからだ。一軍のレギュラー捕手じゃなくて、控えの俺なんかをな。野球に対する姿勢を見習いたい、とかいっていたらしい。尻《しり》がこそばゆくなるような話だが、嬉しかった。だから石黒のナックルも、あいつなら捕れるようになると思った。事実、練習ではうまく捕球できた。ところが今ではあの有様だ。選手生命も危ない。俺が推薦しなきゃ、こんなことにはならなかった。そう思うと、申し訳ない気持ちでいっぱいになるんだ」

「でも山東選手が断ることもできたんじゃないですか」

「選手は監督の命令には逆らえない。それに、本人もまさかこんなことになるとは思ってなかっただろう」

「チャンスを与えてやって、それを生かせなかったからといって、三浦さんが責任を感じる必要はないと思うんですけど」

「立つ鳥跡を濁さずっていうじゃないか。この問題を解決しないまま引退するのは後味が悪いんだ」三浦は円華に笑いかけた後、ナユタのほうを向いた。「参考になったよ。筒井先生によろしくいっておいてくれ」

ナユタは足元に置いてあった紙袋を差し出した。「これ、筒井先生からです。研究に協力していただいたお礼だとか。長野の地酒だそうです」

「なんだ。こっちがお礼をしなきゃいけないのに申し訳ないな」三浦は紙袋を受け取りながら、ナユタの足元を見た。紙袋は、もう一つある。「石黒にも会うのか？」

「この後、会いに行く予定です」

「そうか。だったら……」三浦は何かを思いついた顔になった。「後釜問題についてあいつがどう考えているか、それとなく訊いてみてくれないか。俺には何もいわなくても、君になら話すかもしれない」

「わかりました」

「よろしく頼むよ」三浦は立ち上がり、「厳しい意見をありがとう」と円華にいってから店を出ていった。

円華がオレンジジュースをストローで飲み干した後、ふうーっと長い息を吐いた。

「何だか面倒臭い話。自分がやめた後のことなんか考えなくてもいいのに」

「男の世界のことだ。君にはわからないよ」

「あなたにはわかるわけ?」

「わかるよ、もちろん」

「ふうん」円華はナユタのほうを見ようとせず、ストローでタンブラーの氷をからからと回した。

「ところで君はどうする?　俺はこれから石黒さんに会いに行くんだけど」

「あたしも行く。ちょっと確かめたいこともあるし」

「へえ、どんなこと」

円華は冷めた目をナユタに向けてきた。「聞いても無駄だと思うよ」

「一応、いってみろよ」

「乱流について」

ナユタは顔をしかめた。「またそれか」

「だから無駄だといったでしょ」

それから約三十分後、二人はスポーツジムのロビーにいた。ここには球団の施設にはない特殊なマシンがあるとかで、石黒は週に何回か通っているらしい。

間もなく石黒が現れた。セーターにジャケットという出《い》で立ちだった。

挨拶《あいさつ》をした後、ナユタは筒井から預かった地酒を石黒にも渡した。「礼をしてもらうほどのことではないんだが、せっかくだからありがたく頂戴《ちょうだい》しておこう」石黒は目を細めて紙袋を受け取った。「少しは研究の足しになったのかな」

「先生は喜んでおられました。詳しいことは、これから解析するそうです。話が難しすぎて、俺にはよくわからないんですけど」

「だろうな。何しろ、投げている本人ですら理屈がわかってないからな」

「石黒さんは」円華が口を開いた。「乱流の魔術師です」

「ランリュウ？」石黒は訝《いぶか》しげに眉根《まゆね》を寄せた。

「物理用語らしいです」ナユタが説明した。

へえ、と石黒はあまり興味がなさそうな顔を円華に向けた。「何だかよくわからないが、褒めてもらったと思っていいのかな」

「もちろん、そうです」

「じゃあ、ありがとうといっておこう」

「ひとつ、訊いてもいいですか」

「なんだ？」

円華は提げていたバッグの中から野球のボールを出してきた。

「どんなふうに握っているのか、教えてもらいたいんです」

「おいおい」ナユタは横から口を挟んだ。「そんなの教えられるわけないだろ。商売上の秘密だ」

「いや、構わんよ」石黒は腕を伸ばし、円華の手からボールを取った。「仮にインターネットで公表されたところで、どうってことない。それを見てバッターが打てるようになるわけじゃないし、ほかのピッチャーが真似られるわけでもない。――こうやるんだ」人差し指と中指を深く曲げてボールに押しつけ、親指と薬指でボールを挟んだ。「投げる時には人差し指と中指で弾《はじ》くんだが、その直前に親指と薬指を離す。縫い目にかけるのは親指だけだ」

「縫い目の位置は変えないんですね」

「そうだ。いつも同じだ」

「じゃあ、もしこうやって握って投げたらどうなりますか」円華は石黒が握っているボールの角度を三十度ほど変えた。

石黒の目が少し険しくなった。その目で彼女を見た。「君は、どうなると思う？」

「変化しないと思います」円華は石黒を見返して答えた。「そのまま真っ直ぐに落ちるだけ。違いますか」

石黒は目を丸くし、ゆっくりと大きく頷いた。

「違わない。その通りだ。ナックル特有の揺れは生まれず、ただのスローボールと変わらなくなる」

「そうなんですか」ナユタは瞬《まばた》きし、石黒が握っているボールを見つめた。

「ナックルをものにするために、俺はいろいろな握りを試した。同じようにボールを回転させずに投げているのに、握った時の縫い目の位置で変化の度合いが変わる。最も変化が大きくて、コントロールしやすいのが、今の俺の握りなんだ。そして彼女がいった握りは、最も変化しない握りだ」石黒は彼女に視線を戻した。「筒井先生の研究じゃ、そんなことまでわかるのか。すごいな」

「すごいのは石黒さんです。やっぱり乱流の魔術師だ。芸術的だと思います」

「ありがとう。若い女性に褒められて悪い気のする男はいない」そういって石黒はボールを彼女に返した。

「その芸術的な魔球を受けられるキャッチャーを、何としてでも育てなきゃいけませんね」ナユタはいった。「三浦さんから話を聞きました。膝が限界だって」

「そうらしいな。でも、もう少しは保つだろう。それまでは、がんばって受けてもらわないとな」

「その後はどうするんですか」

「どうするも何も、キャッチャーがいないんじゃしょうがない。俺の出番もなくなるだけのことだ」

「だったら後継者を育てたらいいじゃないですか。三浦さんの後継者を」

石黒は、ふっと鼻から息を吐いた。

「俺はピッチャーだ。キャッチャーを育てることなんてできない。俺はナックルを投げられても、捕り方は知らないんだ。それを知ってる三浦でさえ後釜を育てられないんだから、俺にはどうすることもできない」

諦《あきら》めたような言い方に、ナユタにはぴんとくるものがあった。

「もしかして……石黒さんもやめる気ですか。三浦さんが引退したら」

石黒は吐息を漏らした。「まあ、そういうことになるだろうな」

「それは――」

ナユタが反論しようとするのを石黒は手を出して制した。

「俺としては悔いはないんだ。前にもいったが、三十過ぎでプロの世界に入った時、ダメ元のつもりだった。そんな俺がいい目をみられたのは三浦のおかげだ。日本初のフルタイム・ナックルボーラーといえば聞こえはいいが、要するに曲芸師だ。そんな俺に何年も付き合ってくれた。もう十分なんだよ。ピッチャーは長年バッテリーを組んだキャッチャーのことを古女房というだろ。ここまできたんだ。最後まで連れ添うよ」

「石黒さん……」

「そこそこ貯《たくわ》えもできたし、そろそろ第二の人生を考える時だと思っているんだ。引き際としてもちょうどいい」

「監督は……フロントはどう考えているんですか。石黒さんがやめちゃったら、チームとしては大変な痛手じゃないですか」

「今の監督は、おそらく今年限りだ。今年いっぱい、三浦の膝が保ってくれたらいいと思っているだろう。フロントは将来を見据えるのが仕事だ。引退の近いピッチャーのために専用のキャッチャーを育てようという発想はない。それに俺自身、もう若いやつを巻き添えにしたくない」

「巻き添えって……」

「俺なんかに関わって、将来を台無しにしたんじゃ申し訳ない」

石黒の苦しげな表情からは、山東をつぶしてしまったという自責の念が感じられた。三浦が引退したら自分も身を引こうとしているのは、後継者に指名された選手が、山東のようになるのをおそれているからだろう。

「そんなのおかしいよっ」突然、円華が声を張り上げた。「受ける人間がいないからって、あの芸術的なボールを投げるのをやめるなんて、絶対におかしい。あれほど乱流をコントロールできる人間なんて、そうそう現れないのに」

「また褒めてくれるんだな。ありがとう」石黒は寂しげに笑った。「そうはいってもねえ、キャッチャーがいないんじゃ野球にならないんだよ」

　要するに、と円華が宙を見据えた。「あの選手を立ち直らせればいいわけだ。あの山東っていう腑抜《ふぬ》け野郎を」

「あいつのことはもういい」石黒は顔の前で手を小さく振った。「ナックルから解放してやりたい。そうして早く、元の力を取り戻させてやりたい」

「でも、ほかにキャッチャーのなり手がいないわけでしょ」

「そうだが、あいつに関しては諦めている」

「石黒さんはそうでも、あたしは諦めきれない。あの素晴らしいナックルボールを、もう見られないなんて」

　いかにも勝ち気そうな目を見開いた円華を見て、ナユタはどきりとした。あの時と同じ顔だと思った。引退を決意したジャンプ選手に、もう一度飛んでみろと命じた顔だった。

「そういってくれるのは嬉しいが、俺にはどうしようもないんだ」石黒が両手を小さく広げた。「もうこの話はやめよう。ここまでだ」立ち上がろうとした。

「ちょっと待ってください。――何か考えでもあるのか」ナユタは円華に訊いた。

　円華は右の拳《こぶし》を口元にやり、何事か考え込む顔になった。石黒が当惑したような目をナユタに向けてきた。

「うまくいくかどうかはわからないけど」円華が口を開き、ナユタを見た。「試してみたいことがある。三浦さんによれば、山東選手が自信を取り戻せばいいって話だったよね」

「そうだ」

「だったら、やってみる価値はあるんじゃないかな」

「どんなこと？」

「それを説明する前に、石黒さんにお願いがあります」

「何だ？」石黒が訊いた。

「とびきり変化をきかせたナックルボールを投げてほしいんです」円華は再び先程のボールを握り、石黒のほうに差し出した。「あたしに向かって」

6

ナユタが室内練習場に行くと、三浦と石黒が椅子に座って話をしているところだった。

「わざわざすみません」二人に近づいていき、ナユタは頭を下げた。

「石黒から話を聞いた時には悪い冗談かと思ったが、ここに工藤君が現れたってことは、どうやらそうではなさそうだな」三浦が神妙な顔つきでいった。

「もちろんです」

「俺はどうしても信用できないんだがね。あの子に、本当にそんなことができたのか」

三浦は首を傾げた。「あんなに華奢《きゃしゃ》な身体で」

「彼女にいわせれば、身体は関係ないんだそうです。女子野球の選手にはもっと小さい人もいる、とか」

「それはそうかもしれんが……」

石黒が小さく肩を揺らし、くすくすと笑った。

「どんなに説明しても三浦は信用できんようだ。だけど無理もない。説明している俺自身がそうだった。じつをいうと今でも信じられないんだ。あれは全部夢だったんじゃないかと思うぐらいだ」

「正直いうと僕もそうなんです」ナユタはいった。「びっくりしたし、信じられませんでした。でも全部現実です。夢ではありません」

「ああ、わかっている。だからこの話に乗ったし、三浦にも協力させることにしたんだ」

ナユタは周りを見回した。ほかには誰もいない。

「山東選手は？」

「トレーニングルームだ」三浦が答えた。「電話すれば、すぐに来る」

「山東選手にはどんなふうに話を？」

「詳しいことは話してない。ナックルのキャッチングについて、見せたいものがあるといっただけだ」

「それについて山東選手は何と？」

「特には何とも。あまり気乗りしていない様子だったけどな」

「たぶん俺の顔を見るのも嫌なんだろう」石黒が苦々しそうにいった。「だから工藤君、これを最後にしよう。これでだめなら、もう諦めるからな」

「何いってるんですか。そんなこといわないでください」

「いや、もう腹は決めている」

「そんな……」

おいおい、と三浦が顔をしかめた。

「まだ何もやってないんだぞ。だめだった時のことを今から考えなくてもいいんじゃないか」

「その通りだ」石黒がいった。「ところで、肝心の主役はどこにいる？」

「もうすぐ来るはずです」

その直後、扉の開閉する音が聞こえた。ナユタは振り返り、はっと息を呑んだ。円華が女性と二人で歩いてくるところだった。その女性は、この場にふさわしくない黒いパンツスーツ姿だ。美人だが表情に乏しく、やや眠そうに目を細めている。

しかし何より目を引くのは円華の姿だった。彼女はキャッチャーのプロテクターを身に着けていたのだ。

ふっ、と石黒が笑みをこぼした。「なかなか似合ってるじゃないか」

「あれは何だ。少年野球用か」三浦が訊く。

「女子ソフトボール用だと聞いています」

「ははあ、なるほど」

円華が近くまできて、お待たせ、と無愛想な口調でいった。

「なかなか似合う、といってたんだ」ナユタはプロテクターを指していった。

「こんなもの、本当はいらないんだけどね。重たいだけで」

「すごい自信だな」三浦が呆《あき》れたように呟いた。

ナユタはパンツスーツの女性に目を移した。「工藤ナユタです。桐宮《きりみや》さんですね」

はい、と彼女は答えた。「円華さんがいろいろとお世話になっているようで」

「あたしは世話になんかなってないよ。あたしのほうが助けてやってんの」

桐宮女史は眉をひそめた。「挨拶には定型というものがあるのよ」

「いえ、円華君のいう通りです。今回も助けてもらうことになりそうです。しかも桐宮さんにまで無理なお願いをすることになり、申し訳なく思っています」

桐宮女史はため息をついた。

「円華さんに無理なことを頼まれるのは、これが初めてではありません。でも正直、今回は断りたかったです。お芝居なんて、やったことないのに」

「嫌なら断ってもいいといったじゃない」円華が唇を尖《とが》らせた。

「私が断ったら、ほかの人に頼むつもりでしょ」

「もちろんそう」

「それが困るから、私がやることにしたのよ。無闇にあなたの力を人に見せてはだめだとあれほど注意してるのに、ちっともいうことを聞かないんだから」桐宮女史はナユタたちのほうに鼻筋の通った顔を向けてきた。「皆さんにもお願いしておきます。円華さんのことを、どうかいいふらしたりしないでください。今日ここで行われることは胸の内だけに留《とど》めておいてください。それが協力する条件です」

ナユタは石黒たちと顔を見合わせた後、桐宮女史に向かって頷いた。「約束します」

桐宮女史は、それならば仕方がない、とばかりに首を縦に動かした。

「じゃあ、山東選手を呼んでいただけますか」ナユタは三浦にいった。

三浦がポケットからスマートフォンを取り出し、電話をかけ始めた。

おい、と石黒がナユタの耳元に囁《ささや》きかけてきた。「あの女性は何者だ？」

「僕もよく知らないんですが」ナユタも小声で返した。「円華君によれば、彼女のお父さんの秘書らしいです。秘書兼、彼女のお目付役だとか」

「お目付役ねえ。たしかにあの子には、そういうものが必要かもしれん」

石黒が円華に向ける目には、好奇というより、得体の知れないものに対する恐れのようなものが含まれている。

「それにしても、ちょっと緊張するな」石黒が口調を変えた。「俺も芝居なんてやったことがない。うまくいけばいいが」

「石黒さんは、黙ってボールを投げていればいいんです。後は我々が何とかします」

「ああ、よろしく頼む」

ナユタは円華を見た。彼女は全く緊張していない様子で、桐宮女史と何やらいい争っている。ラプラスという言葉が耳に入ったが、何のことかわからない。

扉が開き、トレーニングウェア姿の山東が入ってきた。ナユタたちのほうを向くなり怪訝そうな顔になったのは、円華の恰好《かっこう》を見たからだろう。

山東はナユタたちのところへ来ると、「一体、何が始まるんですか」と誰にともなく訊いた。

「見てほしいものがあるんです」ナユタは山東にいった後、石黒と三浦を見た。「では投球練習を始めてください」

石黒は頷き、椅子に置いてあったグローブを手にした。三浦もミットを持った。

所定の位置につくと、石黒はボールを投げ始めた。無論、ナックルボールだ。

「では先生」ナユタは桐宮女史にいった。「お願いできますか」

「わかりました。――じゃあ、行くわよ」桐宮女史は円華を促し、三浦の後方に移動した。

「何をする気なんだ……」山東が呟く。

「我々も行きましょう」

桐宮女史と円華は並んで立っている。三浦のほぼ真後ろだ。ナユタも二人の横に立った。

石黒の手から離れたボールは、相変わらず微妙に揺れている。よく捕球できるものだと感心するほどだった。ナユタはこっそりと山東の様子を窺《うかが》った。やや苦しげな横顔は、なぜこんなふうに捕れないのかと自分を責めているようだった。

桐宮女史が円華の肩に手を置いた。

「あなたは捕れる。あなたは捕れる。捕れないわけがない。ミットを構えていれば、ボールから入ってきてくれる。あなたは捕れる。必ず捕れる」

抑揚のない口調で語られた台詞は、まるで何かの呪文のように聞こえた。その不気味さに、これが芝居だとわかっているナユタでさえ、一瞬ぞくりとした。

あなたは捕れる、ともう一度いってから桐宮女史は円華の肩をぽんと叩き、ナユタのほうを見た。「終わりました」

「もういいんですね」

「はい」

「じゃあ円華君、よろしく」

円華は頷き、三浦のところへ行った。彼の代わりにミットを構えて座った。

「まさかっ」山東が声をあげた。「あの子がキャッチャーを？　そんな馬鹿な」

三浦がやってきた。さすがに不安げな顔をしている。

「三浦さん、どういうことですか。あんな女の子にキャッチャーをやらせるなんて」山東は唾《つば》を飛ばす勢いで訊いている。

「俺も半信半疑なんだよ。でも絶対に大丈夫だからと工藤君が……」三浦の言葉は演技には聞こえなかった。たぶん本心なのだろう。

皆が注目する中、石黒が投球動作に入った。全員の目がボールに注がれた。

ボールが手から離れる。そして次の瞬間――。

ぱんっ、と心地よい音がして、ボールは円華のミットに収まった。

ひっ、という声がナユタの耳元で聞こえた。山東が発したのだ。息を呑んだ拍子に洩《も》れたのだろう。

誰もが無言だった。三浦の顔にも驚きの色が色濃く出ていた。ナユタに向けてきたその目は、やはり石黒の話は本当だったんだな、と語っていた。

そんな中、円華はボールを石黒に投げ返した。硬球は重い。山なりで、おまけに届かなかった。途中で転がり、石黒のいるところに達した。

石黒は二球目を投げた。今度も円華は見事にキャッチした。素人目にも危なげない動きだとわかった。

三球目、四球目――円華は次々に捕球する。プロの投手にしては速くないが、時速百キロは超えている。おまけに微妙に変化しているのは、ナユタたちの場所から見れば明らかだった。

五球目を終えたところで、「オーケー、もういいよ」とナユタは円華に声をかけた。それから山東を見た。「いかがですか」

「信じられない……」山東は呆然《ぼうぜん》とした様子で首を横に振った。「どうして、あんな女の子に捕れるんだ。まるで魔法だ」

「魔法ではなく科学です」桐宮女史が冷めた口調でいった。

「あなたは一体彼女に何を……」

山東さん、とナユタはいった。

「紹介します。こちらは開明《かいめい》大学心理学研究室の桐宮さんです。桐宮さんは、催眠術を使って人間の潜在能力を引き出す研究をしておられます」

「催眠術？」山東の目に、戸惑いと疑念とが混ざった光が浮かんだ。

「といっても、他人を自分の意のままに動かしたり、突然眠らせたりするわけではありません」桐宮女史が相変わらず抑揚のない声でいった。「人が本来持っている力をスムーズに発揮できるよう誘導するのです」

「本来持っている？　あの女の子には、元々ナックルを捕る力があったというわけですか」

「彼女に限らず、理論的には誰でも捕れるはずです」桐宮女史は続けた。「それなりの動体視力と俊敏性は必要ですけど」

「そこまで聞けば、おまえをここに呼んだ理由がわかるだろう？」そういいながら三浦が近づいてきた。「おまえが以前のようにナックルを捕れるようにしてやろうってわけだ」

山東の目が揺れている。あまりに意外な話に当惑しているのだろう。「俺に催眠術を?」

「やってもらったらどうだ。副作用はないって話だし」

「……石黒さんは承知していることなんですか」

「していなかったら、ここには来ていない」

まだ信じられないのだろう、山東は下を向いて黙っている。だがどう見ても十代半ばの娘が石黒のボールをキャッチしたのは事実だ。どんなに信じがたい話でも、彼としては受け入れるしかないはずだった。

円華が戻ってきた。今の状況を尋ねる目をナユタに向けてくる。ナユタは小さく首を傾げた。

やがて山東は顔を上げ、桐宮女史のほうを向いた。「俺は何をすればいいんですか」

ナユタは三浦と顔を見合わせた。どうやら山東は、その気になったようだ。

「催眠術を受けると?」桐宮女史が訊いた。

「ナックルを捕れるようになるのなら」

よろしい、というように桐宮女史は頷いた。

「あなたはこれまでに何度も石黒さんのボールを見てこられたみたいですから、特に何もする必要はありません。身体の力を抜いてください」彼女は山東に近づくと、彼の肩に手を置いた。「あなたは捕れる」先程円華にやった時と同様、平坦《へいたん》な口調でいった。

「石黒投手のボールを捕れる。捕り損なうことなどあり得ない」

必ず捕れる、と締めくくった後、桐宮女史はぽんと彼の肩を叩いた。「以上です」

「これで終わり？」山東は拍子抜けした顔だ。

はい、と桐宮女史は頷いた。「これで完了です」

三浦が山東にミットを差し出した。「やってみろ」

山東はミットを嵌めながら、キャッチャースボックスに近づいた。石黒に向かって頭を下げた後、捕球位置で腰を下ろした。

石黒がナユタたちのほうを見た。始めるぜ、と語りかけてくるような目だった。ナユタは頷いていた。

石黒が振りかぶった。いつものフォームで、いつものようにボールを投げた。いつものような速度のボールは、山なりの軌道を描き、そして小気味よい音をたてて山東のミットに収まった。

おう、と声をあげたのは三浦だ。「よし、ナイスキャッチ」

山東はしばらく動かなかった。久しぶりにうまく捕球できたことで安堵《あんど》しているのか、催眠術の効果に驚いているのか、その表情は後ろからはわからない。

やがて彼はボールを投げ返した。腰を下ろした姿勢で、ミットを構え直す。

石黒が二球目を投じた。これもまた見事に山東のミットに吸い込まれた。

三球目も問題なしに捕球できた。先日とは別人の安定感がある。

ところが、ここで不意に山東が立ち上がった。ボールを石黒に投げ返そうとはせず、ナユタたちのほうを振り返った。

「どういうことですか、これは？」怒りを含んだ声だった。さらに彼は、石黒さん、といってマウンドのほうを見た。「投げてるのはナックルじゃないですよね」

「ナックルだよ」石黒は答えた。「見えてないのか。ボールは回転してないだろ」

「たしかに回転はしてないけど、変化もしてない。いや、わざと変化させてないでしょ？一体、どういうつもりですか」

石黒は黙り込んでいる。表情を変えず、じっと山東を見つめている。

「わかった」山東が叫んだ。「みんなで俺を騙《だま》そうとしているんだなっ。そうだろ？」

誰も答えない。それで苛《いら》立《だ》ちが増幅されたのか、くそっ、といって山東はボールとミットを床に叩きつけた。

「山東、落ち着け」三浦が駆け寄ろうとした。

だが山東は先輩の姿など目に入らぬ様子で、ナユタたちのところへやってきた。

「おたくが仕組んだことか？」山東は目を血走らせてナユタに尋ねてきた。「催眠術だとか潜在能力だとか、ずいぶんと胡散《うさん》臭い話だと思ってたんだ。全員ぐるなんだろ？石黒さんに変化しないボールを投げさせて、俺に捕らせる。ナックルを捕ったように錯覚させる。そうすりゃ、そのうちに本物のナックルを捕れるようになるんじゃないか、豚もおだてりゃ木に登るんじゃないかってわけか。悪いけど、俺はそんなに単純な人間じゃない」怒鳴り声が室内に響いた。

ナユタは返すべき言葉を探した。山東はからくりを見抜いた。見事なまでに。

「馬鹿みたい。何を怒ってんの？」沈黙の中、そういって円華は山東の前に立った。

「あんたのいう通りだよ。催眠術なんて嘘。でたらめ。あんたを騙そうとした。でもさ、何のためにこんなことをしたと思う？　みんなであんたのことを笑いものにしようとしたとでもいうの？　悪いけど、そんなに暇じゃない。どうしてこんなことをしたか。あんたにまともなキャッチャーになってほしいからに決まってるでしょ」

彼女の反撃に山東は一瞬ひるんだ顔になったが、すぐにまた目を吊り上がらせた。

「親切の押し売りはごめんだ。同情なんてしてほしくない」

「同情なんかしてないよ、ばーか。ちょっと訊くけどさ、さっきあたしが受けてたのは何？　あれもナックルボールじゃなかった？　変化しない、ただのスローボールだった？　後ろで見てたから、わかってるでしょ？」

山東の目が不安げに泳いだ。円華がいうように、彼女が捕球していたのが正真正銘のナックルボールであることは、山東も否定できないはずだった。

「あれは……あれも何かのトリックじゃないのか」

「トリック？　ふざけんじゃないよ。そんなもので石黒さんのナックルを捕れないことは、あんたが一番よく知ってるはずでしょっ」円華は嵌めていたミットを外し、左手を山東の前に出した。「ほら、これを見なよ」

山東の顔色が変わった。ナユタも彼女の手を見て、息を呑んだ。青紫色に腫《は》れていたからだ。

「この茶番劇を成立させるためには、あたしがナックルを捕れるようにしなきゃいけなかった。だから練習した。きちんと捕れるようになるまで、いっぱい練習した。石黒さんはもうやめようって途中でいったけど、あたしは諦めなかった。石黒さんの芸術的なナックルボールを、もっと見たいから。まだ投げられるのにキャッチャーがいないから引退なんて、そんなの嫌だから。誰でもいいからキャッチャーが必要だと思ったから。その結果が、この痣《あざ》なんだ。同情？　逆だよ。あんたがしっかりしてたらこんな苦労はしなくていいのにって、正直、むかついてんだよ。こんな小娘でも努力すれば捕れるようになるのに、プロの選手が何やってんのさっ」

円華に早口でまくしたてられ、山東は臆《おく》したように後ずさりした。返す言葉がないらしく、黙って俯いた。

「もういいよ。負け犬のままで逃げだせば？　行こう、桐宮さん」そういい放つと円華は足早に出口に向かった。その後を桐宮女史が追った。

彼女たちが出ていった後も、山東は無言のままだった。誰も声を発しないまま、しばらく時間が流れた。

やがてマウンドから石黒がやってきた。

「どうするんだ？」山東に訊いた。「負け犬のままで逃げるのか。それとも意地を見せてくれるのか。後者なら俺も手を貸そう。あの女の子の練習に付き合った時と同じぐらいの数は投げてやる。さあ、どうする？」

立ち尽くしていた山東が、ゆっくりと石黒のほうを向いた。「本当にあの子は石黒さんと練習を？」

「練習せずに捕れたとでもいうのか。俺のナックルは練習しなきゃ捕れない。それはおまえが一番よく知ってるはずだ。彼女もそういってたじゃないか」

信じられない、と山東は呟いた。

「だから捕れないんだ」三浦がいった。「練習すれば捕れる、そう信じてないからだめなんだ」

「信じてない、わけじゃないんですけど……」山東は呻《うめ》くようにいった。

「どうするんだ？」再び石黒は訊いた。「早く答えを出してくれ。悪いが、俺にはそう長くは時間が残されてない」

山東が窺うような目を石黒に向けた。「キャッチャー、俺……なんかでいいんですか？」

「おまえしかいないんだから仕方ないじゃないか」

三浦がキャッチャーミットを拾い、山東に近づいた。さあ、とミットを差し出した。

山東はそれをしばらく見つめた後、手に取り、歩きだした。ホームベースの後ろまで行くと、何かを決心したように頷き、石黒のほうを向いた。

「お願いしますっ」そういってミットを一度叩き、腰を下ろした。

7

ナユタの話を聞くと、「そう、うまくいったの。それはよかった」と素っ気なくいって円華はストローでアップルジュースを飲んだ。

先日、三浦と会ったホテルのラウンジにいる。例の芝居の顚末《てんまつ》を知らせるために、ナユタが彼女を呼び出したのだった。

「あまり嬉しそうじゃないな。これからも石黒さんのナックルを見られるっていうのに。見事に作戦成功だ。すべて君のおかげだ」

円華は肩をすくめた。

「そこまでいわれるほどじゃないよ。作戦成功といったって、あたしが最初に考えたシナリオだと、やっぱり失敗していたわけだから」

「それは仕方ない。君はプロ野球の選手じゃないんだから」

円華はため息をついた。

「プロの気持ちはプロにしかわからないってことは、よくわかった」

「もっと素直に喜べよ。石黒さんも三浦さんも君に感謝していた。礼をいっといてくれといわれたんだ。今度、試合に招待してくれるってことだった。もちろん石黒さんが先発の試合だ」

「そういうことならバックネット裏がいい」

「いっておくよ。それにしても――」ナユタは幼さの残る円華の顔を見て、ゆらゆらと頭を振った。「今回もまた、君には驚かされた」

「その台詞、聞き飽きた」

「事実なんだから仕方ない。特に、石黒さんのナックルボールを初めて捕った時には度肝を抜かれた」

ナユタは一週間前のことを振り返った。スポーツジムで石黒に会った時だ。円華は石黒に奇妙なことをいいだした。自分にナックルボールを投げてほしいといったのだ。しかも、こう続けた。

「それをあたしがキャッチしてみせます」

彼女のいっている意味がナユタにはわからなかった。何かの比喩《ひゆ》かとさえ思った。同様の思いらしく、どういう意味かと石黒が問い直した。

だから、と円華はいった。「石黒さんのナックルボールを、あたしが捕球してみせるといってるんです」

「本気でいってるのか？　冗談とか何かのたとえ話でなく」返答に困っている様子の石黒に代わって、ナユタが訊いた。

「もちろん本気。こんなこと冗談でいえるわけないでしょ」

ナユタは大きく腕を振った。

「プロのキャッチャーでさえ苦労しているんだ。君に捕れるわけないじゃないか」

「じゃあ、もし捕れたら？」円華は睨《にら》むようにナユタを見つめてきた。

「もしって、そんな……」ナユタは言葉に窮した。

円華は石黒に顔を向けた。「もし捕れたら、あたしの提案を聞いてくれますか？」

「提案って？」

「石黒さんの新しい専属キャッチャー――三浦さんの後釜を育てるためのプランがあるんです」

石黒は困ったような顔をナユタに向けた後、円華を見た。「君、野球経験は？」

「あたしの場合、そんなものは必要ありません。必要なのは、乱流を読む力だけです」

その言葉を聞き、ナユタははっとした。ジャンプ大会での出来事が蘇る。この娘に常人を超えた力があることは、薄々感じている。

この娘ならできるのではないか――ふとそんな気がした。

「石黒さん、やらせてみてもらえませんか」

「やらせるって、キャッチャーをか？」

「そうです。うまくいえないんですけど、彼女には不思議な力があるんです。もしかしたら、本当に捕れるのかもしれない」

「もしかしなくても捕れるのっ」円華はナユタにいってから石黒を見た。「お願いします。これは石黒さんのためでもあるんです」

石黒は途方に暮れたような顔で、「冗談だろ……」と呟いた。からかわれているのか、と疑ったかもしれない。

「練習場の手配をします」ナユタは腰を上げた。

それから約一時間後、ほかに人気のない夜間室内練習場で、石黒は、そしてナユタも、円華の言葉が嘘でないことを知った。

怪我をしても知らないからな、といって石黒が投じたナックルボールを、円華は見事にキャッチしたのだった。しかもキャッチャーミットを嵌めているだけで、プロテクターの類《たぐ》いは一切着けていなかった。

信じられないといって、その後石黒は五球ほど投げた。それらのすべてを円華は捕球した。そのうちの一球はワンバウンドだったにも拘《かか》わらず、捕り損ねることはなかった。

「狐につままれているみたいだ」石黒は呆然とした表情で立ち尽くしていた。

「彼女には特別な力があるといったでしょ」

「超能力ってやつか。そんな馬鹿なといいたいところだが」石黒はグローブを外し、お手上げのポーズを取った。「信じざるをえないようだ」

「約束を守っていただけますね」円華は勝ち誇った顔をすることもなく、石黒に訊いた。

「一体、何が望みなんだ。俺は何をすればいい？」

「難しいことではありません。ちょっとしたお芝居をしてほしいんです」

「芝居？」

　こうして円華がいいだしたのが、催眠術を使う芝居だった。催眠術によって野球経験のない娘が石黒のナックルボールを捕れるようになる、というストーリーだ。その一部始終を山東に見せた後、彼にも催眠術をかける。もちろん本物の催眠術ではない。そのうえで石黒は、わざと変化しないボールを投げる。それなら山東にも捕れるはずだ。ボールは無回転なので、彼はナックルボールを捕れたと勘違いするだろう。自分に暗示をかければ話が早い。これでもう大丈夫と自信を深め、やがては本物のナックルボールも捕れるようになるのではないか、というのが円華のシナリオだった。

　面白いアイデアだとナユタは思った。円華のような華奢な女の子が、石黒のナックルボールを次々にキャッチする様子を見たら、催眠術を信じるのではないかという気がした。

　だが石黒の意見は違った。変化しないナックルボールを投げたら、おそらく山東は気づく、というのだった。

「いくらスランプでも、奴はプロだ。プロの目はごまかせない。それに催眠術なんていう魔法に頼るという考え方が俺は好きじゃない。スランプから抜け出せるかどうかは、結局のところ自分自身の力にかかっている」

　グッドアイデアだと思ったものを否定されたからか、円華は珍しく失望の色を示し、不機嫌そうに口を閉ざした。そんな彼女に対して石黒は、「しかし発想は面白い」と続けた。

「君のような、一見ふつうの女の子がキャッチするのを目にすれば、衝撃を受けるのは確実だ。その驚きを、奴が奮起するきっかけにできるかもしれない」

そして石黒は、山東が催眠術が偽物だと気づいた後の筋書きを提案してきたのだった。それが、円華がナックルボールを捕れたのは催眠術ではなく猛練習の成果だった、といううどんでん返しだ。

「プロならば、そっちのほうが断然ショックが大きい」石黒は断言した。さらに、それで奮起しないならやめたほうがいい、とまで付け足した。

こうしてあの日の出来事が起きたのだった。

「君の迫真の演技は見事だったよ」ナユタは円華にいった。「左手の痣にも驚いた。からくりを知っているはずなのに、どきっとした」

「なかなかリアルだったでしょ」そういってから彼女はスマートフォンを取り出した。メールが届いたらしく、画面を見て口元を歪めた。「桐宮さんだ。そろそろ戻らないと、また小言をいわれる」

「あの人にも迷惑をかけた。よろしくいっておいてくれ」

「気にしなくていいよ。きっとあの人も楽しんだと思うから」円華はジュースを飲み干し、立ち上がった。「じゃあね」

「いつかまた会おう」

「うん、いつかね」

バイバイ、といって円華は左手を振った。あの日、特殊メイクが施されていたその手には、今日は何の異状もなかった。

第三章　その流れの行方は

1

ナユタが脇谷正樹《わきたにまさき》の姿を発見したのは、七月に入ってすぐの暑い夕方だった。西麻布《にしあざぶ》の交差点で信号が青に変わるのを待っていたところ、道路の反対側にいる体格のいい短パン姿の男性が、高校時代の同級生だと気づいたのだ。最後に会ったのは十年以上も前だ。少し太ったようだが、精悍《せいかん》な顔つきは変わらない。

信号が青になった。ナユタは歩きだした。ここの横断歩道は長く、途中に安全地帯がある。そこに達した時、ちょうど脇谷がすぐ前に迫ってきた。やや俯《うつむ》き加減に歩いているので、ナユタには気づいていない様子だった。

脇谷、と声をかけた。それで驚いたのか、彼は顔を上げて立ち止まった。

「久しぶり」ナユタは笑いかけた。

だが相手の反応は鈍かった。目はナユタを捉《とら》えているのだが、顔には戸惑いの色が浮かんでいる。突然声をかけてきた男が誰なのか、懸命に記憶を探っている顔だ。しまった、とナユタは後悔した。こちらが懐かしいからといって、相手も同じだとはかぎらないのだ。

すみません、と手を横に振って謝った。「人違いでした」

ナユタは脇谷の横を抜け、安全地帯から出ようとした。ところが信号はすでに青の点滅を終えようとしており、その場に留《とど》まるしかなかった。

その時だった。工藤《くどう》、と背後から声が聞こえた。

えっ、とナユタは振り返った。すると目の前に脇谷の弾《はじ》けるような笑顔があった。


ジョッキを合わせた後、脇谷は生ビールをごくりと飲み、大きく息を吐いた。

「いやあびっくりした。あんなところでおまえに会うとは思わなかったからなあ。しかも無精髭《ひげ》に坊主頭、真っ黒に日焼けしているときている。どこのチンピラだと思ったよ」

「チンピラはないだろ。でも、すぐに思い出したみたいだな」

「そりゃそうだ。十年程度会ってないからって、昔の仲間の顔を忘れるもんか」

「仲間……問題児仲間だな」

そうそう、と脇谷は意味ありげな笑みを浮かべ、何度も頷《うなず》いた。「お互い、嫌われ者だったし、周りに迷惑もかけたな」

「いろいろと、ね」ジョッキの中の白い泡を見つめながら、ナユタは遠い過去に思いを馳《は》せたが、今ここで口に出すことには躊躇《ためら》いを覚えた。決して、明るい話題ではない。久しぶりに会ったのに、空気を湿らせたくはなかった。

二人は麻布十番《あざぶじゅうばん》にある居酒屋にいた。どちらも予定がなかったので、再会を祝おうということになったのだ。

「最後に会ったのは、二十歳の時だったな」脇谷がいった。「おまえが成人式に出ないっていうんで、だったら二人で飲もうって俺が誘ったんだ。俺も式には出づらかった。昔のワル仲間がいるに決まってて、そいつらに絡まれたら面倒だからな」

「あの時は正直、嬉《うれ》しかった。将来のことで迷ってて、誰かに話を聞いてほしかったから、まさにグッド・タイミングだった」

「おまえの話を聞いた時には驚いたなあ」枝豆を口に放り込み、脇谷は苦笑した。「せっかく苦労して医学部に入ったというのに、大学を辞めたいとかいいだすんだもんな。頭がおかしくなったのかと思ったぞ」

「そういう脇谷だって、大学進学を勧める親を無視して、料理人の道を選んだじゃないか。学校の成績だって悪くなかったのに」

「悪くなかった、程度だろ？　おまえなんか、ろくに学校に出てこないくせに、テストの日にだけふらりと現れて、満点とか取っちまうんだもんな。医学部に合格したって聞いても、ちっとも驚かなかった。それだけに、大学を辞めるとは何ともったいない、と思ったわけさ」

「何をもったいないと考えるかは、人それぞれだ。脇谷だって、大学なんかに行っても夢を叶《かな》えられないと思ったから、進学しなかったわけだろ？　それと同じだ。医学部は俺にとっての夢じゃないと気づいたんだ」

「なるほどね。まあ、今となってはその気持ちもわかるよ」脇谷はビールを飲み干すと、店員を呼んでおかわりを注文した。「で、工藤は今、何をやってるんだ？　最後に話した時には、ほかにやりたいことがあるようなことをいってたな」

「その通りだ。今の肩書きを教えておくよ」ナユタはショルダーバッグに入れてあった名刺を一枚出し、テーブルに置いた。

それを手にし、脇谷は目を見開いた。「鍼灸師《しんきゅうし》……鍼《はり》か」

「医学を勉強しているうちに民間療法に興味を持つようになって、特に鍼灸の底知れない力に魅力を感じたんだ。たまたま後継者を探しているという鍼灸師を紹介してもらえる機会があったんで、頼み込んで弟子入りした。大学は、その時に辞めた」

「よく御両親が認めたな」

「認めるわけない。全部、勝手に決めた。おかげで今じゃ勘当状態だ。何年も連絡を取ってない」

「おいおい、それでいいのか」

「いいも悪いもない。自分の道なんだから、自分で切り拓《ひら》くしかない。昔、二人でよくそういう話をしたじゃないか。忘れたのか」

「忘れちゃいないけど、なかなかそんなふうにはできないものだ。そういう意味では、大したもんだよ」

おかわりのビールが運ばれてきた。脇谷はジョッキを口に運んだ後、白い泡を手の甲でぬぐった。「で、どうなんだ。鍼灸師の仕事は？」

「面白いよ。やり甲斐《がい》があるし、楽しい」ナユタは言葉に自信を含ませた。「今のところ、殆《ほとん》どの患者さんが師匠からの引き継ぎだけど、いろんな人との出会いがあって、人生勉強になる」

その患者の顔ぶれがプロスポーツ選手から有名作家に至ることをナユタは話した。

「そうか。おまえが選んだ道は間違いじゃなかったってことだな。安心した」

「そっちはどうなんだ。成人式の時点では、まだ調理師学校に通っていたと思うんだけど」

脇谷は頷いた。

「学校に通いながら、知り合いのレストランで修業を積んだ。といっても下働きばっかりで、曲がりなりにもプロの料理人と認められるようになったのは、ここ二、三年ってところかな。今は恵比寿《えびす》のイタリアン・レストランで働いている。だけど、いずれは自分の店を持ちたいっていう夢がある」

「イタリアンか。おまえがねえ」ナユタは脇谷の顔をしげしげと眺めた後、彼の左手に目を移した。じつは先程から気になっていた。「ところで、いつ結婚したんだ」

「これか？」脇谷が照れたように左手を小さく挙げた。薬指に銀色の指輪が嵌《は》められている。「一年前だ。行きつけのバーで知り合った美容師で、俺より四つも年上だ」

「それはおめでとう。何かお祝いをしなきゃな」

「やめてくれ、そんなのはいい。それに籍を入れたのは一年前だけど、四年近くも同棲《どうせい》していたから、新婚って感じがまるでしないんだ。結婚式もしなかったしな」

「そうなのか。今からでも遅くないから、式ぐらい挙げたらどうだ。奥さん、かわいそうじゃないか」

「いや、じつはそれどころじゃなくなりそうなんだ」脇谷は急に神妙な顔つきになった。

「どうした？」ナユタも思わず表情を硬くした。

「うん、いやそれが」脇谷は首の後ろを掻《か》いた。「どうやら家族が増えそうな感じでさ」

えっ、と声を漏らした後、ナユタは友人の顔を覗《のぞ》き込んだ。「ひょっとして、奥さん、おめでたか」

まあな、と脇谷が顎《あご》をひょいと前に出した。

「そうかあっ。何だ、そういうことなら、もっと早くいえよ」ナユタは腕を伸ばし、脇谷の肩を叩《たた》いた。「だったら、もう一度乾杯だ。おめでとうっ」

「うん、ありがとう」脇谷もジョッキを持ち上げ、ナユタの乾杯を受け入れた。笑っているが、その表情はどこかぎこちない。照れているせいだろう、とナユタは思った。

「予定日は？」

「来年の一月だ」

「そうか。ふうん、来年の一月になると脇谷はパパになるのか。何か変な感じだなあ」

「俺自身、ぴんと来てないよ」脇谷は眉《まゆ》の横を掻いた。

「よかったなあ。奥さん、喜んでるだろうな」

「それは、まあな」

「じゃあ、そっちのほうで何かお祝いを考えよう。何かほしいものがあるなら、遠慮なくいってくれ。といっても、あまり高価なものは無理だけどさ。ふうん、そうか、子供が出来るのか」ナユタはテーブルのメニューを広げた。「何か高級な酒で乾杯し直そうぜ。シャンパンなんかどうだ」

「いや、そういうのはまだいい。それよりさ、工藤、おまえ、石部《いしべ》先生とは連絡を取ってるか？」

「石部先生？　いや……」ナユタは戸惑った。その名前を忘れたわけではなかったが、この場で聞くのは唐突な気がした。「卒業以来、会ってない。メールは何度か交わしたことがあるけど」

石部憲明《のりあき》教諭は、ナユタたちが高校生だった時の担任教師だ。不登校を続けていたナユタのところへ、毎日のようにやってきた。学校には来なくてもいいから勉強はしたほうがいいというアドバイスは、ナユタを救ってくれた。数少ない、恩師と呼べる人物だ。

「石部先生が、どうかしたのか」

「うん。じつをいうと俺は、卒業後もわりと頻繁に連絡を取ってたんだ。何しろ、おまえ以上に世話になったからな。で、結婚や子供のことを報告したいと思って久しぶりに学校に行ってみたら、三か月前から休職中だったんだ」

「休職？　どうして？」

「その時には、はっきりとした理由を教えてもらえなかった。それでいろいろと調べてみたら、松下《まつした》が知ってた。覚えてるか、俺たちと同じクラスだった松下七恵《ななえ》」

そういう名の女子がいた記憶はかすかにあるが、顔はまるで思い浮かばなかった。

「すまん、俺はクラスメートとは殆ど顔を合わせてないから」

「そういう女子がいたんだよ。今は我らが母校の国語教師になっている。で、その松下によれば、先生の息子さんが、去年事故に遭ったらしい」

えっ、とナユタは目を見張った。「交通事故か？」

「水の事故だ。家族三人でキャンプをしている時、息子さんが足を滑らせて近くの川に落ちたってことだった」

「……亡くなったのか？」

いや、と脇谷は小さく首を振った。

「一命は取り留めたらしい。だけど意識はなくて、深刻な状態が続いているとか」

「そんなことに……」

「しばらく看病に専念するため、石部先生は休職することにしたそうだ。その前から、学校にいてもずっと様子がおかしかったらしい。まるで魂が抜けたみたいだったとか。驚いたよ、あの先生がそんなふうになるなんて。気の毒としかいいようがない。それで、このところずっと気になってってさ。息子さんの見舞いに行ったほうが……というか、先生の様子を見に行ったほうがいいんじゃないかと思って。とはいえ、現在の状況を知らないまま押しかけたって、迷惑なだけかもという気もするし」

脇谷の深刻な表情を見て、子供が出来たというのにはしゃいだ様子がないことにナユタは合点がいった。恩師が我が子のことで苦悩していると知り、心から喜ぶ気になれないのだろう。

「何ひとつわからないのか。その……現在の状況について」

そうだなあ、と脇谷は首を傾げた。

「最近になって、石部先生は息子さんを別の病院に移したそうだ、と松下はいってたな。又聞きだから、本当かどうかはわからないってことだけど」

「別の病院？」

「そういう症例に強い病院だってさ。どこかの大学病院だ。ええと、どこだっけ」脇谷は眉間《みけん》に皺《しわ》を寄せて考え込んだ後、ぽんと膝《ひざ》を叩いた。「思い出した。開明《かいめい》大学だ。あそこの大学病院に、脳神経外科の権威がいるとか」

「開明大学……」

ナユタの脳裏の奥で、ひとつの記憶の欠片《かけら》がぽとりと落ちた。

2

　指定された店は、駅ビルの二階にあった。ピンク色の看板が掲げられたフルーツパーラーだ。ガラス越しに中を覗くと、窓際のテーブル席に見覚えのある顔があった。俯いているのは、スマートフォンをいじっているからだろう。いた、といってナユタは隣にいる脇谷に頷きかけた。

　中に入り、店内を進んだ。そばまで行ってからナユタが声をかけようとした時、「案外、早かったね」と相手が先にいった。しかもスマートフォンに視線を落としたままだ。ナユタたちが近づいてきた気配を感じ取ったらしい。

「遅れるとでも思ったのか。君との待ち合わせで、遅刻したことがあったかな」ナユタは立ったままで訊《き》いた。

「さっき、あなたの車が入っていくのが見えた」そういって相手の娘――羽原円華《うはらまどか》が窓の外を指差した。その先には立体駐車場の出入口がある。「その直前の一分間に、三台の車が立て続けに入っていった。小型トラック、初心者マークを付けたセダン、ワンボックスカーの順。今日、あの駐車場は混んでるみたいだから、あなたが駐車スペースを確保できるまでには、少し時間がかかるんじゃないかと思った。特にあの初心者マークが厄介じゃないかなと。運転に不慣れで、車庫入れも下手そうだったから」

「たしかに混んでいたけど、たまたま近くのスペースが空いたんだ。ラッキーだった」

「そう。道理でね。納得した」円華がナユタを見上げた。「元気だった？」

「何とかね。君も相変わらずみたいだな」

「相変わらずって、どんなふうに？」

「だからその、相変わらず……君らしいなと思った」

「何、それ。日本語としておかしくない？」円華は眉根を寄せた。勝ち気な猫を連想させる目が印象的だ。長い髪は、どうやって縛っているのかは不明だが、頭の上でソフトボール大にまとめられていた。ノースリーブのブラウスから剝《む》き出しになった細い二の腕が、華奢《きゃしゃ》な体形を強調している。

二人のやりとりに脇谷は戸惑っている様子だ。不安げな目をナユタに向けてきた。

円華君、と呼びかけた。

「紹介しておくよ。こいつが高校時代の同級生、脇谷だ。——脇谷、羽原円華君だ」

よろしく、と脇谷が挨拶《あいさつ》し、こんにちは、と円華が応《こた》えた。

ナユタと脇谷は、彼女と向き合って座った。

ウェイトレスがやってきて、円華の前に巨大なフルーツパフェを置いた。いくつもの果物が溢《あふ》れんばかりに載っている。ナユタたちはコーヒーを注文した。

「今回は、急に変なことを頼んですまなかった」

ナユタが謝ると、円華はメロンを口に運びかけていた手を止めた。「別に変なことだとは思わないけど。開明大学病院に知り合いが入院したと聞いて、そこにコネクションがあったなら、それを使って情報を得ようとするのは当然じゃないの？」

「そういってもらえると気が楽になるけど……」

「でも、よく覚えてたね。あたしの父が開明大学病院の脳神経外科医だってこと」

「君が初めて筒井先生に会いに行った時、開明大学医学部の羽原教授の娘だと名乗っただろ？　脳神経外科医なんて周りにいないから、何となく記憶に残ってたんだ」

自分が医学部に籍を置いていたこともあって馴染《なじ》みがあった、という理由はいわないでおいた。

ナユタが円華にメールを送ったのは、脇谷と会った翌日だ。石部憲明という男性の息子が、脳の治療のために開明大学病院に入院したという話を聞いたが、本当かどうか確かめてもらえないだろうか、という内容だった。石部がナユタの高校時代の恩師だということは、もちろん付け加えた。

すぐに円華から返信が届いた。二週間前に、よその病院から転院してきたようだ、とあった。さらに、こう付け足してあった。私の父親が担当しているみたいです――。

即座にメールを返した。詳しいことを知りたいのだが、どうすればいいか、と尋ねたのだ。届いた回答は、教えられることと教えられないことがある、直に会うのが手っ取り早いと思う、というものだった。そこで会う約束を交わし、今日のこの場に至ったというわけだ。

黙々とパフェを食べていた円華が不意にスプーンを止め、ナユタと脇谷を交互に見た。

「かなり世話になったわけ？」

えっ、とナユタが訊いた。

「その石部っていう先生にだよ。だって、ふつう卒業して十年以上経ってたら、担任の先生の息子が事故で入院したからって、そんなには気に掛けないと思う。わざわざこんなところまで来たってことは、よっぽど恩があるのかなと思ったわけ」

ナユタは脇谷と顔を見合わせた後、円華に苦笑を向けた。

「その通りだ。俺たち二人ともとんだ問題児で、石部先生がいなかったら、間違いなく人生の落伍者《らくごしゃ》になってた。だから先生が大変な状況だと聞けば、放っておけないんだ」

「ふうん、落伍者ねえ」

再びパフェを口に運び始めた円華だったが、やがて半分ほどを残してスプーンを置いた。

「詳しい説明は省くけど、あたしは開明大学病院のデータベースにアクセスできる立場にあるし、父の仕事内容もある程度は把握してる。だからあなた方の期待に添えるかもしれない。ただ断っておくけど、今から話すことは、はっきりいって病院関係者としてはルール違反。プライバシーの侵害だし、医師なら守秘義務違反。でも二人はプライバシーを守ってくれると思うし、あたしは医者じゃないから特別に教えてあげる。ただしほかの人には絶対に話しちゃだめ。約束してくれる？」

ナユタは脇谷と共に頷いた。「もちろんだ」

円華は両手を膝に置き、ナユタたちを真っ直ぐに見つめてきた。

「患者の名前は石部ミナト君。十二歳。開明大学病院に運ばれた時の状態は、自力移動不能、自力摂食不能、意思疎通不能、排泄《はいせつ》制御不能、意味のある発語不能、ただし自発呼吸は辛うじて可能」すらすらと言葉を並べた。「遷延性意識障害――所謂《いわゆる》植物状態。で、今もその状況に殆ど変わりはなし」

その内容は、松下七恵からの情報と一致していた。一年以上もの間意識不明ということを医学的に説明するならば、こうなるのだろう。

「一体、どんな事故だったんだろう？」脇谷が訊いた。

「溺《おぼ》れて、一定時間心停止したみたいね」円華はいった。「でもどこで溺れたのかとか、なぜ溺れたのかなんていう情報は、開明大学病院のデータベースには入ってない。当たり前だよね。治療には全然関係ないから。うちの父にしたって、そんなことには興味がないと思う」

「じゃあ、お父さんは……羽原先生は何と？」ナユタは訊いてみた。「その症例については世界的な権威なんだろ？　回復する見込みはあるんだろうか」

「さあね。そんなこと、父には訊いてない。訊いたって、たぶん答えてくれない。医者は百パーセントの自信がないかぎり、楽観的なことはいわないから」

円華の口調は冷淡にさえ聞こえたが、たぶんそれが事実なのだろう。

「御両親……先生たちの様子はどうなのかな。それも気になっているんだけど」脇谷が円華にいった。

「知り合いのナースから聞いたかぎりでは、比較的冷静みたい」円華は答えた。「辛《つら》い状況ではあるけど、事故から一年以上も経っているんだから、現実を受け入れられるようにはなってると思う。ただしそれはお母さんの話。お父さんのほうは一度も顔を見せてないらしいよ」

「石部先生が？」脇谷が声のトーンを上げた。「どうして？」

「理由はわからない。ナースたちも不審がってる。うちの父も文句をいってたよ。そろそろ大事な話をしなければならないのにって」

なぜだろう、と脇谷がナユタに尋ねてきた。ナユタは首を捻《ひね》るしかない。「で、どうする？」円華が訊いてきた。「これから病院に行くというなら案内するけど。さっき確認したら、お母さんは毎日来てるらしいよ」

「見舞いはできるのかな」ナユタが問うた。

「面会は可能。意識はなくても、状態は安定しているらしいから」

ナユタと脇谷はお互いの顔を見つめた。

「とりあえず、行ってみないか」脇谷がいった。「先生の奥さんなら、何度か会ったことがある。詳しい話を聞けるかもしれない」

無論、ナユタに反対する理由はなかった。

開明大学病院は、新しくて洗練された雰囲気を持つ建物だった。病室に向かうには専用のゲートを通らねばならず、見舞い客は手前の受付で手続きをするようになっていた。その際、患者本人や付き添いの人間から面会を断られた場合は、許可が下りないらしい。

手続きは円華がやってくれた。果たして許可が下りるだろうかと不安な思いで待っていると、間もなく彼女がナユタたちのところに戻ってきた。

「はい、これを付けて」そういって差し出してきたのは来訪者証だった。

円華に案内され、エレベータに乗った。

「何階？」ナユタが訊いた。

「八階」

ナユタは『8』のボタンに触れた。だが点灯しない。

「それじゃだめ」

円華は、ボタンのそばにある黒いパネルに来訪者証をかざしてから、『8』のボタンに触れた。すると点灯した。

「これがないと八階には行けないわけか」ナユタは来訪者証を見た。「ずいぶんと厳重なんだな」

「特別フロアだからね。八階はセキュリティが特に厳しいの。ＶＩＰが入院してたりする」

「どうしてそんな部屋に？　石部先生の息子さんはVIPってわけじゃないだろ」

「脳の状態と父の治療内容次第ではVIPになる可能性がある」

ナユタは首を傾げ、円華の顔を見つめた。「どういうことだ？」

彼女は何かいいかけたが、目をそむけ、小さく手を振った。「ごめん、忘れて」

奇妙な発言にどう対応していいかわからず、ナユタは脇谷と顔を見合わせてから肩をすくめた。

エレベータが八階に着いた。しんと静まり返っていて、空気まで止まっているようだ。

広いナースステーションに数名の看護師がいた。円華が近づいていって何事か話した後、ナユタたちのほうを振り向いて、廊下の奥を指した。

三人で廊下を歩いた。リノリウムの床は磨きこまれていて光っている。

「VIPの病室って、どんなふうなんだろうな。食事なんかも豪華なのかな」ナユタは声をひそめていった。

「そんなわけないじゃん」円華は特に声を落とすわけでもなく、あっさりといった。「ふつうだよ。栄養や成分を管理されたふつうの食事。特においしくないし、まずくもない」

「よく知ってるな。入院したことあるのか」

だがこの問いに対する答えはなかった。

円華は廊下の奥にあるスライドドアの前で足を止めた。ドアの横に掲げられたプレートには、石部湊斗《みなと》、とあった。ここみたいだね、と彼女は小声でいった。

脇谷がドアをノックした。どうぞ、と女性の返事が聞こえた。

スライドドアを開け、失礼します、といいながら脇谷が入っていった。ナユタも彼に続いた。しかし円華は入ってこなかった。自分は部外者だと思ったのかもしれない。

ナユタの目に真っ先に飛び込んできたのは、介護用ベッドで眠っている少年の姿だった。上半身が四十五度ほどの角度に起こされており、鼻からはチューブの先端が覗いている。顔が少し浮腫《むく》んでいるようだが、単に眠っているようにしか見えなかった。

ベッドの向こうにソファとテーブルがあった。髪を引っ詰めにした女性がソファから立ち上がり、薄い笑みをナユタたちに向けてきた。「脇谷君……よく来てくれたわね」

「御無沙汰《ごぶさた》しています」脇谷が頭を下げた。

ナユタも頭を下げ、初めまして、と挨拶した。「脇谷と同様、石部先生に大変お世話になった工藤です」

「ああ、主人から話を聞いたことがあります」石部夫人は脇谷に視線を戻した。「息子のこと、誰から聞いたの？」

「あ、あの……同級生からです。高校で教師になった奴がいて」

脇谷の答えに、ああ、と夫人は得心したように頷いた。その表情は少し冷めている。あまり口外されたくないのかもしれなかった。

これを、といって脇谷が提げていた紙袋を差し出した。先程のフルーツパーラーで買った果物の詰め合わせだった。

「こんな気を遣わなくてもよかったのに……」夫人は受け取った紙袋をテーブルに置いた。

果物なんか貰《もら》ったって肝心の息子は食べられない——そういいたいようにナユタには感じられた。

「とりあえず座ってちょうだい。お茶でも淹《い》れるから」

「いえ、俺たちはこのままで結構です。——なあ？」

もちろん、とナユタは頷いた。「奥さんこそ、お掛けになってください。お疲れでしょう？」

「別に……大して疲れてないの。看護師さんに任せきりで、私のできることなんて大してないし」夫人は寂しげな顔を息子に向けた。ベッドの少年は目を閉じたままで、先程から全く姿勢が変わっていなかった。

通常の見舞いなら、お加減はいかがですか、とでも訊くべきところだった。顔色はよさそうですね、などと付け足すのも悪くない。しかしこの状況では、それらの発言はすべて無神経なもののようにナユタには思えた。

あの、と脇谷が口を開いた。

「どういう事故だったのか、俺たち、何も知らないんです。事故のことを教えてくれた奴も、詳しいことはわかってないみたいで……」

夫人の顔から表情が消えた。

「人に話せるような内容じゃないの。馬鹿な親が、川に落ちた息子を助けられずに溺れさせてしまった——ただ、それだけのこと」

彼女は明らかに事故について話すのを嫌がっていた。当然かもしれないとナユタは思った。話すためには、その時のことを思い出さねばならない。忘れたくても忘れられない悪夢なんて、誰も振り返りたくない。

でも、と彼女は続けた。

「こんなふうに穏やかな顔で眠っている息子を見ていると、これも悪くないのかなあなんて思うこともあるの。この子が元気だった頃は、それこそ気の休まる暇がなかったから」

夫人のいっていることの意味がわからず、ナユタは脇谷を見た。だが彼は気まずそうに黙って俯いただけだった。

あら、と夫人が首を傾げて脇谷を見た。

「もしかして脇谷君、工藤君には息子のことを話してないの？」

「はい、詳しいことは……」脇谷が口籠《ご》もった。

夫人は頷き、少し迷った表情を覗かせた後、ナユタのほうを向いた。

「息子は重度の発達障害だったの。暴れるし、何でも口に入れるし、コミュニケーションを取るのも大変なほどだった」

ナユタにとっては初めて聞く話だった。そうだったんですか、と相槌《あいづち》を打つしかなかった。なぜ脇谷は事前に教えてくれなかったのか、という疑問が浮かんだ。

「夜中に騒ぎ始めて、こっちが朝まで一睡もできなかったなんてこともざら。叫びながら、壁に激突して、そのたびに大怪我をすることも……。その点、今はぐっすりと眠れる。この子がすっかりおとなしくしてくれているものだから」

夫人の口調からは、彼女が本気でいっているのか、自虐的な冗談なのか、判断がつきかねた。ナユタは何とも応じようがなく困惑した。

「そういえば、今度こちらで診てくださることになった先生から、ずいぶんと難しいことを注文されちゃって」

「どんなことですか」ナユタが訊いた。その先生とは、羽原円華の父親だろう。

彼女はソファに置いてあったバッグからDVDを出してきた。

「家族で過ごしている様子を録画したもの、あるいは録音したものがあれば持ってきてほしい、なんていうのよ。発達障害の子の世話をしている最中に、そんな呑気《のんき》なこと、そうそうできるわけないのに。それでもいくつかはあったので持ってきたけど、こんなもの何の役に立つのかしらね」

これまたナユタたちには答えようのない問いかけだ。黙って首を捻るしかなかった。

「あの、石部先生は……どうしておられますか。休職中だと聞いたんですけど」脇谷が話題を変えた。

質問が聞こえていないわけはなかったが、夫人は息子を見つめたままで返事をしなかった。脇谷は当惑したような顔をナユタに向けてきた。まずいことを訊いてしまったのだろうか、と問うているようだった。

夫人が、ふっと息を吐いた。

「さあねえ、どうしているのやら……」

この回答はナユタの意表をつくものだった。もちろん脇谷も予想していなかっただろう。

「連絡を取っておられないんですか」脇谷が重ねて訊いた。

夫人はまた少し沈黙を続けてからナユタたちを見た。

「連絡はつきます。二人がお見舞いに来てくれたことは伝えておくわ」そういってからテーブルに置いてあったスマートフォンを手に取った。「もうこんな時間……。ごめんなさい。申し訳ないんだけど、これから息子のケアをしなきゃいけないので。身体を拭《ふ》いてやったりとか」

さっきは大したことはしていないといったはずなのに話が違う、とナユタは思った。そろそろ帰ってくれ、ということらしい。

「わかりました。これで失礼します。大変な時にお邪魔してすみませんでした。息子さんが一刻も早くよくなることを祈っています」

脇谷が懸命に見舞いの言葉を述べる隣で、ナユタは黙って頭を下げた。

病院に行った三日後、脇谷から電話があった。事故に関する情報を得られた、というのだった。

3

「松下が調べてくれたんだ。事故直後、石部先生は学校に報告書を提出させられていたらしい。勤務外とはいえ、教師が同行していながら子供を溺れさせたとなったら、保護者から何をいわれるかわからないからだそうだ」

脇谷の話を聞き、ナユタの胸に不快感が広がった。学校としては保護者対策をしておきたかったのだろうが、息子が生死の境を彷徨《さまよ》っているというのに、そんなものを書かなければならなかった石部の心中を想像すると息苦しくなりそうだった。

報告書によれば、事故が起きたのは去年の六月十三日で、場所はS県の黒馬川《くろうまがわ》キャンプ場だ。石部湊斗が川に落ちたのは、一家で昼食の支度をしていた時だという。

「落ちた瞬間を石部先生は見ていなかったらしい。奥さんが息子さんの名前を呼ぶ声を聞いて川を見たら、すでに流され始めていたんだそうだ」

湊斗が川遊びをする際にはライフジャケットを着用させていたが、その時は着けていなかった。石部はあわてて取りに行ったが、川縁《かわべり》に戻った時には湊斗の姿はかなり離れてしまっていた。石部は妻と共に川沿いを駆け足で下りながら一一九番通報し、救助を求めた。川の流れは次第に速くなり、ついに夫妻は息子の姿を見失った。二人は無我夢中で捜し回ったが、範囲が広すぎて見つけられなかった。

間もなく救助隊が到着し、付近を捜索した結果、川の支流にある岩に引っ掛かっている湊斗を発見した。石部たちが捜していた場所より上流の地点だった。

湊斗は心停止の状態だったが、救助隊員が人工呼吸と心臓マッサージを試みたところ、心臓が動きだし、呼吸も始まった。だが意識は戻らず、呼びかけにも反応がなかった。

「事故の概要は、大体そんなところだ」脇谷がいった。「報告書には、事故原因の分析とか、石部先生の反省とかも書いてあったそうだけど、形式的な内容だから聞く必要はないだろうと松下はいってた」

その通りだとナユタも思ったので、そうだな、と返しておいた。

「それよりもっと気になることを松下から聞いた。石部先生は休職前、毎月十三日には休みを取って、事故のあった場所に行っていたらしいんだ」

えっ、と聞き直した。「何のために？」

「わからない。息子さんが亡くなっているのなら慰霊のためかなと思えるけど、そうじゃないしな。でさ、明日、行ってみようと思ってるんだ」

「明日？　どこへ？」

だから、と脇谷はいった。「事故現場、黒馬川キャンプ場へだ。明日は十三日だろ」

あっ、とナユタは声を漏らした。うっかりしていた。

「それで、工藤もどうかなと思ってさ。予定があるなら、俺一人で行くけど」

明日は出張の仕事は入っていない。鍼灸院で患者を待つだけだから、師匠に頼めば休めるはずだった。

「わかった、付き合おう」即答していた。

4

黒馬川キャンプ場は、高速道路を使えば東京から一時間あまりで行けるところにあった。さほど標高は高くないが、地形は起伏に富んでおり、美しい渓谷に囲まれていた。

駐車場に車を駐《と》め、キャンプ場まで歩いた。平日なので人は少ない。テントを張るためのスペースは、背後に小高い森が広がる位置に設定してあった。木々が日よけになるし、すぐそばを流れる黒馬川の水嵩《みずかさ》が増しても、森を上がれば安全というわけだ。

時刻は正午前だった。事故が起きたのは一家で昼食の準備をしている時だという話だったので、もし石部が現れるなら同じような時間帯ではないかと二人で考えたのだ。

「先生は、どの場所にやってくるかな」脇谷が腰に両手を当て、キャンプ場を見渡してからいった。「湊斗君が最初に落ちた場所か。それとも発見されたところか」

「両方じゃないか。事故を振り返るなら、そうするはずだ」

ナユタの意見に脇谷は頷いた。「そうだな」

「ところで訊きたいことがある。石部先生の息子さんが発達障害だってこと、おまえは知ってたんだよな。どうして教えてくれなかった？」

「どうして、と訊かれても……」脇谷は小さく首を捻った。「特に理由はない。強いていえば、わざわざ話す必要もないと思った。それに先生からも頼まれてたんだ。変に気を遣われたくないから、息子の病気のことはあまり人にはいわないでくれって」

「そうなのか……」

石部の性格からすればそうかもしれないとナユタは思った。

「事故に遭う前の息子さんに会ったことはあるのか」

「一度だけある。店を移ったことを報告しに、先生の家へ行った時だ。湊斗君は五つか六つだったと思う」

「どんな子だった？」

脇谷は、うーん、と唸《うな》った。

「はっきりいって、厄介な子だと思った。手土産にケーキを持っていったんだけど、それを食べずに粘土みたいにこねまわすんだ。それを奥さんが注意したら、激しく怒りだして、ケーキを壁にぶつけ始めた」

聞いているだけで頭が痛くなりそうなエピソードだった。

「そいつは、なかなか大変そうだな」

「大変だよ。今の状態のほうが楽だって奥さんはいってたけど、わりと本音かもしれない。とにかくあの手の障害を抱えた子を育てるっていうのは――」ナユタのほうを向いてそこまでいったところで、脇谷が言葉を切った。彼の視線はナユタの後方に向けられていた。石部先生だ、と彼は呟《つぶや》いた。

ナユタは振り返った。帽子を被《かぶ》り、チェック柄のシャツを着た男性が、ゆっくりと歩いてくるところだった。

以前よりもずいぶんと痩《や》せていたが、石部に間違いなかった。脇谷が駆け寄っていくので、ナユタも続いた。

下を向いて歩いていた石部が、気配を感じたらしく顔を上げた。立ち止まると、驚いた表情を見せた。

「脇谷……どうしてここに？」そういった後、石部の顔がナユタのほうを向いた。誰なのか、気づかないようだ。

「先生、お久しぶりです。工藤です」

石部の口が、くどう、と呟くように動いた。それからすぐに思い出した顔になった。

「ああ、あの工藤か」石部は大きく頷き、しげしげとナユタの顔と身体を眺めた。「元気だったか？」

「何とか」

「そうか。それならよかった」石部は、ほんの少し表情を和ませた後、「どういうことだ。おまえたち、こんなところで何をしてるんだ」と訝《いぶか》しげに脇谷に訊いた。

「何をって……先生に会いに来たんです」

「俺に？」石部は瞬《まばた》きを繰り返した。

「そうか。わざわざ病院にまで行ってくれたのか。それはすまなかったな」ナユタたちの話を聞き、石部は穏やかな笑みを浮かべた。

「事故のこと、全然知りませんでした」

脇谷の言葉に、そうだろうな、と石部は視線を落とした。「命が助かったからか、ニュースなんかでは取り上げられなかったからな」

三人は川縁の岩に腰を下ろしていた。川の流れは緩やかで、お互いの声を聞き取りにくいということはない。

「病院で、先生は一度も来てないと聞いたんですけど、本当ですか」脇谷が訊いた。

石部は痛いところをつかれたような顔をし、小さく顎を引いた。「ああ、本当だ」

「どうしてですか」

石部は苦しげな呻《うめ》き声を漏らした。「来なくていいといわれたんだ」

「奥さんに……ですか」

「ああ。あなたは仕事が忙しいでしょうからって」

でも、と脇谷は少し間を置いてから続けた。「先生は休職中だと聞きましたけど……」

「知ってるのか」石部は鼻の上に皺を寄せた。「いろいろとあってな、俺自身、まだ答えを出せないでいる。じつは女房とは別居中なんだ。湊斗にも合わせる顔がない。こんな状態で教壇に立っても、まともな授業などできないと思ったから、しばらく休ませてもらうことにした」

「答えを出せないっていうのは？」脇谷が訊いた。

「あの時の判断が正しかったのかどうか……だよ」

脇谷は意味がわからない様子で、当惑した顔をナユタに向けてきた。だがナユタにしても首を傾げてみせるしかなかった。

「すまん、これじゃあ、意味がわからんよな。せっかくこんなところまで会いに来てくれたんだから、おまえたちには話しておくよ」そういって石部は腰を上げた。「ちょっとついてきてくれ」

ナユタたちも立ち上がった。石部は、大小様々な岩を渡りながら川沿いに進んでいく。その後を二人でついていった。

平たくて大きな岩の上で石部は足を止めた。

「息子が落ちたのは、このあたりだ」

ナユタは川を見下ろした。幅は十メートルほどだろうか。流れはさほど速くない。深くもなさそうだった。

「女房によれば、湊斗は魚を捕ろうとしていたんじゃないかってことだ。虫とかトカゲとか、とにかく小さな生き物が好きで、そういうものを見せておけば機嫌がよかったからな。ここへ連れてきたのも、それでだった。魚を見つけて喜んでいたのを俺もよく覚えている」

「どうやって魚を捕ろうとしたんですか」ナユタが訊いた。

「たぶん帽子を使ってだろう」石部は自分の頭を指した。「あの日、湊斗には野球帽を被らせていた。それを使って、虫を追っているのを見た。同じ要領で、魚も捕まえられると思ったんじゃないかな。岩の端にしゃがんで水面に向かって腕を伸ばした時、足を滑らせたんだと思う。せっかく持ってきていたライフジャケットを、その時にかぎって脱がせてたのは大失敗だった」

石部は川に向かって立ち、大きなため息をついた。

「女房の叫び声を聞いて俺が見た時、湊斗は五メートルほど流されていた。パニックを起こし、両手を振り回していた。身体を浮かせるためには大の字になるのがいいんだけど、そんなことわかるわけないしな」

「報告書によれば、先生はライフジャケットを取りに、テントまで戻ったそうですね」

脇谷が訊いたが、石部は頷かなかった。沈痛な面持ちで川を見つめた後、いや、と口を開いた。

「じつをいうとそうじゃない。実際には、ライフジャケットを取りに戻る余裕なんてなかった。女房を止めるのが精一杯だった」

「奥さんを？」脇谷が眉根を寄せた。

「女房は、川に飛び込もうとしたんだ。湊斗を助けようとして」

あっ、とナユタは声を発していた。

「あの日もこんなふうに、川の流れはさほど速くなかった。だから、すぐに追えば間に合うと思ったんだろう。女房は学生時代、水泳の選手だった。プールの監視員をしたこともあるそうだ。当然、泳ぎには自信を持っている」

「でも、それは無謀です」ナユタはいった。「溺れかけた子供を助けようと水に入った親が二次被害に遭って命を落とす、というケースがよくあります。迂闊《うかつ》に飛び込まないのは、水難事故が起きた時のセオリーです」

「もちろんわかっている。だから俺も止めた。飛び込もうとする女房を、後ろから羽交い締めにした」石部は太いため息をついた。「そうこうするうちに湊斗の姿が遠ざかっていったので、二人で川沿いを走って追いかけた。テントまでライフジャケットを取りに戻ったというのは、時間的な整合性をもたせるための嘘だ」

「そうだったんですか……」

「その後のことは報告書に書いた通りだ。女房と懸命に湊斗を捜したが見つけられなかった。救助隊が発見してくれた時には、取り返しのつかないことに……」

石部は腰を落とし、片膝を岩についた。

「湊斗を捜している時に女房がいったんだよ。どうして助けに行かせてくれなかったのかって。すぐに追っていれば、きっと間に合ったというんだ。最初は流れが遅かったし、地形も複雑ではなかった。自分の泳ぎなら、間違いなく追いつけたって」

「追いつけるかもしれませんが、陸に戻れるかどうかはわからないじゃないですか」

ナユタの反論に、そうですよ、と脇谷も同意してくれた。

「川の流れはどんどん速くなっていったんでしょ？　そうなったら、泳ぎが上手《うま》いことなんて関係ないですよ。息子さんと一緒に流されただけだと思います」

「だから、それでよかったと女房はいうんだ。一緒に流されていたら、木の枝に摑《つか》まったり、岩にしがみついたりして、二人で一緒に助かっていたかもしれない。そういうことができず、もし一緒に溺れたとしたら――」そこまで一気にしゃべった後、石部はゆらゆらと頭を振ってから続けた。「それはそれで仕方ないと。二次被害とか、そんなことは関係ない。自分にとっては湊斗がすべてだから、あの子に何かあったら、それで全部おしまいなんだと。馬鹿なことをいうなと俺が叱ったら、あなたにはわからないといわれた。あの子の障害と正面から向き合わず、面倒なことは全部私に押しつけてきたから、私の気持ちが理解できないんだって。俺はいい返せなかった。仕事が忙しいことを言い訳に、子育てを任せっきりにしていたのは事実だからだ。そのことで女房が不満を口にしたことは一度もなかったけど、じつは俺に対して大きな怒りを抱えていたんだと初めて知った」

話の展開は予想しないものだった。ナユタは返すべき言葉が思いつかなかった。脇谷も黙り込んでいる。

「湊斗を救急車で運んでもらった後、俺は荷物を取りに戻ってきた。その時、もう一度こんなふうに川を見下ろした。すると、だんだん不安になってきたんだ。自分の判断は本当に正しかったのだろうかって。たしかに、溺れかけている子供を助けるために水に入るのは無謀だ。だけど、時と場合によるんじゃないかという気がした。あの時、もしかすると女房を行かせるべきだったのではないか。いやそれどころか、俺も一緒に水に入って、二人で湊斗を追うべきだったんじゃないか。そうしなかったのは、湊斗に対する愛情がなかったからではないか。そんなふうに思えてきたんだよ」

「でも、それは、やっぱり……」脇谷の言葉は、そこまでで力なく途絶えた。通り一遍の慰めや励ましの言葉をかける場面ではないと思ったのかもしれない。ましてや相手は、かつての恩師なのだ。

石部が立ち上がり、改めて川を見渡した。

「そういうわけで、今も答えを出せずにいるんだ。答えを見つけようとして、ここへやってくる。やってきて、あの日のことを振り返っている。でも、出口は見えない」そういって力なく笑った。「教師失格だな」

5

脇谷の新居は三鷹《みたか》駅のそばにあった。ナユタは送るだけのつもりだったが、ちょっと寄っていかないかと誘われたので、お茶を一杯だけ御馳走《ごちそう》になることにした。

部屋は六階建てマンションの四階だった。こぢんまりとした2LDKだが、子供が小さいうちは十分だろう。

脇谷の妻は、ショートヘアが似合う丸顔の女性で、小柄なせいもあり、実際の年齢よりもずっと若く見えた。名前は仁美《ひとみ》というらしい。ナユタを笑顔で迎えてくれた。

「それで、先生には会えたの？」冷えた麦茶をグラスに注ぎながら仁美が尋ねてきた。

「うん、まあ、会えたんだけどさ」

脇谷は歯切れの悪い口調で、ぼそぼそと石部とのやりとりを話し始めた。それを聞く仁美の表情も、すぐに曇っていった。

「それは……辛い話だね」

「うん、辛かった。何と声をかけていいかわからなくて困った」

脇谷が、なあ、と同意を求めてきたので、ナユタは黙って頷いた。

「そんな話を聞かされたら、正樹君、先生に相談するどころじゃないね」

この言葉に、えっ、と脇谷が当惑の色を示した。「何だよ、相談って」

「とぼけなくてもいいよ」仁美が優しげに微笑んだ。「正樹君、石部先生に相談したかったんでしょ、赤ん坊のこと。だから何とかして連絡を取ろうとしたんだよね。私、わかってたよ」

脇谷が気まずそうに口をつぐんだ。不機嫌な顔でグラスを摑んで麦茶を飲んだが、明らかに狼狽《ろうばい》している。

「あの……何かな。赤ん坊のことって」ナユタは、おそるおそる尋ねてみた。

「正樹君、あのことを工藤さんに話してないの？」

うん、と脇谷は仏頂面で返事した。

「それ、よくないよ。いろいろと手伝ってもらってるんでしょ」仁美は年下の夫を睨《にら》みつけた。

「ええと、何のことですか。俺、さっぱりわからないんだけど」ナユタは口を挟んだ。

仁美がナユタのほうを向いた。

「先日、検査があって、お腹の子にダウン症の疑いがあるといわれたんです」

ナユタは息を呑み、脇谷を見た。ばつが悪いのか、彼のほうは目を合わせようとしない。

「それで？」

「迷ってるんです。さらに詳しい検査をするべきかどうかを。検査すれば、もっとはっきりしたことがわかります」

「それなら……」

「さっさと検査すればいいじゃないか――そう思います？」

ナユタは頷いた。「それで何か問題が？」

仁美は背筋を伸ばし、深呼吸を一つしてから口を開いた。

「検査するってことは、もしダウン症だったら堕《お》ろすつもりだってことになりませんか」

あっ、とナユタは思わず声を漏らしていた。

「迷っているといいましたけど、私としては答えは出ているんです。堕ろす気なんて、これっぽっちもありません。どんな子が生まれてきたとしても、せっかく授かった大切な命なのだから、精一杯愛してやろうと思っています。つまりダウン症だったとしても関係ないわけで、検査の必要なんてないんです。でも、正樹君は違うみたい。まだ迷ってるんです。——そうだよね？」

「迷ってるっていうか……」脇谷は両手を擦り合わせた。「もし、生まれてくる子がそういうハンディを背負ってたら、仁美が大変だろうし、俺たちの生活もずいぶんと変わるだろうし、何より本人が辛いんじゃないかとか、そういうことを考えてしまうんだ」

仁美が呆《あき》れたような笑みを浮かべた。「そういうのを迷ってるっていうんでしょ」

いい返せないらしく、脇谷は頭を掻いた。

そうか、とナユタは不意に合点した。「それで石部先生に相談しようとしたのか。先生も障害のある息子さんを育ててるから……」

まあな、と脇谷は小声で答えた。

先程の仁美がいった意味がナユタにもよくわかった。そんなつもりだったのなら、石部の話は、脇谷にとっては二重三重にショックだったかもしれない。頼りにしていた恩師でさえ、同様の問題で壁に直面しているのだから。

「正樹君が心配する必要はないといってるんですけどね」仁美がいった。「正樹君には迷惑をかけない、どんな子だったとしても、私が一人で育ててみせるからって」

「そんな簡単にいくかよ」

「簡単だなんていってないでしょ。大変だってことは覚悟してる」

「その覚悟以上に大変だったらどうするんだ」

「その時はその時、何とかするしかないよ」仁美は腹の据わった声でいった。

脇谷はため息をつき、腕を組んだ。眉間に刻まれた皺が、苦しい胸の内を語っていた。

部屋を辞去し、ナユタが自分の車に戻ってからスマートフォンを確認すると、円華からメールが届いていた。至急連絡がほしいとのことなので、電話をかけた。

「一体どうなってんの？」電話が繋《つな》がるなり、円華が不機嫌そうに訊いてきた。

「何が？」

「石部さんのことだよ。あたしがあれだけいろいろと手配してやったのに、何の情報も寄越さないって、どういうこと？　あの後、何もやってないわけ？」

「そんなことはない。じつをいうと、今日会ったんだ」

ナユタは、石部が毎月十三日に黒馬川キャンプ場に行っていると知り、脇谷と二人で行ったことを話した。

「あの事故の背景には、いろいろと難しい事情があったんだ。電話では話しにくいけど」

「だったら会おうよ。今、どこにいるの？」

「これからか？　急だな」

「あたしのほうからも話しておきたいことがある。石部湊斗君の治療について。それとも明日に持ち越さなきゃならない理由がある？」

夕食がまだだったので、ナユタが行きつけにしている定食屋で会うことになった。鯖《さば》の味噌煮《みそに》をおかずに米飯をかきこんでいると、がらりと引き戸が開いて円華が入ってきた。

「おいしそう」向かいの席に座ると、皿の上を眺めて彼女はいった。

「君も何か食べたら？　奢《おご》るよ」

「あたしは大丈夫。夕食は済ませちゃったから」

円華は通りかかった店員を呼び止め、オレンジジュースを注文した。

「うちの父が困ってる。湊斗君の治療方針について大事な話をしたいのに、父親が一向に病院に現れないって」

ナユタは箸《はし》を止め、茶を飲んだ。「先生の奥さんがいるじゃないか」

円華は、ゆっくりと首を左右に振った。

「両親が健在の場合は、どちらにも話を聞いてもらわなきゃいけない。父がやろうとしている手術は、それぐらいデリケートなものなの」

ナユタは身を乗り出した。「手術をするのか？」

「だから、するかどうかは両親次第」

「どんな手術だ」

円華は冷めた目を向けてきた。「説明してもわかんないと思うよ」

「だったら、わかるように説明してくれ」

面倒臭いなと円華が眉と唇を曲げた時、オレンジジュースが運ばれてきた。彼女はストローで一口飲んでから、こほんと咳払《せきばら》いをした。

「簡単にいうと、悪性化しないよう遺伝子操作した癌細胞を脳の損傷部分に植え付ける。さらにその細胞を刺激するための極小電極とパルス発生器、バッテリーを埋め込む。父にしかできない手術で、羽原手法と呼ばれてる」

「よくわからないけど、何だかすごそうだな。実績はあるのか」

「いくつもね。ただし、ある特定の部位への施術は認められてない。ラプラス・コアという部位だけど、幸い湊斗君の損傷部は、それからは離れているので問題なし」

「そのラプラス何とかってところへの手術は危険なわけか」

「危険というか……まあ、やらないほうがいいってことになってる。怪物が増えても面倒なだけだし」

「怪物？」ナユタは箸を置き、両手を広げた。「申し訳ないけど、君が何のことを話しているのか、俺にはさっぱりわからない」

「わからなくていい。大事なのは、あたしの父は天才だということ。天才だから、湊斗君を救えるかもしれない」

「あの状態から意識を取り戻せるのか」

「かもしれない、といったでしょ。何ひとつ保証はできない。でも彼を救える可能性のある人間は、この広い世界でも、父以外にはいない。ただし今もいったように、とても特殊な手術で、実施するには両親の同意を得る必要があるの。一つ間違えれば、今より悪い状態になるかもしれない。だから父親か母親か、どちらか一方でも拒否したら、手術はできない」

「先生の奥さんは同意しているのか」

「羽原手法に関する説明は、両親が揃った状態でされなければならないの。どちらかに先に話すということはできない」

どうやら、たしかにかなり特殊な手術のようだ。

円華が鯖の味噌煮に目をやった。「御飯、食べたら？　冷めちゃうよ」

「後でゆっくり食べるよ。そういうことなら、病院へ行って羽原博士の話を聞くよう、石部先生にいったほうがよさそうだな。今日の先生の口ぶりでは、息子さんが回復することは考えてない様子だった」

「羽原手法は軽々しく提案できないんだよ。父にしても、やってみようかと考え始めたのは、つい最近みたい。でもその石部先生って人、キャンプ場なんかで何やってんの？　まさか、未《いま》だに事故のことを引きずってて、あれこれ悔やんでるんじゃないだろうね」

円華が吐き捨てるようにいった。

「ずいぶんひどい言い方だな。当事者の身になってみろよ」ナユタは唇を尖《とが》らせた。「庇《かば》うところをみると、図星なんだね」

「単に悔やんでるんじゃなく、答えを見つけようとしているんだ。君が思っているより、もっと深刻で複雑な事情があるんだよ」

ナユタは先程脇谷が仁美に話したように、石部から聞いたことをできるかぎり正確に円華に説明した。そうしないと微妙なニュアンスが伝わらないと思った。

だが話を聞き終えた円華の反応は、仁美とはまるで違った。

「何それ？　意味わかんない」不快そうに眉をひそめたのだ。「子供の障害ときちんと向き合わなかったと思うんなら、たっぷり反省したらいいだけの話で、一緒に川に飛び込むべきだったかどうかなんて関係ない。それは物理学の話。そんなことをごっちゃにしてどうすんの」

「どうして物理学の話なんだ？　気持ちの問題だから心理学だろ？　先生はずっと悩んでるんだぜ」

「だからそれがナンセンスだといってんの。何だよ、それ。時間の無駄だし、悩むだけ脳味噌の無駄」

ナユタは円華の顔をしげしげと眺めた。「よくそんなひどい言い方ができるな」

「石部先生や奥さんには、もっと大事なことで悩んでもらわなきゃ困るからだよ。わかった。なぜ物理学の話なのか、あたしが説明してあげる」円華はバッグからスマートフォンを出してきた。「いつ行く？」

「行く？　どこへ？」

ナユタの問いに円華は顔をしかめた。

「この話の流れから考えたら、行き先は一つしかないでしょ。黒馬川だっけ？　そこのキャンプ場に集合」

6

自宅を出る時には灰色だった空から、いつの間にか雲が殆ど消失していた。今は強い日差しが高速道路のアスファルトを照らしている。今朝までは雨が残っていたはずだが、濡《ぬ》れた形跡などどこにも見当たらなかった。

「まさか、またあのキャンプ場に行くことになるとは思わなかったな」助手席の脇谷がいった。「あの円華とかいう女の子、一体何をする気なんだ？」

「俺にもわからない。でもこれまでの経験からいえば、何かとてつもないことを考えているのはたしかだ」ナユタはハンドルを握ったまま答えた。

円華から連絡があったのは、定食屋で話した翌日だ。日にちと時間を指定し、黒馬川キャンプ場に石部を呼び出してくれ、と連絡してきたのだ。

「これまでの経験って?」脇谷が訊く。

「いろいろとあったんだ。話してもたぶん信じられないと思う。とにかく彼女には不思議な力がある。それを使って、また一つ俺たちを驚かせようとしているんじゃないかな」

「不思議な力? 何だよ、それ」

「説明してもわかってもらえないと思う。百聞は一見にしかずだ」

キャンプ場に着くと、駐車場に車を駐めた。すぐ横にランドクルーザーが駐まっていて、そばに登山服姿の大柄な男が立っていた。年齢は四十代半ばといったところか。首の太さが屈強さを誇示している。鋭い目を周囲に配っている姿には、番人の佇《たたず》まいがあった。

ナユタたちが車から外に出ると、ランドクルーザーの後部ドアが開いた。中から降りてきたのは円華だった。「おはよう。といっても、もうすぐお昼だね」

「この車で来たのか」ナユタはランドクルーザーに目を向けた。

「うん、荷物があったからね」

登山服の男が、ちらりとナユタたちに視線を走らせた後、目をそらした。

「あの人のことは気にしなくていいから」円華がいった。「あたしが遠出をする時には必ずついてくるの。名前はタケオ」

「タケオさん……以前はいなかった」

「うん、以前はね」

ナユタはランドクルーザーの運転席を見た。女性が座っている。その端整な横顔に見覚えがあった。円華のお目付役的な存在の桐宮《きりみや》女史だ。ナユタが会釈すると、彼女のほうも小さく頭を下げた。その顔に表情はない。

「じゃあ、事故現場まで案内してくれる？」円華がいった。

「いいよ、こっちだ」

「ちょっと待って、荷物があるの。悪いけど、手伝ってくれない？」

「どういう荷物？」

「それは後のお楽しみ」

円華が登山服の男――タケオに目配せすると、彼はランドクルーザーのテールドアを開けた。そこには三つのバックパックが載せられていた。いずれもサイズが違い、最も大きなものはちょっとしたスーツケースぐらいの大きさがあった。その巨大なバックパックはタケオが背負った。

ナユタと脇谷は、残ったバックパックを一つずつ背負った。ずしりと重い。二十キロ近くはありそうだ。

「一体、何が入ってるんだ」ナユタは円華に訊いた。

「だからそれは後で教えるといってるでしょ。さあ、行こう」

桐宮女史だけを残し、ナユタたちは出発した。バックパックのハーネスが肩に食い込む。事故現場が近くてよかったと思った。

やがて現場に着いたが、石部の姿はない。石部には、三十分ほど後にずらした時刻を指定してあるのだ。彼が来る前に確認したいことがある、と円華がいったからだ。

川縁の広く平たい岩の上で、ナユタたちは重い荷物を下ろした。

「このあたりから落ちたの？」川を見下ろし、円華が訊いた。

「そう。魚を捕まえようとして、足を滑らせたんじゃないかってことだった」

ナユタの説明に円華は頷き、川や周囲を見回した。しばらくそうした後、何かに納得したように頷いた。

「あなたたちはここで待ってて」ナユタたちにそういうと、タケオを見た。「ついてきて」

「どこへ行くんだ」ナユタは訊いた。

「答えを探しに行くの。荷物を見てて」

円華は軽快な足取りで下流に向かって川沿いを歩いていく。大男のタケオが、その後を追った。

「何なんだ、あの娘は」脇谷がいった。「一体、何をやろうっていうんだ」

「いつもああなんだ。自分の狙いを説明してくれない。勿体《もったい》ぶっているわけじゃなくて、たぶん面倒臭いんだ。黙って、待っていよう」

円華たちの姿が見えなくなってから十数分が経った時、工藤、と呼ぶ声が聞こえた。声がしたほうを見ると、石部が近づいてくるところだった。

「先生、わざわざすみません」ナユタは謝った。

「正直、戸惑っているよ。見せたいものがあるからキャンプ場に来てくれ、だけではなあ」石部は呆れたようにいった。

「俺としては、そういうしかなかったんです」

「電話では、羽原先生のお嬢さんに指示されたということだったな」

「そうです。今、下流の様子を見に行っています」

「下流の？」石部は怪訝《けげん》そうに眉根を寄せた。「何のために？」

「それは……」

どう答えていいかわからずナユタが口籠もっていると、川縁を上ってくる円華の姿が目に入った。後ろからタケオが忠実な家来のように続いている。あの子です、とナユタは石部に教えた。

円華はナユタたちのところにやってくると、石部を見上げた。「石部先生ですね」

「そうだけど……」

「初めまして、羽原全太朗《ぜんたろう》の娘です。父より言伝《ことづて》があります。息子さんの状態について重要な話があるので一刻も早く病院に来てください、とのことです」

「息子のことは妻に一任してあるので……」石部が苦しげに答えた。

円華の顔に、さっと険しい気配が走るのをナユタは見た。

「何いってんの？」鋭い語気で彼女はいった。「馬鹿じゃないの？」

石部が驚いたように目を丸くした。その彼を円華は睨みつけた。

「息子が復活できるかどうかって時に、父親が逃げててどうすんの？　重大な決断を奥さん一人に押しつけるわけ？　どこまで無責任なの？」

「おい、君、失礼だぞっ」割って入ったのは脇谷だ。「先生の悩みも知らないくせに、侮辱するようなことをいうな。あの時の判断が正しかったのかどうか、先生は未だに答えを出せずにいるんだ。その答えが見つかるまでは、自分に何かを口出しする資格はないと思っておられるんだよ」

円華の吊《つ》り上がった目が脇谷に向けられた。

「それが馬鹿だっていうの。息子さんを追いかけて、奥さんと一緒に川に飛び込んだらどうなってたか？　そんなこと、いくら川を眺めてたって、答えなんて出ないよ。答えがほしいなら、試してみればいいんだ」

「試す？　どうやって？」ナユタは訊いた。

円華がタケオに目配せした。タケオは岩に置かれた三つのバックパックを開け、中のものを出してきた。それを見て、ナユタはぎくりとした。

人形の胴体、手足、そして頭部だった。しかも二組あった。タケオは手早く組み立てていく。一方は子供、もう一方は大人の女性を模したものだった。御丁寧なことに、衣服まで着せられている。

「開明大学人体工学研究室から借りてきたダミー」円華が皆を見回しながらいった。

「車の衝突実験なんかに使われたりする。比重は人間とほぼ同じで、骨格の硬さや動く方向も合わせてある。いろいろな背恰好《せかっこう》のものがあるんだけど、今回は石部湊斗君と彼のお母さんに体格が似たものを選んだ」

「それをどうする気だ」ナユタが訊いた。

「そんなの、決まってるじゃない」円華はタケオのほうを向いた。「やっちゃって」

タケオは子供の人形を持ち上げると、全く躊躇《ちゅうちょ》せずに川に放り込んだ。あっ、とナユタは声をあげた。

「もう一つ」

円華の指示を受け、タケオが今度は大人の人形を投げ込んだ。大小二つの人形は、ゆっくりと流されていく。

呆然《ぼうぜん》とした様子の石部に円華が近づいた。

「息子さんが発見された場所はわかってますよね」

「ああ、何度も行ってるからね」

「案内してもらえますか。人形を回収したいので」

石部は戸惑いの色を浮かべたまま頷いた。「ついてきてくれ」

歩きだした石部の後を、皆でついていった。しばらく本流に沿って下っていたが、途中で石部は脇道にそれた。そこから川が枝分かれしているのだ。

支流の川幅は数メートルだが流れは速い。水しぶきの音も激しくなった。

石部が足を止めた。大きな岩が重なっているところだった。二つの岩に挟まれるようにして人形が留まっていた。小さいほうの人形だった。

「あの時と同じだ」石部がいった。「湊斗も、ここで引っ掛かっていた」

「でも、大きい人形はありませんね」脇谷がいった。

ナユタも周りを見回したが、たしかに大人の人形は見当たらなかった。

「ここから先は、あたしが案内する」円華がいった。「ついてきて」

彼女は、たった今来た道を戻り始めた。本流に戻る気らしい。

分岐点まで戻ると、そこから本流に沿って下っていった。その足取りはしっかりしていて、迷いの気配がない。

やがて円華が足を止めた。すぐそばには小さな滝があった。彼女は無言で滝の下を指差した。

白い何かが浮いていた。よく見ると人形の腕だった。さらに少し離れたところには、胴体もあった。頭部は付いているが、明らかに破損している。

「もし奥さんが息子さんを追って飛び込んでいたなら、ああなっていました。あなたが追っていても同じことです」円華は石部にいった。「大きさと体重が違えば、流され方も変わります。この流れの中では、泳力の有無は殆ど無関係です。息子さんはさっきの場所に、そして奥さんとあなたはここで亡くなっていたでしょう。親子一緒に流されることも、一緒に死ぬこともできませんでした」

石部は愕然《がくぜん》とした表情で立ち尽くしている。声も出せない様子だ。

「これでわかったでしょ？　もう気が済んだでしょ？　だからこの不毛な問題は、これでおしまい。それより、もっと実のあることで悩んでください。息子さんの未来に目を向けてください」

「息子の……未来？」石部が虚《うつ》ろな目を円華に向けた。

「あなたに見ていただきたいものがあります」円華はいった。

7

皆で駐車場に戻ると、円華はランドクルーザーからノートパソコンを出してきた。手早く操作し、画面を石部のほうに向けた。

ナユタは石部の後ろから覗き込んだ。画面に映っているのは石部湊斗の姿だった。頭部にヘッドギアのようなものを着けられている。そこからは何本ものコードが延びていた。

画面が切り替わり、モニターが映った。何かの波形を表示する機器らしいが、示されているのは、変化のない直線だ。

「これは脳の側坐核《そくざかく》と呼ばれる部位の活動を示したものです」円華が石部に向かって説明を始めた。「側坐核にはドーパミンの発生を促す機能があり、人を積極的な気持ちにさせます。御覧の通り、湊斗君の場合は殆ど活動していません。意識がないから当然ともいえます」

「それで？」石部が訊いた。「湊斗が植物状態だと再確認させたいのかな」

円華は無言でキーボードを操作した。するとまた湊斗の姿が映った。誰かの手で、ヘッドホンが装着されている。

再び波形モニターに切り替わった。だが先程の波形とは明らかな違いがあった。ほぼ平坦《へいたん》ではあるが、時折、波打つ部分が出てくるのだ。

「活動している……」石部が呟いた。

「そうです。かすかだけれど、活動しているのがわかります。じつは湊斗君には、ある外的刺激を与えているんです。その刺激に、脳が反応していると思われます」

「その刺激というのは、さっきのヘッドホンなのか」

ナユタが訊くと円華は頷き、またキーを叩いた。

不意にパソコンのスピーカーから、笑い声が聞こえてきた。誰かが話している。

（おーい、何やってるんだ。ボールはそこにあるぞー）

（ほら、湊斗、そこよそこ。お父さんにぶつけちゃいなさい）

（うわっ、待ってくれ。そんなに近くから投げるなよ）

（あははは、ははは）

声の主は石部と夫人だった。笑っているのは湊斗か。公園かどこかでキャッチボールでもしている時の様子らしい。

「湊斗君の脳は、この音声に反応しているんです」円華はいった。「残念ながら意識はないと思われます。でもこれが単なる反射ではない証拠に、ほかの音声を聞かせても、これほど大きな反応はないんです。なぜこの音声だけが特別なのか。それは説明するまでもありませんよね。彼にとって、この声の主たちは特別だからです。たとえ意識がなくても、脳はこの人たちの声を覚えていて、懐かしがっているんです。石部さん、湊斗君の脳は生きています。生きていて、あなた方の声を聞きたがっています。だから会いに行ってやってください。奥さんと二人で会って、湊斗君の前でいっぱい話をしてやってください。お願いします」

石部は凍りついたように動かなかった。しかし胸が揺さぶられていることは明白だった。彼の目は赤く充血していた。

「湊斗が、俺の声を、懐かしがっていると……。ろくな世話もしてやってないのに……」

「そんなことないです。だって、キャンプに連れてきてあげたじゃない。キャッチボールだってしてあげたんでしょ？　それで十分なんだよ。ちゃんとあなたの愛情は湊斗君に届いてた。その愛情を、これからも彼に注いでやってください。病院にいるのは、人形でもロボットでもない。生きている人間です。生きていれば、可能性はあります。命はお金では買えません。今の湊斗君だって、大事な命なんです」

円華の声が美しい渓谷に響いた。石部は小さく頷き、右手で目の下をぬぐった。その口から、ありがとう、という呟きが漏れた。

三日後、ナユタのところに二人の人物から立て続けにメールが届いた。ひとつは石部からのもので、羽原全太朗の手術を受けることを決心した、という内容だった。成功を祈ります、とナユタは返した。

もう一つは脇谷からで、妊婦向けの鍼灸があるそうだが、やってくれるかどうか、という問い合わせだった。

もちろんいつでも引き受ける、改めておめでとう、と返信した。

第四章　どの道で迷っていようとも

1

幹線道路を左折すると、曲がりくねった急な坂道が続く。それを上りきった先には、一軒家が建ち並ぶ住宅地があった。その一角にあるコインパーキングに車を駐《と》め、ナユタは荷物を提げて歩きだした。目的の家は、そこから徒歩で三分足らずだ。

間もなくその家が見えてきた。小さな門扉があり、その向こうに短い階段がある。階段を上がったところが玄関だ。階段には手すりが付けられている。

朝比奈《あさひな》、という表札の付いた門の前に立ち、ナユタはインターホンのボタンを押した。間もなく、はい、と女性の声が応《こた》えた。予想していた声ではなかったので、ナユタはほんの少し戸惑った。

「こんにちは。鍼灸師《しんきゅうし》の工藤《くどう》という者ですが」

「はあい」

その場でナユタが待っていると、玄関の扉が開いた。姿を見せたのは、紫色のカーディガンを羽織った女性だった。三十代半ばだろうか。ほっそりとした体形で、化粧気が少なかった。

女性は微笑を浮かべながら階段を下りてきて、門扉を開けてくれた。「どうぞ」

「お邪魔します」ナユタは頭を下げ、足を踏み入れた。

女性が門扉を閉め、階段を上がっていく。その後に続きながら、あの、とナユタは声をかけた。「尾村《おむら》さんは？　今日はいらっしゃらないんですか」

彼女は足を止め、逡巡《しゅんじゅん》するように俯《うつむ》いた後、少し硬い表情で振り返った。

「そのことは兄から話があると思います」

「兄？　するとあなたは……」

はい、と彼女は頷《うなず》いた。

「朝比奈の妹です。エリコといいます」

「あ……そうでしたか。この近くにお住まいで？」

「それほど近くではないんですけど、今は時々兄の様子を見に……。よろしくお願いいたします」

「こちらこそ」ナユタは改めて頭を下げた。何か事情があるらしいと思ったが、ここでは黙っていることにした。

玄関から屋内に入ると、奥から音楽が聞こえてきた。クラシック音楽のようだが、その方面に詳しくないナユタは曲名を知らない。

「朝比奈さんはリビングですか」

エリコに尋ねると、そうです、という答えが返ってきた。

彼女に案内され、廊下を進んだ。突き当たりにドアがある。それを開け、兄さん、と彼女は室内に声をかけた。「工藤さんが来てくださったけど」

低い声が何かをいうのが聞こえた。だが音楽に紛れて、ナユタには聞き取れない。

どうぞ、とエリコが中に入るよう促してくれた。

失礼しますといってナユタが部屋に入るのと音楽が止まるのがほぼ同時だった。

リビングルームは二十畳ほどの広さがあるが、家具らしきものはソファとテーブルだけだった。代わりに壁際には高級そうな音響装置が並んでいる。

三人掛けのソファの真ん中に、髪の長い男性が座っていた。いつだったか、間もなく四十歳だとナユタは聞いたことがある。グレーのセーターに包まれた身体は、男性にしては華奢《きゃしゃ》だ。

彼の名前は朝比奈一成といった。本来はカズナリと読むのだが、世間ではイッセイで通っている。「芸名ではないし、そんなふうに名乗ったわけじゃないよ。でもいつの間にか、そう呼ばれるようになっていたんだ」というのが本人の弁だ。

朝比奈はピアニストであり、作曲家だ。音楽雑誌などで紹介される際には、それらの肩書きの前に天才という言葉が付くこともある。名前自体は知らない人でも、彼の作った曲を聞けば、はっとするに違いない。ナユタもそうだった。

例によって朝比奈は、元々はナユタの鍼灸の師匠の患者だった。師匠が高齢で動けなくなったから、ナユタが三年ほど前に引き継いだのだ。以来数か月に一度の割合で、この家を訪れ、肩や腰、膝《ひざ》などに鍼《はり》を打つ。

ナユタがゆっくりと近づいていくと、日焼けとは無縁の白い顔が彼のほうに向いた。

「こんにちは、朝比奈さん。工藤です。その後、体調はいかがですか」

朝比奈の薄い唇の両端が、ほんの少しだけ持ち上がった。

「わざわざすまないね。絶好調といいたいのだけれど、季節の変わり目のせいか、いつものところが痛むんだ」

「仕事がお忙しいせいじゃないですか。前にお伺いした時は、三日三晩ピアノの前に座っていた、とかおっしゃってましたよ」

ナユタの言葉に、朝比奈の顔から笑みがふっと消えた。

「弾いてないよ」

「えっ？」

「ピアノなんて弾いてない。もう何週間も」

「あっ、そうなんですか」

ナユタは当惑し、話の繋《つな》ぎ方に迷った。ピアニストがピアノを弾かないとは、どういうことなのか。

エリコ、と朝比奈が妹を呼んだ。

「キッチンにいる」彼女の声がナユタの後ろから聞こえてきた。隣がキッチンなのだ。

「工藤君はジャスミンティーがお好きだ。熱いのを淹《い》れてやってくれ」

わかった、とエリコの声が答えた。

「どうか、お構いなく」ナユタはキッチンのほうを振り返っていってから、朝比奈に目を戻した。「今日、尾村さんは？　来ておられないみたいですけど、何か御用でも？」

朝比奈の顔から表情が消えた。その目は斜め下に向けられている。しかし何かを見ているわけでないことをナユタは知っていた。朝比奈は重度の視覚障害者だ。わずかに光の変化が感じられる程度で、色や形は判別できないという。

病名は網膜色素変性症だ。遺伝が原因といわれており、これといった治療法はない。朝比奈が発症したのは子供の頃らしい。いきなり見えなくなったのではなく、少しずつ視野が狭くなっていったのだという。十年前までは特殊な拡大鏡を使えば文字を読むことができたし、そのさらに十年前ならテレビも観ていたそうだ。

朝比奈が顎《あご》を少し上げ、焦点が定まっていないはずの目がナユタの顔を捉《とら》えた。たまに違いなかったが、それだけでぎくりとした。

「やっぱり、工藤君は知らないんだね。そりゃあ、そうかな。サムが有名だったわけではないからね」

「何を……ですか」

「サムはもう、ここには来ないよ」投げ出すような言い方だった。

「えっ？　もう、というのは……」

「永久に来ないってことだ。サムはもう来ない。もう会えない」

ナユタは返答に窮した。朝比奈の真意が読めなかった。サムというのは、尾村勇《いさむ》のことだ。名前の下二つを取って、朝比奈は尾村のことをサムと呼ぶ。

「どうして……ですか」尋ねてもいいかどうかわからなかったが、ナユタはおそるおそるいってみた。

朝比奈は右手の人差し指を上に向けて立てた。「あっちに行った」

「あっち？」

「天国。死んだんだ。ひと月ほど前に」さらりといった。あまりに素っ気ない口調だったので、何か別の言葉と聞き違えたのかと思いかけた。

ナユタは声を失った。朝比奈の目が不自由で助かった、と不謹慎ながら思った。どんな顔をしていいかわからなかったからだ。

工藤君、と朝比奈が呼びかけてきた。「聞いているよね？」

「あ、はい」ナユタは思わず背筋を伸ばしていた。「驚きました。あの……一体何があったんですか。事故に遭われたんでしょうか。御病気には見えなかったんですけど」

「うん、そうだね。僕もサムの体調の変化には気がつかなかった」

この言い方から察すると、やはり病気ということなのだろうか。

「どこかお悪かったんですか」

ナユタの問いに、朝比奈は小さく首を傾げ、吐息を漏らした。

「そうだね。心が……ということになるのかな」

予想外の回答だった。

「心ということは、それはつまり」

ナユタがそこまで話しかけた時、朝比奈の顔がナユタの後方に向けられた。

「さっさと持ってきなさい。ジャスミンティーが冷めてしまうだろ」

ナユタは振り向いた。エリコがポットとティーカップを載せたトレイを両手に持ち、立っていた。かすかな物音と気配で、朝比奈は彼女がそこにいることに気づいたのだろう。

エリコがやってきて、テーブルの脇に腰を下ろすと、ポットに入ったジャスミンティーを二つのカップに注ぎ始めた。その香りは芳醇《ほうじゅん》で、それだけで身体が温まりそうだった。

「崖《がけ》から飛び降りたんだよ」朝比奈が不意にいった。

ナユタは目を見張った。尾村の死因のことだとわかった。

カップを運びかけていたエリコの手が止まった。

「飛び降りたと決まったわけじゃないでしょ。事故の可能性も消えてないって警察は」

「サムにかぎって、そんなヘマはしない。何度も話しただろ？　サムは常々、死ぬのなら遺体が見つからない場所がいいといっていたんだ。深い森の中とか無人島とか。醜く腐った姿を人目にさらしたくないからって」

「だからといって、自殺とはかぎらないじゃない」

「何度もいわせるなよ。じゃあ一体何のために、サムはあんなところへ行ったんだ。登山が趣味だったなんて話、一度も聞いたことがない。彼は慎重な性格だった。気まぐれで登ったにしても、迂闊《うかつ》にそんな危ない場所に近づくようなことはしない。死ぬ気がないのであればね」朝比奈は左手をテーブルに載せ、カップを、といった。

エリコはティーカップを載せたソーサーを、兄の指先に触れるところまで押し出した。

朝比奈は右手でカップの取っ手を持ち、慣れた動きで口元に運んだ。ジャスミンティーの温度を把握している飲み方だった。

「そんな危ない場所へ、などといったけれど」朝比奈は音をたてることもなくカップをソーサーに戻した。「そこがどういうところなのか、僕はまるで知らないんだけどね。何という地名だったかな」

「ギンテンザン」エリコが答えた。

「ああ、そうそう。昔、銀色のテンが棲《す》んでいた、という言い伝えがあるんだったな。工藤君、知ってるか？」

「聞いたことがあるような気がしますけど、それだけです。山登りは俺も好きなんですけど、行ったことはないです」

「スマホを持っているだろ？　調べてみるといい」

「そうします。ええと、どういう漢字ですか」

「難しい字だから平仮名で調べるといいですよ」エリコがいった。

スマートフォンで調べてみると、すぐに見つかった。銀貂山《ぎんてんざん》と書くらしい。たしかに難しい字だ。標高は千三百メートル、東京から最寄り駅までは三時間程度ということだから、日帰り登山が可能だ。

「初心者でも難しくないと書いてありますけど、そんなに危ない場所があるんですか」

ナユタはエリコに訊いた。

「私も地元の警察から聞いただけで、転落した現場に行ったわけではないんです。話によると、山頂までの道のりはそんなに危険じゃないし、足場も悪くないそうです。お年寄りでも登る人が多いとか。ただ、途中の登山ルートから外れたところに切り立った崖があって、しかも岩場なので滑落のおそれがあるそうです。現場検証をするのも大変だった、と警察の人がおっしゃってました」

「そこから落ちたのは確かなんですか」

「おそらく間違いないだろうと」

「警察によれば」朝比奈がいった。「道に迷うような場所ではなく、わざとそんなところへ行ったとしか考えられないそうだ。だから質問されたよ。自殺する心当たりはありませんか、とね。――どうした、工藤君。飲まないのか。せっかくのジャスミンティーが冷めてしまう」

「あ……いただきます」ナユタはソーサーからカップを持ち上げた。食器の触れあうかすかな音がしたが、それが一向に聞こえないことが朝比奈には気になっていたようだ。

ナユタはジャスミンティーを一口飲んだ。

「尾村さんが亡くなった、と警察から朝比奈さんに連絡があったんですか」

朝比奈は頷いた。

「遺体を発見した登山客から通報があったそうだ。その時点で、死後三日ほどが経過していると見られた。衣類のポケットに免許証が入っていたので、名前と住所はすぐに判明した。ところが独り暮らしなので、家族に連絡が取れない。そこで警察は不動産業者に問い合わせて、賃貸契約時の保証人に連絡を取ったわけだ」

それが朝比奈だったということなのだろう。

「警察からの連絡を受け、予感が当たったと思った。もちろん、悪い予感がね」

「どういうことですか」

「その二日前からサムに連絡が取れなくなっていたんだ。電話は繋がらないし、メッセージを送っても反応がない。今までそんなことはめったになかったから、何かあったんじゃないかと心配していた」

「登山に出かけるってことは、聞いてなかったんですね」

「ああ、聞いてなかった」

「尾村さんに御家族は？」

「富山にお母さんが兄夫婦と住んでいる。お父さんは、ずいぶん前に他界したようだ。だけどサムは、最近では彼等とは殆《ほとん》ど連絡を取っていなかった。自分の生き方を理解できない人間たちと関わるのは面倒だといってね。でも――」朝比奈は首を傾げた。「今思うと、あれは強がりだったのかもしれないな。本当は、何としてでも理解してほしかったんじゃないのかな」

彼が何のことをいっているのか、ナユタにもぼんやりと、いや、はっきりとわかった。尾村がいったという「生き方」の意味も――。

「御家族には知らせたんですよね、尾村さんが亡くなったことを」

「それはもちろんだよ。すぐにやってきて、サムの遺体を富山に運んだ。向こうで葬儀をあげるといってね。その時に兄さんからいわれた。うちの親戚《しんせき》は古い考えの人間が多いから、悪いけど出席は遠慮してほしいって」

沈んだ声で朝比奈が話した内容は、重い意味を持つものだった。迂闊なことをいえず、ナユタは黙り込んだ。

兄さん、とエリコがいった。「工藤さんに鍼を打ってもらうんじゃないの？」

「そうだった。すまない、工藤君。忙しいだろうに、つまらない話に付き合わせて」

「つまらないだなんて、そんな……俺なんかに大事なことを打ち明けてくださって、恐縮です」

「誰にでも話しているわけではないんだ。君なら、いろいろとわかってくれるような気がしたものだから」

「ありがとうございます。何の力にもなれませんけど……」

「聞いてくれるだけでいいんだ。――ええと、いつものように、このソファで横になればいいのかな」

「それで結構です」ナユタはエリコのほうを向いた。「大きめのバスタオルを二枚、お借りできますか」

「バスタオルね。わかりました」エリコは立ち上がった。

朝比奈がセーターを脱ぎ始めた。セーターの下は下着だった。それも脱ぎかけたところで、彼は手を止めた。「あんなこと、しなきゃよかったのかな」

えっ、とナユタは朝比奈の顔を見て、どきりとした。彼の目がみるみる充血してきたからだった。

「あんなことって？」

「告白……だよ」朝比奈の声が涙混じりになった。「結局のところ、自己満足なのかもしれないな、カミングアウトなんて」

2

エリコが西岡英里子《にしおかえりこ》という名前だということは、鍼を打っている間にわかった。といっても彼女はずっとそばにいたわけではなく、洗濯をしたり、キッチンで洗い物をしたりと、甲斐甲斐《かいがい》しく動き回っていた。彼女は数キロ離れたところに夫や一人娘と住んでいて、二日か三日に一度のペースで兄の世話をしに来ているということだった。電子レンジで温めればいいだけの食品や、日持ちのする惣菜《そうざい》などを持ってきたりもするらしい。一か月前までは、それらは朝比奈の大切なパートナーの仕事だったはずだ。

鍼治療を終えると、英里子が玄関の外までナユタを見送りに出てくれた。

「今日は、ありがとうございました」英里子が丁寧に頭を下げてきた。

とんでもない、とナユタは手を振った。

「仕事ですから、どうかお気遣いなく。それより、あなたも大変ですね。御自分の家庭もあるのに」

「そうですけど、やっぱり心配で……」英里子は家のほうを振り返った。「ここへ来て、兄の顔を見るたびにほっとするんです。ああ、生きていたんだなって」

あ、とナユタは声を漏らした。彼女は兄が後追い自殺することを恐れているのだ。

「でも今日は、工藤さんに来ていただけてよかったです。鍼を打ってもらったこともそうですけど、兄が心の中にあるものを吐き出せたと思うので」

「俺なんかでよかったんでしょうかね」

「ええ、それはもちろん」英里子は確信に満ちたような頷き方をした。「兄は工藤さんのことを心から信頼していますから」

「話す相手なら、ほかにいくらでもいると思うんですけど」

「それが、なかなかそうでもないみたいなんです」そういってから英里子は視線を遠くに向けた。「もし本当に自殺なら、尾村さん、ひどいと思います。後に残された兄が苦しむってこと、どうしてわからなかったのか。そんな余裕さえもなかったということなんでしょうか」

「さあ、それは、俺には何とも……」ナユタは俯いた。

「あっ、ごめんなさい、引き留めちゃって。車なんですよね。気をつけて、お帰りになってください」

「ありがとうございます」

ではこれで、と頭を下げ、ナユタは門に向かう階段を下りていった。

コインパーキングに戻り、精算を済ませてから車に乗り込んだ。エンジンをかけた後、ふと思いついてオーディオを操作した。ハードディスクから選んだのは、一年ほど前に朝比奈から貰《もら》ったCDに入っていた曲だ。久しぶりの新作なんだ、と嬉《うれ》しそうにいっていたことを覚えている。

スピーカーからピアノの旋律が流れてくるのを聴きながら、ナユタは車を発進させた。

自分はゲイであると朝比奈がカミングアウトしたのは、ちょうどこの曲を発表した頃だった。いくつかの音楽雑誌からインタビューを受けていたのだが、そのうちの一つで告白したのだ。ＣＤのタイトルが『my love』というものだったことが大いに関係しているのは明らかだが、カミングアウトする覚悟があったからこそ、そんなタイトルを付けたともいえそうだった。

特定のパートナーの存在を問われ、いる、と朝比奈は答えた。カミングアウトすることについては、その相手の了解も得ているといった。長年、仕事でも良い関係を続けているとも付け加えた。

名前は明かされていなかったが、朝比奈をよく知る者たちにしてみれば、そのパートナーが尾村勇であることは明らかだった。

二人が出会ったのは、十数年前らしい。作曲家として成功を収めつつあった朝比奈だが、視力の低下に伴い、楽譜を書くのが困難になっていた。そこで自分の代わりに書いてくれる人間を探していた。尾村を紹介したのは、二人の共通の知り合いだった。朝比奈によれば、尾村の声を聞いた瞬間、「探し求めていたものに出会った衝撃」が襲ってきたという。そして尾村のほうもまた、その出会いに運命的なものを感じたようだ。

以来、尾村は朝比奈が生み出す曲を譜面に書き記すだけでなく、創作の相談役になり、他者との仲介役になり、身の回りの世話役になった。まさに唯一無二のパートナーだった。

ナユタはカミングアウト直後に朝比奈と会っているのだが、その時に彼は笑いながらこんなふうに話した。

「やっぱりみんな、薄々気づいていたというんだ。どこへ行くのも一緒だし、二人の様子を見ていたら、特別な関係に違いないと思って当然だってさ。だけど本人たちが何もいわない以上、確かめるわけにもいかないし、正直、扱いに困っている部分もあったようだ。これからは気を遣わなくていいから助かったとよくいわれるよ」

だからカミングアウトは正解だった、とその時は自信たっぷりにいっていた。

薄々気づいていた、というのはナユタも同じだった。初めて二人と会った時、そうではないかと思った。

尾村は朝比奈とは対照的に、よく日焼けした肌に、筋肉質の肉体を持った男性だったが、朝比奈に対する態度は、まるで姉さん女房のようだった。飲み物を用意し、朝比奈が脱いだ衣類を畳み、ナユタに、身体のどの部分が不調なのかを、朝比奈本人よりも丁寧に説明したのだった。そしてそんなふうに世話を焼かれている朝比奈は、とても居心地がよさそうに見えた。

ナユタが疑問に思ったのは、カミングアウトした後も、二人が同居をしないことだった。それについて尋ねてみると、単なるタイミングだよ、と朝比奈は答えた。

「サムが大学で非常勤講師をしていることは話しただろ? そっちの仕事を続けるには、今の住まいのほうが便利なんだ。大して給料が高いわけでもないし、いい加減に辞めてもいいんじゃないかと僕は思うんだけど、サムにはサムの考えがあるようだ。まあ、一緒に住んでないだけで、ほぼ毎日ここへ来てくれるわけだから、僕としては彼に任せようと思っている」

　そんなふうにいう朝比奈は、自分たちの絆《きずな》には一欠片《ひとかけら》の不安も抱いていない様子だった。

　だが——。

　先程、カミングアウトなど自己満足かもしれないといった朝比奈は、こんなふうに続けたのだ。

「それによってゲイに対する世間の考え方が変わるわけではないからね。変わるのは、僕たちに対する見方だけだ。僕とサムに対する……。僕はそれでもいいと思っていたけれど、サムにそこまでの覚悟があったのかどうかはわからない。カミングアウトしたいといいだしたのは僕だ。サムは、僕がそうしたいならすればいいといった。彼がしたいといったことは、一度もなかった。単に僕の気持ちを尊重してくれただけだったのかもしれない。いや、たぶんそうだったんだろう」

　カミングアウトの反響は小さくなかった。でも自分が不快な思いをしたことは殆どなかった、と朝比奈はいった。

「考えてみれば当然だ。僕は家に籠《こ》もって曲を作っていればいい。接するのは、音楽関係者とか親しい人間ばかりだ。目が見えないから、インターネット上でどんなことを書かれているのかを知ることもない。でもサムは違う。非常勤講師として大学に行かねばならないし、僕の代理人として様々な人間たちと会わなきゃならなかった。インターネットだって、きっと見ただろう。彼は僕には何もいわなかったけれど、いろいろな局面で偏見に晒《さら》されていたことが想像できる。間の抜けた話だけど、彼を失った今になって、そんなことに気づいているんだ」

それが自殺の動機だ、と朝比奈は考えているようだった。

「サムを失って以来、僕は何も手につかない。鍵盤《けんばん》に触る気もしない。もしかすると……いやおそらく、このまま一生ピアノを弾くことはないだろう。業界にはね、サムは僕のゴーストライターだったんじゃないかという噂があるらしい。今後、僕が曲作りをやめてしまえば、その噂は本当だったということになるだろうね」そういって朝比奈は自虐的で寂しそうな笑みを浮かべた。

天才作曲家の身体に鍼灸を施しながら、ナユタはただ彼の苦悩を聞いているしかなかった。相槌《あいづち》さえも迂闊には打てなかった。元気を出してください、などという無責任で呑気《のんき》な台詞《せりふ》など禁物だと思った。結局施術を終えるまで、ナユタはろくに言葉を発しなかった。

兄は工藤さんのことを心から信頼していますから——英里子の言葉を思い出した。買い被《かぶ》りだよ、とナユタはハンドルを握ったままで呟《つぶや》いた。自分に何かを期待されても困る、と思った。

3

明日から十一月という日、ナユタのスマートフォンに意外な人物からメールが届いた。羽原円華《うはらまどか》だった。彼女とは七月に会ったきりだった。

尋ねたいことがあるので会えないか、という内容だった。円華にはいろいろと借りがある。即座に電話をかけてみると、すぐに繋がった。

「何なんだ、訊きたいことって」

「電話じゃ、説明しにくい。直に会って話したいから、日時と場所を決めて」相変わらずの素っ気ない口調だった。

「明日の午後なら空いてる。三時頃はどうだ」

「いいよ。場所は？」

「開明大学病院はどうだ？　このところ忙しくて、湊斗《みなと》君の見舞いに行ってないんだ。久しぶりに様子を見に行きたい」

「それでいい。じゃあ、お見舞いが終わったら電話をちょうだい。車で行くんだよね。駐車場で会おう」

「駐車場？　どうしてそんなところで……」

「お店だと誰に話を聞かれるかわかんないから。それとも、どうしてもあたしとお茶とかしたい？」

「そんなわけじゃないけど」

「だったら、それでいいじゃない。決まりね」

「待ってくれ。一体、何に関する話だ。それだけでも教えてくれ」

円華は考えを巡らせるように一拍置いた後、映画のこと、といった。

「映画？　映画って、スクリーンに映す、あの映画か？」

「ほかにどんな映画があんの？　じゃあ、明日ね」そういって円華は電話を切った。

ナユタはスマートフォンを見つめた。

映画――。

胸の中に暗雲がたちこめるような感覚があった。

翌日、約二か月ぶりに石部《いしべ》湊斗を見舞ったナユタは、その回復ぶりに目を見張った。前に来た時にはただ眠っているようにしか見えなかった湊斗が、しっかりと瞼《まぶた》を開いていたからだ。しかも問いかけに対し、瞬《まばた》きで答えられるようになっていた。

「まだ簡単な質問にしか答えてくれませんけどね」そういいながらも石部夫人の表情は明るく、声が弾んでいた。希望の光がはっきりと見えてきたからだろう。

石部憲明《のりあき》は九月から学校に復帰しているということだった。会えないのは残念だが、どうやら一時の失意から立ち直ったのは確実のようで、ナユタは安心した。

病棟を出ると、駐車場に向かいながら円華に電話をかけた。電話に出た彼女は、車に乗って待ってて、といった。

いわれたように車に戻ると、ナユタはオーディオのスイッチを入れた。だが流れてきた音楽が、少しも頭に入ってこない。円華の話とは何だろうか。そのことばかりを考えてしまう。

駐車場に一台のセダンが入ってきた。ぼんやりと眺めていて、はっとした。運転している女性は、羽原円華のお目付役である桐宮《きりみや》女史に相違なかった。

セダンが停車し、後部ドアが開いた。出てきたのは、スーツを着た大柄の男性だった。そのいかつい顔にもナユタは見覚えがあった。七月に黒馬川キャンプ場で円華と待ち合わせた際も、彼女と一緒に来ていた。タケオと呼ばれていたはずだ。

男性に続いて、白いパーカーを羽織った円華が降りてきた。長い髪を下ろし、ピンク色のニット帽を被っている。

すでにナユタの車を確認していたらしく、円華は躊躇《ためら》いのない足取りで近づいてきた。助手席側に回ると、ドアを開け、乗り込んできた。「お待たせ」

「そんなに待っちゃいないけど」ナユタはセダンのほうに目を向けた。大柄な男は車の脇に立ったままで、じっとこちらを見ていた。「ずいぶんと物々しくなったな。どこへ行くにも、あの二人が一緒なのか」

「あたしから決して目を離しちゃいけないといわれてる。気にしないで」

「そういわれてもなあ。一体、何を見張ってるんだろう」

「あたしが勝手なことをしないか。そんなことより、湊斗君には会ってきた？」

「会ってきた。驚いたよ。やっぱり羽原博士は天才だな」

ナユタがオーディオのスイッチを切ろうとすると、待って、といって円華が制した。

「これ、『my love』だよね。朝比奈一成の」

「そうだ。よく知ってるな」

「父がCDを持ってる。あなたも彼のファンなの？」

「そうじゃなくて、患者さんだ。例によって、師匠からの引き継ぎだけどね。それでCDを貰ったんだ。十日ほど前にも鍼を打ちに行ってきた」

「ふうん……」円華はナユタの顔を眺めてきた。

「何だ？　それがどうかしたのか」

「鍼を打つだけ？　朝比奈一成と何か個人的なやりとりはあるの？」

「個人的な？」ナユタは思わず眉根《まゆね》を寄せていた。「そんなものはないよ。鍼を打つだけだ。もちろん施術中に世間話ぐらいはするけどさ。何がいいたいんだ？」

「ううん、別に何でもない」円華は小さく首を横に振った。

ナユタはオーディオのスイッチを切った。

「それで、話というのは何だ？　俺に訊きたいことがあるそうだけど」

うん、と円華は頷いた。「ある映画監督についてなんだけど」

「甘粕才生《あまかすさいせい》……知ってるよね？」円華はナユタの顔を覗《のぞ》き込むような目をした。

「監督？」

ナユタは即答できなかった。軽い目眩《めまい》に襲われたような感覚があり、思考が一瞬麻痺《まひ》した。円華の問いかけは、それほど意表を突いたものだった。まるで予期せぬ方向から矢が飛んできて、身体を貫かれたようだった。

円華は、じっとナユタを見つめている。モルモットを観察する学者のようだ、と思った。

気づけば、息を止めていた。ふぅーっと吐き出してから、口元を手の甲で拭《ぬぐ》った。どうして、といいかけたが声が裏返った。空咳《からせき》を一つしてから改めて、どうして、といい直した。「どうして、俺にそんなことを訊くんだ」

「知ってると思うから。甘粕才生のこと。そうでしょ？　だってあなた、出てるじゃない。彼が撮った映画に」

平然といい放たれた言葉は、再びナユタの胸に衝撃をもたらした。この娘は一体何者なのか。いつもいつも、予想をはるかに超えた言動で人を驚かせる。

「なぜ黙ってるの？」円華がナユタの目を見つめてきた。

ナユタは瞼を閉じ、深呼吸をしてから目を開いた。円華はまだ彼を見つめていた。

「いつから知ってた？」かすれた声でナユタは訊いた。

「筒井《つつい》先生の研究室で初めて会った時だよ。どこかで見たことがあると思った」円華はいった。「すぐには思い出せなかったけど、その後記憶を探ってみて、甘粕才生の映画に出てた少年だと気づいた」

ナユタは彼女の顔を見返した。「あんな映画を観たのか」

「わけがあって、彼の映画は何本か観てる」

「よく気づいたな。二十年近くも前なのに」

円華は、ふっと唇を緩めた。「面影は消えてないよ」

「なぜ今日まで、何もいわなかった？」

円華は肩をすくめた。

「昔のことをいわれるのは嫌なんだろうと思ってたから。昔の……子役だった頃のことは」

「どうしてそう思った？」

「だって、偽名を使ってるじゃない。工藤ナユタ。でも本当の名前は工藤ケイタ。ケイは京都の京。子役だった頃は本名を使ってたんだね。それを名乗ってないってことは、子役時代のことは隠したいんだろうって考えるのがふつうでしょ？」

ナユタはシートにもたれ、ため息をついた。

「プロ野球に、村田《むらた》兆治《ちょうじ》という名投手がいた。母方の祖父の名前が同じ字を書く兆治で、両親はそれを超える人間にと期待して、名前に京をつけたらしい。兆の上だから京。単純だろ？」

「偽名を考えた時、その京を遥かに超えようってことで那由多《なゆた》にした……そういうこと？」

「まあね。それまた、かなり単純な話だよな」ナユタは円華のほうを見た。「俺が嫌がるとわかっていながら、今日は昔の話を引っ張り出してきたわけか」

「心苦しいけど、遠慮している余裕はないの。ある人を捜してる。どんな些細《ささい》なことでもいいから、手がかりがほしい」

「その捜してる相手って、甘粕才生なのか」

「違う。あたしが捜してるのは、大事な友達。でも甘粕才生と無関係じゃない」円華は顎を引き、上目遣いをしてきた。「甘粕才生の居場所なら知ってるの？」

「馬鹿なこというなよ。知ってるわけがないだろ。俺が芸能界を辞めて、何年になると思ってるんだ」

「じゃあ、知っていることだけでいい。甘粕才生に関して覚えていることを全部話して。どんな人間だった？　あなたにはどんなふうに接してきた？」

ナユタは顔の前で手を左右に振った。

「忘れたよ。というか、思い出したくない。あの頃の記憶は封印することにしたんだ。特にあの映画については何ひとつ振り返りたくない。悪いけど、これ以上は——」そこまでしゃべったところで、上着の内ポケットでスマートフォンが着信を告げた。ナユタは小さく息をつき、取り出した。着信表示は見たことのない番号だったが、とりあえず出てみることにした。「はい」

「工藤さんでしょうか」女性の声が訊いた。

「そうですけど」

「あ……あの、西岡です。先日はありがとうございました」

西岡と聞き、すぐにはぴんと来なかったが、間もなく思い当たった。

「ああ、英里子さんですね。朝比奈さんの妹さんの」

「そうです。お忙しいところ、すみません。今、少しだけ話しても大丈夫でしょうか」

「構いません。どうかされましたか」

「じつは、兄の様子がおかしいんです」

「朝比奈さんが？　どのようにおかしいんですか」

「このところ、以前にも増して塞《ふさ》ぎ込んでいるようなんです。ろくに食事も摂《と》ってないみたいで……。それで、時々工藤さんのことを口にします」

「どんなふうに、ですか」

「あんな話をしないほうがよかったのかな、とか、不愉快にさせたんじゃないだろうか、とか……。とにかく、もう一度工藤さんに会いたがっているのは確かだと思います」

「俺に、ですか」

ナユタとしては戸惑うしかなかった。朝比奈は、一体何を期待しているのだろうか。

「いかがでしょうか、工藤さん。折をみて、兄に会いに行っていただけないでしょうか。

近くまで来たから、ちょっと寄ってみた、というような感じで」

「それは構いませんけど、俺なんか、何の力にもなれないと思いますよ」

「いえ、兄の話し相手になっていただけるだけでもありがたいんです。何とかお願いできないでしょうか」

「じゃあ、あの、時間がある時にでも伺います」

「そうですか。ありがとうございます。どうか、よろしくお願いいたします」頭を何度も下げている姿が目に浮かぶような、懸命な口調だった。

電話を終えると、ナユタはため息をついた。

「朝比奈一成の家族から？」円華が訊いてきた。

「まあね」

「朝比奈一成がどうかしたの？　横で聞いていると、ずいぶん頼られているような感じがしたけど」

「何か勘違いしてるんだよ。参っちまう」スマートフォンを内ポケットに戻した。「それより話を戻そう。とにかく俺は昔のことは思い出したくない。申し訳ないけど、君の力にはなれない。諦《あきら》めてくれ」

円華は目を伏せた。長い睫《まつげ》がぴくぴくと動いた。「そう、それなら仕方ないね」

「次の仕事があるから、これで失礼する」

わかった、といって円華はドアを開け、助手席のシートから腰を上げた。

「でも……」外に降りたってから、彼女はいった。「あの時の演技は素晴らしいと思ったけどね」

「あの時？」

「倒錯したセックスに悩む中学生の役──『凍える唇』」

さらりと口にした円華の言葉が、ナユタの胸にぐさりと突き刺さった。その衝撃に、言葉が出てこない。

円華は、そんな彼の反応を冷めた目で眺めると、じゃあね、といってドアを閉めた。

4

なぜ自分がカメラの前で演じるようになったのか、じつのところナユタはよく覚えていない。子供の頃からいろいろと習い事をさせられたのだが、どういうわけかその中に、ダンスや歌、芝居の稽古《けいこ》があった。じつはそこが芸能事務所と繋がっているスクールだと知ったのは、ずいぶんと後になってからだ。

母の綾子《あやこ》によれば、街を歩いていたらスカウトされたということなのだが、眉唾《まゆつば》だとナユタは思っている。綾子は目立ちたがり屋で有名人好きだ。うぬぼれ屋でもある。自分の息子が、ほかの子供と比べて格段に美少年に見えてしまうことに我慢できず、芸能スクールに入れることを思いついたに違いなかった。

とはいえナユタにしても、渋々母親の夢に付き合っていたわけではない。小さな役をいくつかこなすうちに、演じることに楽しみを覚えるようになっていった。ほんの短い間だけでも別人になれるのが面白かったのだ。いつの間にか、悲しい場面では自然に涙が出るようになった。そのことを大人たちが絶賛してくれるのも快感だった。

このまま自分は役者の道を進んでいくのか、それとも大人になれば全く別の仕事に就くのか、答えを出せないまま、活動を続けていた。答えを出すのは、まだもっと先でもいいだろうと考えていた。

その仕事が来たのは、ナユタが中学二年になったばかりの頃だ。気鋭といわれる監督の作品に、主役で出られることになった。

脚本を読んだが、極めて難解だった。裕福な家で育った美しい顔立ちの少年が、一人の売春婦と出会ったことにより、それまでとは一変した世界に墜ちていくという内容だ。主人公の少年には殆ど台詞がなかった。だが台詞がないからといって楽なわけではない。むしろ高い演技力が求められることを、ナユタはそれまでの経験でわかっていた。

初めて監督の甘粕才生と会う時には緊張した。とてつもないことを要求されるのではないかとびくびくした。

甘粕は、目の奥に不気味な光を宿らせた人物だった。強く見つめられると、瞳《ひとみ》の奥に吸い寄せられるような感覚があった。

甘粕の指示は簡潔だった。何も考えるな、というのだった。

「考えてやるような演技は求めていない。頭の中は真っ白でいい。そうすれば、俺が引き出す。君の中にあるものを呼び覚ます。いいか、真っ白だ。何も考えず、現場に来るんだ。そして俺がいう通りに動け。動いている時も頭の中は真っ白だ。いいな」

そんなふうにいわれたのは初めてだったので驚いた。しかし考えなくていいのなら助かる。すべてをこの監督に任せよう、と思った。

撮影が始まると、甘粕のいっていたことの意味がよくわかった。主人公の置かれた状況が特異すぎて、その内面を想像できないのだ。ほかの登場人物との絡み方も複雑で、少しでも考えると身体が動かなくなってしまう。心を無にし、甘粕から指示されるままに演じた。撮影をしている間、ナユタは甘粕の操り人形だった。だがそのことを不満に思わせない不思議な力が甘粕にはあった。彼の手のひらに載せられ、催眠術をかけられたように演じている状態が、むしろ快適なのだ。

映画というのは、ストーリーに沿って撮影していくわけではない。効率を優先するので、順序は全くバラバラだ。しかも元の脚本は難解ときている。ナユタは撮られながら、これがどういう作品に仕上がるのか、まるで見当がつかなかった。主人公がどう描かれているのかさえ摑めない。

ただ、ナユタにもわかっていることがあった。主人公は多くの人間たちと性的な関係を持つのだが、相手は女性に限らなかった。直接的な描写はなかったが、少年が男性と愛し合っていることを仄《ほの》めかすシーンも存在する。そのことは脚本を読んだ段階では気づかなかった。

完成した作品――『凍える唇』は、専門家たちから激賞された。海外の映画祭でグランプリを取り、さらに話題になった。甘粕才生という名前は、それで一気に知られることになった。

だがじつは、ナユタは映画を観ていない。学校の関係で時間がなかったせいもあるが、一足先に試写で観た両親が、観ないほうがいい、といったからだ。特に父親は激怒していて、出演させることを了承した母親を責めていた。父はそもそも息子の芸能界入りには難色を示していたのだ。

結果的に『凍える唇』は、ナユタが出演した最後の映像となった。両親の強い希望もあり、芸能事務所を辞めることになったからだ。ナユタ自身も、このままこの世界にいてはいけないと思った。『凍える唇』が公開されて以後、周りの自分を見る目が明らかに変わったように感じていた。

ナユタは、ふつうの中学生になった。カメラの前で演じることはなくなった。世間の人間は忘れっぽい。『凍える唇』は話題にはなったが、さほど大きな動員があったわけではない。道を歩いていても、周りに気づかれるようなことはなかった。

影響が顕在化したのは、あの映画のことなどすっかり忘れた頃だった。ナユタが高校三年になって間もなくだった。

ある日登校すると、机の上に一枚の写真が置いてあった。よく見るとそれは、何かの記事から切り抜いたもののようだった。『凍える唇』のパンフレットの一部だということは、後からわかった。

そこに写っていたのは、ナユタと男性俳優の姿だった。二人は唇を合わせていた。切り抜きの端には、「変態役者　工藤京太《けいた》」と手書きしてあった。

頭に血が上り、ナユタはパニックになった。それからの行動は、よく覚えていない。気がついた時には自宅のベッドにもぐりこみ、身体を丸めていた。震えがいつまでも止まらなかった。

その後の学校生活は、それまでと大きく変わった。今ほどネットが普及しているわけではなかったが、悪い噂などすぐに広がる。性的な内容が含まれていたりしたら尚更だ。親しくしていた友人たちが近寄ってこなくなった。そのくせ、どこにいても好奇の目で見られた。陰口を叩《たた》かれていることもすぐにわかった。

トイレに入ろうとした時、先にいた二人の男子がナユタを見て、あわてて出ようとした。そのうちの一人が笑いながらいった。「危ない、危ない。こんなところでズボンなんか下ろしてたら、襲われるところだった」

ナユタの胸の中にあった何かのスイッチが入った。気づいた時、彼は相手の男子に馬乗りになり、木の棒を何度も振り下ろしていた。棒はトイレにあったモップだったが、いつそれを手にしたのか、覚えていなかった。

相手が大怪我をしたこともあり、ナユタは停学処分になった。だが両親に詳しい事情はいわなかった。単に口論から喧嘩《けんか》に発展しただけだと説明した。学校側も、特に問題視することはなかった。相手の男子も事情をいわなかったからだ。しかしナユタが周囲から偏見の目で見られていたことを、学校側が把握していないはずがなかった。そうした目を向けてくる者の中には、教師も何人かいた。

それをきっかけにナユタは学校に行かなくなった。両親は理由を知ろうとしたが、部屋に籠もり、一言も口をきかなかった。事情を知れば、またきっと父親が母親をなじるに違いないと思った。

そんなナユタを何とかして立ち直らせようとしたのが、担任だった石部憲明だ。石部は頻繁に家を訪ねてきては、ドア越しにナユタと会話しようとした。

「嫌なら学校には来なくていい。でも御飯はしっかり食べろ。運動も少しはしたほうがいいな。それから勉強だ。大学に行くんだろ？　中間試験と期末試験だけは受けに来い。そうすれば、後は俺が何とかしてやる」

石部は学校で配られた教材や、学校行事の予定表などを置いていった。

意外なことに、石部はナユタに不登校の理由を訊かなかった。もちろん、わかっていたからだろうが、それについて触れることは一切なかった。それどころか、両親ともその話はしなかったようだ。

「何もいわないのは、それなりの理由があるからです。本人が話したくなるまで待っていましょう」石部は両親には、そのようにいっていたらしい。

そんなふうにして二か月ほどが経った頃、石部から、「学校に顔を出さないか」といわれた。

「ただし土曜日だ。補習授業という形にする。それにさえ出てくれれば、卒業できるように取り計らえる。心配するな。その授業を受けるのはおまえだけだ」

石部の熱心さは十分に伝わってきていたので、ナユタも無下には断れなかった。高校を卒業できないのはまずい、という思いもあった。

久しぶりに登校してみて、騙《だま》された、と思った。教室には先客がいたからだ。ナユタは口をきいたことはなかったが、札付きのワルとして有名な生徒だった。

脇谷正樹《わきたにまさき》だ。高校二年の時に暴力事件を起こし、傷害罪で起訴されそうになったと聞いていた。停学になったのも、一度や二度ではないらしい。

こいつと同じクラスだったのか、とナユタは思った。進級直後に不登校になったので、同じクラスにどんな生徒がいるのか、ろくに把握していないのだ。

ナユタが警戒していると、脇谷は立ち上がり、近寄ってきた。そして思わぬ行動に出た。

「おたくも落ちこぼれか。じゃあ、よろしくな」そういって右手を出してきた。握手を求めてきたのだ。

脇谷の分厚い手を握りながら、こいつは信用できる、とナユタは直感した。これまでにどんな悪事をしていたのかは知らないが、本質的には真っ直ぐな人間だと思った。

後でわかったことだが、脇谷は中学時代からの先輩に誘われて、不良グループに入っていた。大人たちに支配されない彼等の姿が恰好良《かっこう》く見えたのだそうだ。暴力事件は、先輩にそそのかされて起こしたものだった。

「ホームラン級の馬鹿だったよ」脇谷は何度もそういった。

石部は補習授業だといったが、実際にナユタたちが授業を受けるわけではなかった。石部が教室にやってきて、二人にあれこれと話しかけてくるだけだ。進路について尋ねてくることもない。

おまえたちの人生だから好きにしたらいい、というのが石部の口癖だった。

「俺にできることがあるなら、いつでもいってくれ。そのためにこの補習授業はあるんだ」

その言葉は、将来を悲観しかけていたナユタの胸に逞《たくま》しく響いた。やり直せるかもしれない、と思わせるほどの力があった。

脇谷は、ふだん学校に行っていないわけではなかった。彼の場合、二年生の時の出席日数が足りないことが問題だった。そこで帳尻《ちょうじり》合わせをするために、補習授業を受けていたのだった。だから彼と話していると、同級生たちのことがよくわかった。

「もう誰も工藤のことなんか気に掛けてないと思うぜ。そろそろ学校に出てきてもいいんじゃないか」

脇谷はそういったが、ナユタは気が進まなかった。登校すればしたで、また好奇の目で見られるような気がするのだった。

それでも石部との約束通り、試験の時には出ていった。注目されるだろうと思ったから、必死で勉強した。元々、人に教えてもらうより、参考書などで一人で学ぶほうが性に合っている。試験では好成績を収めた。「ろくに学校に出てこないくせに、テストの日にだけふらりと現れて、満点とか取っちまう」と脇谷がいう所以《ゆえん》だ。

出席日数はまるで足りなかったはずだが、石部がやりくりしてくれたおかげで、大学受験には問題がなかった。医学部を受けたのは、両親を安心させたかったからだ。二人が一人息子の将来を案じているのは明白だった。医者を目指すと聞けば、きっと安心するだろうと思った。

高校の卒業式には出なかった。その日、家で過ごしながら、これで解放されると安堵《あんど》した。大学に進んだ後は、全くの別人になるのだ。誰にも気づかれないよう、髪型を変え、身体を鍛え、徹底的にイメージチェンジする。髭《ひげ》を伸ばすのもいいかもしれない。

それから――。

できれば名前も変えたい、と思った。

5

開明大学病院に行った三日後の夕方、またしても円華から連絡があった。今度は電話がかかってきたのだ。ナユタが患者宅から地下鉄で帰ろうと歩いている時だった。

彼が電話に出ると、「朝比奈一成には会ってきた？」といきなり尋ねてきた。

「何だよ、急に。挨拶《あいさつ》もなしか」

「三日前に会ったばかりなんだから、時候の挨拶なんて不要でしょ。で、どうなの？

朝比奈さんのところへは行ってきたの？」

「何で、そんなことを訊くんだ」

「だって電話でいってたじゃない。時間がある時に伺います、とか」

「なぜ君がそんなことを気にするのかと訊いてるんだ。関係ないだろ」

「ところがそうじゃなくなったんだよね。父が朝比奈さんのCDを持ってるってことは
話したっけ？」

「この前聞いた」

「でもね、父は別にファンってわけではないんだって。仕事で必要だから、持ってるん
だといってた」

「仕事？」

「羽原手法だよ」

円華の言葉に、ナユタはどきりとした。羽原手法とは、石部湊斗が受けた脳外科手術
の名称だ。

「どう必要なんだ？」

ナユタが訊くと、円華はうーんと唸《うな》った。

「電話では説明しにくいな。ねえ、今からどこかで会えない?」

ナユタは腕時計を見た。今日の外での仕事は終わっている。

「構わないけど、甘粕監督のことなら何も話す気はないぜ」

「わかってるよ。それは全然関係ないから安心して。で、どこへ行けばいい?」

ナユタは少し考えてから、表参道《おもてさんどう》の近くにあるオープンカフェを指定した。

それから約四十分後、待ち合わせた店でカフェラテを飲んでいると、三日前にも見たセダンがすぐそばの道路脇に停まった。後部ドアが開き、大柄な男に続いてピンクのニット帽を被った円華が降りてくるのも、あの時と同様だ。違うのはセダンが二人を残し、発進したことだ。どこかへ駐車しに行ったのだろう。

円華だけが店のほうにやってきた。すぐにナユタに気づき、小さく手を振ってくる。彼も手を挙げて応じた。

「お待たせ」

円華はナユタの向かいに腰を下ろすと、ウェイトレスを呼び、ミルクティーを注文した。

ナユタは歩道のほうを向いた。大柄な男は歩道の脇に立ち、じっとナユタたちを見ていた。その目つきは鋭い。

ナユタは円華に顔を戻した。

「用件を聞こうか。朝比奈さんの曲が、羽原博士の手術にどう関係しているんだ」

円華は小さく首を傾げた。

「ざっくりといっちゃうと、脳刺激に使うってことになるかな」

「脳刺激？」

「羽原手法で大事なことの一つに、手術後、患者の脳にいろいろな刺激を与えるってことがある。身体に触ったり、匂いを嗅《か》がせたりもするんだけど、一番効果的なのは音を聞かせること。しかも音楽。脳の機能回復には欠かせない。ただし、どんな音楽がいいのかは、まだよくわかってない。クラシックが比較的いいようだけど、人によって効果はまちまち。ところが最近になって、圧倒的に効果的な曲がいくつか見つかったの。父によれば、患者の反応が全然違うらしいよ。大事なのはここから。それらの曲には共通点がある。いずれも同じ人物によって作曲されていた」

「もしかして、朝比奈さん？」

「そういうこと」

円華が頷いた時、ミルクティーが運ばれてきた。

ナユタはカフェラテのカップを手にした。

「不思議だな。どうしてそんなことに？」

「だからそれはわからないといってるでしょ。でも何か因果関係があるはずだから、是非一度本人にインタビューしたいと父はいってるの。実際、交渉を始めてたそうなんだけど、最近になって急に頓挫《とんざ》しちゃったんだって。交渉相手だった朝比奈一成のマネージャーが二か月ぐらい前に事故で亡くなったからだそうなんだけど……ええと、そのへんのことは知ってる？」

「前回、朝比奈さんのところへ行った時に聞いた。マネージャーというより代理人だ」

「だったら状況はわかるよね。そういうわけで父は、朝比奈さんとの連絡役を引き受けてくれる人を探してるそうなの。あなた、引き受けてくれない？」

「俺が？」

円華はティーカップを置き、腕組みをした。

「こういっちゃあ何だけど、あたし、ずいぶんとあなたの力になってあげたと思うよ。お友達のスキージャンパーを復活させたし、ナックルボーラーの若き相棒を育てる手助けもした。石部先生がつまんない悩みから解放されたのも、あたしのおかげだよね」

謙虚さの欠片も感じさせない言葉で手柄を誇示する態度にナユタは呆《あき》れたが、反論はできなかった。彼女のいっていることは事実だった。

「紹介するぐらいのことなら構わないけど」仕方なく、ナユタはいった。「インタビューは無理だと思う。少なくとも今は」

「どうして？」

「代理人が亡くなったことによるショックで、本人が精神的に落ち込んでいるからだ。ごく一部の限られた人間としか会おうとしない」

「あなたはその限られた人間に入っているわけだよね。だから先日も電話を貰ったわけでしょ」

ナユタは顔をしかめ、肩をすくめた。

「買い被りなんだよ。俺なんかに何かを期待されても困るんだよな」

「でも、師匠から引き継いだ大事な患者さんなんだし、会うぐらいのことはしたらどうなの？　で、その時にあたしを連れていく。それでどう？」

ナユタはため息をついた。

「俺の話を聞いてなかったのか。今の朝比奈さんに会っても意味がない。後追い自殺するんじゃないかと周りが心配するほどなんだ」

「後追い？」

「代理人だったのは尾村さんという人だけど、単なる事故ではなくて自殺じゃないかといわれてる。しかも朝比奈さんにとって尾村さんは、単なるビジネスパートナーではなかったんだ」

ナユタは周りで聞き耳を立てている人間がいないことを確認した後、尾村勇が死んだ時の状況や、朝比奈と尾村の関係について、手短に説明した。

同性愛という言葉に円華がどんな反応を示すか気になったが、彼女は殆ど表情を変えることなく、「つまり朝比奈さんは恋人を失ったわけだ」と、さらりといった。「で、その原因が自分にあると思っている」

「まあ、そういうことだ」

「でも真相はわからないわけでしょ？　自殺した動機が何なのか。そもそも自殺だったのかどうかも。それで苦しんでいるというのは、何だかもったいない気がする」

「もったいない？」

「そういうことなら、尚更会いに行ってやったほうがいいんじゃないの？　誰かに話を聞いてもらいたいんだよ」

「話なら、前回十分に聞いた」

「本当に十分なのかな。十分じゃないから、あなたに会いたがってるんじゃないの？」

「あの人は何か勘違いしてるんだ。俺に幻想を求めてる。そんなものを求められても、俺としては困るわけだよ」苛立《いらだ》ちから、つい声が大きくなった。

「幻想？　どういう幻想？」

だから、といいかけたところでナユタは口をつぐみ、首を振った。「何でもない」

「何？　いいかけてやめるなんて反則だよ」円華は眉尻を上げた。

ナユタは頭を掻《か》き、彼女のほうに顔を寄せると、声を落としていった。「朝比奈さんは、俺なら気持ちがわかると思ってるんだ」

「気持ち？」

「ある時いわれたんだ。工藤君は、『凍える唇』の少年だそうだねって。驚いたよ。思わず、どうしてわかったんですかと訊いてしまった。朝比奈さんがいうには、あの映画が話題になった頃はまだ目が見えていて、レンタルビデオで観たらしい。映画の内容には衝撃を受けたといっていた。心を鷲掴《わしづか》みにされたって。それで後に出会った尾村さんに薦めたところ、尾村さんも気に入ったらしく、DVDを買ったそうだ。だから俺と会った時、尾村さんは気づいた。あの映画の主人公を演じていた子役だってね。工藤という名字が同じだし、年齢も合う。名前は違うけど、京太というのは芸名だろうと踏んだわけだ。そしてそれを朝比奈さんに話した」

「あなたは自分で思ってるほど、あの頃と顔が変わってないからね」円華は突き放すようにいった。「で、それがどうしたの？」

「俺が工藤京太だと知り、朝比奈さんは舞い上がった。あの時の少年に会えるなんて夢のようだってね。自分たちが小さい頃から抱えていた悩みや苦しみを見事に表現してくれていた、いつかあの少年に会いたい、会って話をしたいと思ってたって、熱い口調でいうんだ」

「よかったじゃない。演技を褒められたわけでしょ」

「冗談じゃない」ナユタは大きく手を振った。「朝比奈さんは俺のことを、あの映画の主人公そのものだと思っている。俺は監督にいわれるままに演じただけで、何もわかってなかった。朝比奈さんにもそういったんだけど、全く信用してくれない。あの少年には演技以上の何かを感じたといってきかないんだ。それは自分たちのようなマイノリティにはわかる、とかいってね。正直いって、その話はあまりしたくないからいつも適当に聞き流してたんだけど、今思えばそれもよくなかったかもしれない。もっとはっきりと否定したらよかった」

円華が冷めた目を向けてきた。

「要するに、同種の人間だと誤解されているといいたいわけ？」

ナユタは少し考えてから頷いた。「まあ、そうだ」

「もしそうだとしても、あなたが力になれないってことはないんじゃないの？　とにかくこちらとしては、何としてでも盲目の天才作曲家に復活してもらいたいわけ。で、それにはやっぱりあなたの力が必要」

ナユタは円華の顔をしげしげと眺めた。

「復活してもらいたいって、どうやって？　君は一体何をしようとしてるんだ」

「そんなの決まってるじゃない。尾村勇さんの死の真相を突き止めるんだよ」

6

ナユタが円華と共に朝比奈の家を訪れた時、朝比奈の姿はリビングにはなかった。出迎えてくれた英里子によれば、付き合いの深い音楽プロデューサーがやってきて、寝室で打合せをしているらしい。いつもは仕事相手とはリビングで会うのだが、最近の朝比奈は一日中ベッドで過ごすことが多いということだった。

「テレビのドキュメンタリー番組の主題曲を作ってほしいという依頼なんです」ジャスミンティーをカップに注ぎながら英里子はいった。「ずいぶん前から頼まれているみたいですけど、兄はあんな感じで、滞ったままなんです。でもプロデューサーの方は愛想を尽かすことなく、辛抱強く待ってくださってます。ありがたいですよね」

「俺も、朝比奈さんが次にどんな曲を作られるか、とても楽しみにしています」

「そのこと、兄にいってやってくださいね。工藤さんにいわれたら、少しは発憤するかもしれないので」

「いや、俺なんかがいっても、何の効果もないと思いますけど……」

廊下からドアが開閉する音が聞こえてきた。挨拶をしている男性の声は、音楽プロデューサーのものだろう。ちょっと失礼します、と英里子がナユタたちにいい、部屋を出ていった。

何やらやりとりする声がして、玄関の扉が閉まった。やがて廊下を移動する音が近づいてくる。足音と杖《つえ》を突く音だ。

やがて朝比奈が、英里子に導かれながら入ってきた。前回会った時よりもさらに痩せ、顔は青白く、頬がこけていた。

ナユタはソファから立ち上がった。「お邪魔しています」

横で円華も立ち、彼に向かって頭を下げた。

朝比奈が足を止め、首を傾げた。「もう一人、誰かいるようだね」

「鍼灸の見習いです。勉強のため、たまに外の仕事に連れていくんです」ナユタは説明した。羽原手法の話をいきなりしても朝比奈さんを戸惑わせるだけだろうから、まずは鍼灸の後輩ということにしようと円華がいったのだ。

こんにちは、と円華が挨拶した。すると朝比奈は薄い笑みを浮かべた。

「ずいぶんとかわいい声の鍼灸師さんだ。若い女性ということで苦労するかもしれないが、しっかりと修業して、早く一人前になれることを祈っているよ」

「ありがとうございます」

朝比奈は再び杖を頼りに移動を始め、ソファの場所を確認しながら腰を下ろした。

「どうせ英里子が無理をいったのだろうと思うが」朝比奈は正確にナユタのほうに顔を向けてきた。「来てくれて嬉しいよ。もし、仕事で近くまで行くからそのついでに寄った、というのが口実でなかったとしても」

「朝比奈さんのことが気になっていたのは事実です。その後、どうされているのかなと」

「前回、つまらない話をしてしまったからね。カミングアウトは自己満足なんだろうか、なんてことを今さら訊かれても、工藤君にしてみればレベルの低い悩みにしか聞こえなかっただろうね。今になってそんなことをうじうじ悩むぐらいなら、カミングアウトなんてしなければよかったんだ、と」

「つまらないなんて、そんな。朝比奈さんが悩まれるのは当然だと思います。ただ、尾村さんが実際にはどう思っておられたのか、それはわからないのだから、あまり気に病むのはよくないです」

朝比奈は頭を左右に揺らした。

「サムの死は自殺ではないかもしれないというのかね。僕だって、そう思いたい。しかし、どう考えても、それはないんだよ。前にもいっただろ？　現場は登山ルートから外れていて、迷って行ってしまうようなところじゃない。警察の報告書には、こう書かれたはずだ。同性愛者であることをパートナーに暴露され、世間から冷たい目で見られるようになったことを悩んだ末の自殺である可能性が高い、とね」

ナユタは唾を呑《の》み込んでから、「自殺する心当たりを訊かれた時、そんなふうに答えたんですか」と質問した。

「そうだ。心当たりなんかないといったら、それは嘘になるからね」

「だけど、それは想像にすぎないじゃないですか。尾村さんの本当の気持ちがわからないかぎりは――」

ナユタが言葉を切ったのは、朝比奈が制するように右手を挙げたからだ。

「工藤君、それについて議論するのは、もうやめにしないか。僕の中では終わったことだ。サムの本当の気持ちなんて誰にもわからない。だからといって、自分に都合のいいように解釈できるほど、僕は楽天家ではないんだ。サムは自殺。自殺に追い込んだのは自分。そう結論づけた上で、今後のことを考えるしかないと思っている。これからどうやって生きていくか、とかね。生きていくというのが前提の話ではあるけれど」

淡々と語る朝比奈に、ナユタはかけるべき言葉が思いつかなかった。安易な慰めなど、彼の耳には虚《むな》しく響くだけだろう。

英里子と目が合った。彼女は暗い表情で、小さくかぶりを振った。兄を救う手立てが見つからず、無力感に包まれている顔だった。

「わからないな。どうしてそうなるんですか」重たい沈黙を破ったのは円華だった。

「今、こうおっしゃいましたよね。同性愛者だってパートナーに暴露され、世間から冷たい目で見られるようになったことを悩んだ末の自殺って。もしそれが事実だとしたら、自殺に追い込んだのはあなたではなくて、世間ってことになるんじゃないですか」

朝比奈の焦点を結んでいない目が、円華のほうに向けられた。口元には笑みがかすかに浮かんでいる。

「若者らしい意見だね。純粋で、正論だ。では、こう尋ねようか。友人の二人が一緒に住む家を建てることにしたとする。一方が海のそばがいいと希望したので、海辺に建てた。二階建ての家だ。海の近くを希望したほうが二階に住み、もう一人が一階を選んだ。ある日、津波が来て、一階にいた友人が流されて死んだ。さて、残されたほうは津波を恨めばいいのだろうか。海の近くなどを希望したことは悔やまなくていいのだろうか」

「それとこれとは」

「同じだよ」朝比奈は言下にいった。「何が違う?」

「津波を人間の力で止めることは不可能です。でも世間の偏見は、それぞれの理解が進めば防げます」

朝比奈が、ふん、と鼻を鳴らした。

「またしても、純粋で美しい意見だね。だったら訊くが、この世のどこかに差別のない国があるだろうか。アメリカはどうだ？　中国は？　イギリスは？　フランスは？　我が日本はどうだ？　差別などないといえるか？」

円華は答えない。ない、とはいいきれないからだろう。

「法律で禁じることはできるだろう」朝比奈は続けた。「自分は差別などしません、と各人に口先だけで誓わせることは、もしかすると可能かもしれない。しかしマイノリティを排除する見えない力は、それとは全く別物なんだ。嫌がらせや悪口といった、わかりやすいものだけが差別じゃない。それは摑みどころがなく、無言であり、堅牢《けんろう》だ。一人一人の中にある、異種に対する小さな嫌悪感、自分でさえも気づいていないわずかな違和感の集積が、圧倒的な悪意の波となって我々に襲いかかってくる。それはまさに見えない津波なんだ。僕はその存在を知っていたはずなのに油断してしまった。その波にサムが吞まれてしまうことを考えなかった」

朝比奈は大きく息を吐いた後、僕が彼を殺したんだ、と呟いた。

部屋の空気がずしりと重たくなった。ナユタは息苦しさから逃れるため、話題を変えることにした。

「仕事関係の方が来ておられたみたいですね。ドキュメンタリー番組の主題曲の作曲を依頼されているとか」

可能なかぎり明るい声を出したが、朝比奈の眉間《みけん》に刻まれた皺《しわ》が消えることはなかった。

「もう諦めてくれといってるんだ。車輪の片方がなくなったら、もう走れない」

「……車輪？」

「僕とサムのことだ。まさに車の両輪だった。僕が曲を作れたのは、サムがいたからだ。彼が僕の脳細胞を刺激し、僕の中にある、僕自身も知らなかった秘密の扉を開けてくれたんだ。その扉から溢《あふ》れ出るメロディを、サムが譜面に起こしてくれた。そういう意味では、彼はやっぱり僕のゴーストライターだった」朝比奈は力なく頭を揺らし、続けた。「彼が死んだのと同時に、作曲家の朝比奈一成も死んだんだ」


一時間弱の滞在後、ナユタたちは辞去することにした。前回と同様、英里子が門のところまで見送りに出てくれた。

「わざわざ来てくださって、ありがとうございました」英里子がいった。

「やっぱり何の力にもなれませんでした」

ナユタがいうと、とんでもない、と彼女は手を振った。

「私の前では、あんなふうに胸の内を吐き出してはくれません。工藤さんなら理解してくれると信じているんだと思います。鬱陶《うっとう》しい泣き言ばかりを聞かされて、さぞかしうんざりされたと思いますけど、どうかこれに懲りず、時間がある時にまた来てやってください。お願いします」

深々と頭を下げられ、ナユタは当惑した。自分は何もしていない、という思いしかない。

円華が、「あのことは？」といってナユタの脇腹を突いてきた。そうだ、と思い出した。

「電話でもお願いしましたけど、尾村さんの遺品を見せていただく件はいかがですか」

ナユタが訊くと、ああ、といって英里子はジーンズのポケットから鍵《かぎ》と折り畳んだ紙を出してきた。

「マンションの住所をメモしておきました。それからこれが鍵です」

「お預かりします。電気や水道は使えるという話でしたよね」

「使えます。二週間に一度、私が空気の入れ換えに行ってますから」

「そんなことまで……。大変ですね。部屋は、ずっと残しておくんですか」

「さあ、それは……」英里子は首を傾げた。「尾村さんの御実家には、部屋を引き揚げる際にはいってくださいと連絡してあるんです。部屋の鍵が一つしかないものですから。でも、一向に連絡がないんですよね。尾村さんは長年御家族の方とは疎遠にしておられたから、向こうとしても誰が後を引き継ぐのか、いろいろと揉《も》めているのかもしれません」

「不動産業者からは何もいわれないんですか」

「いわれません。だって、家賃は兄の口座から落ちていますから」

「ああ……」

部屋の保証人が朝比奈だということは、前回聞いたのだった。

ナユタは受け取った鍵に目を落とした。

「鍵が一つしかないとおっしゃいましたね。この鍵は尾村さんが持っていたものですか」

「いえ、それは兄が保管していたものです。尾村さんの鍵は見つかっていません」

「遺体が持ってなかった、ということですか」

「そうです。遺体が発見された時、バックパックなどの荷物は身に着けていなかった、と聞いています。仮に自殺をするつもりでも、手ぶらで山に登ることは考えにくいので、落ちた拍子に破損して、身体から外れたのではないかと警察の人はいってました」

「そのバックパックも見つかっていないわけですね。で、おそらく鍵はその中に入っていたのだろう、と」

「はい」英里子は頷いた後、躊躇いがちに口を開いた。「もしかすると遺書も入っていたのではないか、と警察の人はいってました」

「ああ、なるほど……」

その話をしていた時、そばには朝比奈もいたに違いない。警察も自殺だと考えている、というのは単なる彼の思い込みではないのだ。

改めて英里子に挨拶し、ナユタは円華と共に門を出た。コインパーキングに駐めてあった車に乗り込むと、メモを見ながらカーナビをセットした。これからすぐに尾村のマンションを訪ねる気だった。

「あの話、説得力があったね」円華がぽつりといった。

「どの話？」

「津波の話。あんなふうにいわれたら、何もいい返せなくなっちゃう」

ナユタは円華の横顔を見た。

「珍しいな、君がそんなことをいうなんて。相手と考えが合わない時、いつもは、そう簡単には引き下がらないじゃないか」

円華は真っ直ぐ前を向いたまま、「人はゲンシ」と呟いた。

「えっ？　ゲンシって？」

「原子核の原子。物質を構成する基本的な粒子」

「それがどうしたんだ」

「ある人からこんな話を聞いた。世界は一部の人間たちだけに動かされているわけじゃない。一見何の変哲もなく、価値もなさそうに見える人々こそが重要な構成要素で、一人一人は無自覚に生きているだけだとしても、集合体となった時、劇的な物理法則を実現していく。人は原子——」

円華はナユタのほうに顔を向けた。

「この話を聞いた時、素敵な考え方だなと思った。どんなに凡庸な人でも、生きてさえいれば社会の流れに関わってるってことだもんね。だけど朝比奈さんの話を聞いて、少し考えが変わった。社会というものが、いつもいい方向にだけ流れていくわけじゃない。無自覚な偏見や差別意識の集積が誤った流れを生み出すこともあるんだとわかった」

「朝比奈さんはカミングアウトすべきじゃなかったと？」

円華は首を小さく振った。「わかんない。だからそれを調べるんでしょ」吊り上がり気味の目でナユタを見つめてきた。

「そうだったな」

ナユタは前を向き、車のエンジンを動かした。

7

尾村勇が住んでいたのは、居間と寝室だけで構成された所謂《いわゆる》1LDKの部屋だった。ベランダは南側にあり、カーテンを開ければ、大きなガラス戸から陽光が差し込んでくる。冬場はともかく、真夏はかなり暑くなりそうだった。

「さて、どこから手をつける？」室内を見回した後、円華がナユタのほうを振り返った。

そうだな、とナユタも顔を巡らした。英里子が定期的に来ているせいか、部屋は片付いていて奇麗だった。そもそも家具が少なく、すっきりとしている。尾村は仕事の大半は朝比奈の家でしていたそうだから、日用品以外は不要だったのだろう。

ダイニングテーブルと椅子と液晶テレビが載った台を除けば、書棚が目立つ程度だ。その書棚には書籍だけでなく、文具などの雑貨も収められていた。

「俺は、こいつを当たってみよう」ナユタは書棚の前に立った。「どんなものを探せばいい？」

「そりゃあもちろん、最近の尾村さんの心境がわかるようなもの」円華が答えた。「理想をいえば日記」

「なるほどね。でも、今時そんなものを書いている人がいるかな」

「だから、理想をいえば、といったでしょ」そういって円華は隣の寝室へ消えた。

ナユタは書棚の中を端から順に眺めていった。音楽関連の書物が並んでいる。尾村はクラシックの歴史にも興味があったようだ。楽器に関する文献も多い。

何十冊と差し込まれているファイルは、非常勤講師をするのに使っていたと思われる、手作りの資料をまとめたものだった。開いてみると、ところどころに書き込みがある。学生に説明する際のノウハウのようなものだ。尾村は朝比奈に対してだけでなく、学生たちにも献身的だったようだ。

それらの資料に並んで、意外なものを見つけた。写真集だった。引き抜いてみると、男性俳優が若い頃に出版したものだった。奥付を確かめると、二十年ほど前の日付が印刷されていた。

ほかにも何冊か写真集が収められている。被写体は別の男性タレントや男性歌手だが、いずれも同様の時期に出版されていた。

ナユタは合点した。約二十年ということは、尾村はまだ二十歳前だ。ここに並んでいる写真集の人物たちは、当時の尾村のお気に入りだったのだろう。思春期の男子が女性アイドルに熱を上げるように、尾村は写真集を買い、毎日のように眺めていたに違いない。そして捨てるのも惜しく、こうして保管し続けていたのだ。

数冊の写真集に交じって、パンフレットのようなものがあった。抜き取った瞬間、ぎくりとした。一瞬、自分の目を疑った。

表紙に見たことのある顔が印刷されていたからだ。

ほかでもない、ナユタの顔だった。中学生だった頃の、華奢で幼い顔だ。一緒に写っているのは、映画で共演した役者たちだった。

タイトルは見るまでもない。これは『凍える唇』のパンフレットにほかならなかった。

ナユタはページの端に指をかけた。中を見てみようかという気持ちと、見たくない気持ちが半々だった。もちろん、今まで見たことがなかった。

結局、ページを開くことなく、パンフレットを元のところに戻した。だが気にならないわけがなく、ほかに視線を移せない。

ふと気配を感じて振り向き、どきりとした。円華が立っていたからだ。

「いつからそこに？」ナユタは訊いた。

円華は少し首を傾げ、「五秒ぐらい前から」といった。「何か見つけたの？」

「いや、特には何も……。そっちは？」

「ちょっと気になることがある」円華は踵《きびす》を返し、隣の寝室に入っていった。

ナユタは彼女に続いた。寝室にはベッドだけでなく、事務机も置かれていた。その上に載っているのはノートパソコンだった。すでに起動されている。

「独り暮らしだからだろうね、パスワードが設定されてないのはラッキーだった」円華がトラックパッドを操作しながらいった。

「何を見つけたんだ。メールとかか？」

「メールはざっと見たかぎりでは、事務的なものしかない。SNSとか個人的なやりとりにはスマートフォンを使ってたんだと思う」

「じゃあ、何が気になったんだ？」

「まずはこれ。尾村さんが最後に使用したアプリケーション」

円華が表示させたのは、音声データの再生や管理をするソフトだった。

「で、このソフトを使って最後に再生したのがこれ」

彼女がクリックすると、スピーカーからザアザアという音が聞こえてきた。

「何だ、これは。雨の音みたいだけど」

「だよね。で、その前に再生したのがこれ」

次に聞こえてきたのは、小鳥の囀《さえず》りだった。のどかな風景が目に浮かびそうだ。

円華は音を止めた。「どう思う？　ほかのデータは、ふつうの音楽ばかりなんだけど」

「わからんな。雨音も鳥の鳴き声も特に珍しいものでもないし」

「それから、もっと気になることがある」

円華はインターネットの閲覧ソフトを立ち上げ、ブラウザ画面の一部をクリックした。表示されたのは、竹由《たけよし》村という土地の週間天気予報だった。

彼女はさらにトラックパッドを操作し、閲覧履歴を表示させた。

「見て。尾村さんが亡くなる前日も、このページを閲覧してる。で、この履歴は三か月分が保存されているらしいんだけど、週に一度ぐらいの割合で、この土地の天気を調べてる」

「何のためだろう？　そもそも、この竹由村というのはどこだ」

円華が無言でトラックパッドとキーボードを素早く操作した。間もなく画面上に地図が現れ、竹由村という文字がナユタの目に入ってきた。

ここ、といって円華が画面の一部を指差した。そこに記されている文字を見て、ナユタは息を呑んだ。銀貂山とあったからだ。

「尾村さんが亡くなった山だ……」

「変だと思わない？　自殺する気だったとしても、どうして天気が気になったのかな。しかも毎週のように調べてる」

「大して高い山ではないけど、登るとなれば事前に天候を調べるのは常套《じょうとう》だけれど……」

「死ぬ気なら、そんな必要ないよね？」円華が真っ直ぐに見つめてきた。「嵐が来ようが、槍《やり》が降ってこようが、関係ないはずだよね」

「それはそうだけど、自殺者の心理はわからない。もしかすると、最高に素晴らしい景色を見てから死にたかったのかもしれない。そのタイミングを探していたとすれば、毎週のように天気を調べていたことにも合点がいく」

ナユタの言葉を聞き、円華はしばし黙考した後、ゆっくりと首を上下させた。

「なるほど、タイミングね。それを探していた、か。うん、あり得るかも」

「珍しく同意してくれるんだな」

「でも、何のタイミングを探していたのかはわからない。自殺するタイミングだとはかぎらない。それを明らかにする必要がある」

「どうやって？」

ナユタが訊くと、円華は不思議そうな目をして首を傾げた。「そんなの、いうまでもないことだよね」

インターホンのチャイムが鳴ったのは、その直後だった。

「意外に早かったな」そういって円華が寝室を出ていった。

「誰か呼んだのか？」ナユタは彼女の背中に尋ねた。ここへ来る途中、彼女が車の中でスマートフォンを操作していたのを思い出した。

円華は彼の問いかけには答えず、居間の壁に取り付けられた受話器を取った。「鍵はかかってないよ。入ってきて」

やがて玄関のドアが開く音がした。お邪魔します、と女性の声がいった。

部屋に入ってきたのは桐宮女史だった。今日、ナユタが会うのは二度目だ。朝比奈の家に行く前、待ち合わせ場所まで円華を送ってきたのだ。その時には、例によってタケオという男性も一緒だった。

「どうだった？」円華が訊いた。

「とりあえず、一通り当たってきたけど」桐宮女史はバッグから手帳を取り出し、「座らせてもらってもいい？　聞き込みで足が疲れてるから」といってダイニングチェアに腰掛けた。

「聞き込み？」ナユタは円華と桐宮女史の顔を交互に見た。

「尾村さんが非常勤講師をしてる大学に行ってもらったの」円華が椅子に座ってから答えた。「尾村さんの評判を調べるために」

「評判っていうと？」

「朝比奈さんのカミングアウトによって、尾村さんが同性愛者だってことがどの程度まで知れ渡っているか、仮に広く知られていたとして、周りからはどんなふうに受け止められていたか、それを確かめてもらおうと思ったわけ。朝比奈さんの言葉を借りれば、見えない津波が存在したのかどうか」

「何、津波って？」桐宮女史が怪訝《けげん》そうに眉をひそめた。

円華は、マイノリティたちに対する周囲の人間たちの無言の悪意を、朝比奈が津波に喩《たと》えたことを説明した。

桐宮女史は頷きながら手帳を開いた。

「なかなか深い洞察ね。ではその言葉を使わせてもらうけれど、結論からいえば、そうした悪意の波が全くなかったとはいえなそうね」

「尾村さんは偏見の目で見られていた、ということですか」

「尾村さんの講義を受けているという学生四人に確認したところ、彼が作曲家の朝比奈一成の恋人だということは全員が知っていた。情報源は摑めてないけれど、SNSなどで拡散されたようね。当然、学生の間で話題になって、そのことをネタにした悪意に満ちた書き込みがネット上を賑《にぎ》わしたこともあったみたい。ただし、それを本人が目にしたかどうかはわからない」

「大学側の対応は？」円華が訊いた。

「私が調べたかぎりでは、朝比奈さんのカミングアウト前と後とで、尾村さんの処遇が変わったという事実は確認できなかった。尾村さんの講義を受けるのを拒否する学生が現れたわけではなく、特に問題なしという扱いだったようね。いずれにせよ、学生たちも大学側も、最近ではあまり話題にしなくなっていたはずで、悪意の波は存在しているにせよ、津波と呼べるほどかどうかは不明。もちろん、当の本人にしかわからないことはあると思うけどね。見えないところで、苦しめられていた可能性は否定できない」桐宮女史は、以上、といって手帳を閉じた。

「それだけのことを今日一日で調べたんですか。すごいな」ナユタは感心の目を向けた。

桐宮女史は無表情で肩をすくめた。「どうも」

「この人はね、肩書きの違う名刺を十種類くらい持ってるの」円華がいった。「で、それらを駆使して、いろいろな情報を掠《かす》め取ってくるプロなんだ」

「手伝ってやってるのに、その言い方はないでしょ」

「褒めてるんだよ。ところでさ、近々、遠出をしなきゃいけなくなった。準備しといて」

「遠出？　どこ？」

円華はポシェットからスマートフォンを出し、素早く操作した。間もなく目的の画像が表示されたらしく、ここ、といってテーブルに置いた。

画面に映っているのは先程の地図——銀貂山の位置を示すものだった。

8

登山口から歩きだしたのは、午前九時を少し過ぎた頃だった。滑落現場まで登り、状況を確認したらすぐに下山する予定だが、ナユタは少し不安だった。円華の脚力がどこまで保《も》つかわからなかったからだ。道に迷わないという保証もない。初心者でも登れるという話だが、当然のことながら技量には違いが出る。

それでも集合場所に現れた円華を見て、少し見直した。きちんとした装備で身を固めていたからだ。真新しい登山服は新調したものだろう。背中に負ったバックパックも登山靴も明らかに新品だ。ヘルメットは光沢を放っている。

一方、彼女に同行しているタケオは、一見したところでは堂々たる登山家だった。こちらも服装や装備は新しく見えるが、身に纏《まと》う立ち姿に雰囲気があるのは、単に体格がいいからだけではないように感じられた。

彼とは何度か会っているが、初めて円華からきちんと紹介された。武尾徹《たけおとおる》というらしい。タケオというのが名字だと知り、ナユタは少し意外な気がした。

登山の経験を尋ねると、少々、という答えが返ってきた。

「以前、山登りを趣味にしている人の警護をしなければならないことがありましたから」ぼそぼそと遠慮気味にいった。

どうやら武尾はプロの警護係、所謂ボディガードらしいとナユタは察した。そんなものをつけられるほど円華は要人なのか。

「今さら訊くのも変だけど、あなたは登山、大丈夫だよね」その円華がナユタにいった。

「たまに登る」

円華が満足そうに頷いた。「だろうと思った」

「どうして？」

「初めて筒井先生の研究室で会った時、登山用のジャケットを着てた。わりと本格的なやつ。防寒のためだけに、あんなものを買う人はいないと思うから」

ナユタは驚いた。いわれてみれば、たしかにそんな服装をしていたかもしれない。冬山に登る時のために購入したのだ。ただし、実際の登山で着用したことはない。それにしても、と円華の観察眼の鋭さと記憶力の良さには舌を巻くしかなかった。

桐宮女史は同行していない。登山口まで円華と武尾を送ってきただけだ。しかし貴重なものを用意してくれていた。尾村勇が転落したと思われる場所を示した地図と、途中にある主な目印の写真だ。地元の警察に登山計画書を提出するついでに入手したのだという。故人に花を手向けたいからと説明したそうだが、「登山者たちには、くれぐれも崖には近づかないようにいってください」と釘《くぎ》を刺されたという。

登山道は急な坂が多いが、どこも比較的幅があり、歩きやすかった。分かれ道には必ず標示があるので、なるほど初心者でも大丈夫だなとナユタは思った。

一時間ほど歩いたところに古い祠《ほこら》があったので、そのそばで休憩を取ることになった。横たえられた太い丸太にナユタと円華とが並んで腰を下ろした。武尾は立ったままで、遠くを眺めている。

「ああ、疲れた。今、どのあたり?」水筒を手にした円華が武尾に訊いている。

武尾が地図を取りだし、彼女の前で広げた。

「この祠はここのようです」地図上の一点を指差していった。

円華が渋面を作った。「えー、まだそんなとこ？　半分以上残ってるじゃん」

「直線距離で、ですからね。実際には、今来たよりも倍近く歩くことになると思います」

「マジでえ？　登山が趣味の人って理解できない」円華は水筒の水を飲むと、ふと何かに気づいたような顔をし、ちょっと見せて、と武尾のほうに手を出した。地図のことをいっているらしい。

受け取った地図を円華は見つめた。ひっきりなしに動く目は真剣そのものだった。

「何をそんなに――」

ナユタが尋ねようとすると、「話しかけないで」と鋭く制された。

しばらくそうした後、ありがと、といって円華は武尾に地図を返した。それからナユタのほうを向いた。「ごめん。何だっけ？」

「いや……地図がどうかしたのかなと思って」

「地図というより、この土地の地形が気になっただけ。風向きによっては、変わった気流が生まれる形をしている」

「どんなふうに変わってるんだ」

「場所によるけど、上から下に風が吹いたり、逆に下から上に吹いたりする。その時の気象条件によるけどね」

「今日は？」

「可能性は高い。特に今日の午後」そういってから円華は空を見上げた。「もしかすると尾村さん、そうなるタイミングを探してたのかも」

「この土地の天気予報が履歴に残ってたでしょ。なぜかわからないけど、尾村さんは天気を気にしていた。だからあたしたちがここへ来るのも、尾村さんが登った日と極力気圧配置が近い日にしようと思ったわけ」

「それが今日なのか？」

そう、と円華は頷いた。

「尾村さんは、今、君がいった奇妙な風が吹くタイミングを狙ったというのか」

「じゃないかな、と思っただけ。確信はないよ」円華は腕時計を見て立ち上がった。

「あんまり休みすぎると歩くのが嫌になっちゃう。がんばろう」

ナユタも腰を上げた。歩き始めた円華の後をついていく。彼女の足取りは案外力強い。何としてでも尾村の死因を突き止めたいという意志の表れのように思えた。

「君は、ずいぶんと父親思いなんだな」円華の横に並びながらナユタはいった。

「なんで？」

「だって、何もかも羽原博士のためなんだろう？　博士が朝比奈さんへのインタビューを望んでいるから、その手助けをしている。違うか？」

「違わない」

「だったら、父親思いってことになるじゃないか。ふつう、子供は父親の仕事になんて興味を持たない。ある程度の収入が確保されているならそれでいいと思うものだ。しかも羽原博士はすでに成功者だ。そんな人がさらに上を目指すのは素晴らしいと思うけど、その娘までもが協力的だなんて、俺にはちょっと考えられない」

円華が不意に足を止めた。ナユタが横を見ると、彼女は呼吸を整えるように肩を上下させながら、冷徹な眼差《まなざ》しを彼に向けていた。

「褒めてくれているのかもしれないけど、不本意な点が多いからいっておく。まず、あたしが父を尊敬しているのも、好きだというのも事実。手伝えることがあれば手伝ってやりたいと思ってる。でも、羽原手法に関わるのは、そんな生半可な思いからじゃない。羽原手法は人類の未来を左右するほどのものなの。謎が多く、父でさえ、まだ人間が手を出してはいけない領域じゃないかと考えている。だからほんの少しでも謎を解くヒントがあるなら、何としてでも手に入れたいと思うのは当然のこと。父だけじゃない。あたし自身がそう思っている。だから朝比奈さんには立ち直ってもらわなきゃならないの」

「朝比奈さんが作った曲はたくさんあるじゃないか。それを分析するだけではだめなのか」

ナユタがいうと円華は、わかってないなとばかりにお手上げのポーズを作り、何度も首を横に振った。

「なぜこういう曲が生み出されたか、というプロセスを父は知りたがっているの。インタビューといったけれど、単に質問して、答えてもらうだけじゃない。朝比奈さんが曲を作る時、脳のどの部分をどんなふうに使っているか、それを父は調べようとしている。

問題は、あなたが考えているより、もっと根源的なものなの。わかる？」

彼女の語気に圧《お》され、ナユタは少し身を引いてから頷いた。

「単なる親孝行でないことはわかった。朝比奈さんを立ち直らせることがどれだけ重要かってことも」

「それで十分。さあ、行こう」再び円華が歩きだした。

そこからの道のりは起伏に富んでいた。楽に歩ける平坦《へいたん》な場所もあれば、四つん這《ば》いに近い状態で登らねばならない急勾配《こうばい》もあった。心強いのは武尾がいてくれることだった。彼は常に円華の背後にいて、少しでも彼女が難儀をしそうなところでは、素早く無言で手助けするのだった。

その武尾が、「間もなく姫ヶ岩《ひめがいわ》です」と後ろから声をかけてきたのは、ブナ林の中を進んでいる時だ。先頭を歩いていたナユタは足を止め、振り返った。

武尾が地図と写真を手に、近づいてきた。

「このまま進めば姫ヶ岩に辿《たど》り着きます。その左側を通り、尾根沿いに登っていくのが山頂へのルートです。でも尾村さんが転落したと思われる場所は、姫ヶ岩の手前を右に進んだ先のようです」

姫ヶ岩というのは、ブナ林を抜けた先にある岩場で、その付近から眺められる景観が人気となっているらしい。尾村は、そこから山頂とは違う方向に進んだというのだ。

「あと一息か」円華がいった。「じゃあ、急ごう」

躊躇いなく足を向けた彼女の後を、ナユタは武尾と共にあわてて追った。

ブナ林を抜けると、突然視界が開けた。緩やかな曲線を描いた尾根が上に向かって延びている。小さな標識が立てられていて、左に進めば姫ヶ岩に行けることを示していた。

「尾村さんは、ここを右に進んだわけか」ナユタは呟いた。

「自分が先に行きます」武尾が歩きだした。

そこから先は地面が岩場になっていた。緩やかな下り坂で、進行方向に対して足元が右側に傾いている。右側は崖で、左側からは壁が迫ってくる。

武尾が足を止め、振り返った。「ここまでのようです」

ナユタは彼のすぐ後ろまで進んだ。今、立っている場所は幅が二メートルほどで、その先は少しずつ狭くなっている。

武尾がポケットから写真を出してきた。

「間違いないです。この場所です。この崖から落ちたとみているようです」

「雨で足元が濡《ぬ》れていたりしたら怖いだろうな」

ナユタが少しだけ前に出て、崖下を覗き込もうとした時だった。

「下がって」円華が後ろからいった。「早く戻って。はやくっ」

えっ、とナユタが振り返った直後だ。ひゅうっという音と共に生暖かい風が吹いてきた。しかも斜め上からだ。瞬間的な突風を背中に受け、ナユタは身体のバランスを崩しそうになった。

まずいと思った次の瞬間、右腕を強い力で引っ張られた。気づいた時には地面に四つん這いになっていた。彼の腕を摑んでいたのは武尾だった。

「何だ、今のは……」全身に鳥肌が立った。同時に冷や汗が噴き出した。

「風が回っている」円華が崖の向こう側を指差した。紅葉に覆われた小高い山がある。「向こうの木が右に揺れたら、十秒ほどでこっちに下向きの風が来る。左に揺れたら、その反対。あっ、また来る」

彼女がそういった数秒後、再びひゅうっと音を立てて、斜め上から風が吹き下りてきた。先程よりは強くないが、それでもナユタは立ち上がるのを躊躇い、四つん這いで移動した。

「大丈夫、しばらく風は来ないよ」

円華にいわれ、ナユタは腰を上げた。「やばかった……」

「思った通りだ。ここは特に複雑な気流が発生するポイントになってる。崖っぷちに立ってる時に悪いタイミングで今みたいな突風が吹いたら、落ちちゃうかもしれない」

「それ、警察は把握してるのかな」

「たぶんしてないと思う。してたら、風に注意してくださいって桐宮さんにいったはずだから。季節だとか、その時の気圧配置とかによって、全く違うんだと思う」

「尾村さんが落ちたのも風のせいだというのか」

「可能性はある。でも——」円華は首を捻《ひね》った。「だとすれば、尾村さんは何のために天気予報を確認していたのかってことになる。この奇妙な風の存在を知らなかったわけ？」

「そうか……」

ナユタが呟いた時、あっと円華が声を漏らした。「逆の風が来る」

「逆？」

ナユタが問うたすぐ後、今度は崖下から風が吹き上がってきた。さらにそれと同時に、ぐおおおおん、という音がどこからか聞こえた。ナユタは円華と顔を見合わせた。

「何だ、今のは？」

「わかんない」円華は首を振った。

武尾が崖の先端を指差した。「あのあたりの崖下から聞こえてきたように思います」

「崖下から？　何でだろう」

歩きだそうとした円華の肩を武尾が摑んだ。「何をする気ですか」

「決まってるでしょ。下がどうなってるのかを確かめるの」

「危険です」

「気をつけるから大丈夫」

「いけません。ちょっと待ってください」

武尾は自分のバックパックからザイルを取りだし、円華の胴体に巻きつけ始めた。

「何これ？　あたし、猿回しの猿じゃないんだけど」

「円華さんの身に何かあったら、自分が職を失います」武尾はザイルのもう一端を自分の身体に縛りつけ、腰を下ろした。「さあ、どうぞ」

円華は不満そうに何やら呟きながら、足場が狭くなっている崖の先端に向かって移動を始めた。その足取りは軽快で、高所を怖がっている気配はまるでない。

崖の先端に辿り着くと、円華は下を覗き込んだ。見ているほうがはらはらするほど、ぎりぎりの位置だ。

「しっかり摑んでてね」武尾のほうを振り返ってそういうと、彼女はその場で腰を落とし、空中に向かって身を乗り出した。

「うわっ、無茶なことを……」武尾があわててザイルを引っ張った。二人を繋ぐザイルが、ぴんと一直線になった。

また風が吹いた。ぐおおおおん、とさっきと同様の音が響いた。地鳴りのようであり、巨大な獣の咆哮《ほうこう》のようでもある。円華を見ると、下を向いたまま、小さく頷いている。

何が起きているのか気になり、ナユタはおそるおそる足を踏み出した。気をつけて、と武尾がいったが、その口調は冷めている。ナユタの身に何かあったとしても、彼が職を失う心配はないからだろう。

身を屈《かが》め、慎重に歩を進めていった。上からの突風にだけは用心しなければならない。

やがて円華のすぐ後ろまで近づいた。「何がどうなってる?」

「ちょっと覗いてみて」下を見つめたまま彼女はいった。

ナユタは腹這いになり、少しずつ前に進んだ。間もなく深い谷が見えてきたが、この岩壁の険しさに息を呑んだ。下からだと、せりだしているように見えるかもしれない。

「こんなところから落ちたらイチコロだな」

「それより壁の途中を見て。大きな窪《くぼ》みがいくつかあるでしょ？」

「ああ、そうだな」

円華がいうように、岩壁のところどころに巨大な窪みがあった。

「あたしの想像では、あの窪みはどれも深さが五メートル以上はあると思う。そんな窪みがあれだけ並んでいて……あっ」

そこまで話した時、彼女は突然言葉を止めた。すると、またしても下から強い風が吹き上がってきた。

ぐおおおん、ぐおん、ぐおん、ぐおん——これまでよりもずっと大きな音が谷底から響き渡ってきた。重厚にして荘厳、素朴で原始を感じさせる音だった。

「説明するまでもないよね」音がやんでから円華がいった。「下から吹く風が、あの並んだ窪みの上を通過する時、より複雑な気流になって今みたいな音を響かせる。この岩壁はいわば巨大な楽器なんだ。あたしたちは楽器の真上にいる」

ナユタは、はっとした。

「もしかすると尾村さんは、この音を聞きたくてここに？」

「もう一度、尾村さんの部屋に行こう」円華はいった。「確認したいことがある」

9

銀貂山に登った日からちょうど一週間後、ナユタは再び円華を連れ、朝比奈に会いに行った。この日も英里子が来ていたので、一緒に話を聞いてほしいと頼んだ。

「今日は朝比奈さんに聞いていただきたいものがあり、やってきました」

ナユタがいうと、朝比奈は顎を少し上げた。

「それは珍しいね。誰の曲かな?」

「曲ではなく、音です。オーディオ機器をお借りしてもいいですか」

「いいよ。使い方はわかるかな?」

「わかると思います」

ナユタはバッグから出したタブレットを手に、オーディオ機器に近づいた。この機器にスマートフォンやタブレットを接続できることは知っている。

電源を入れ、ケーブルでオーディオ機器にタブレットを繋いだ。

「では音を流します」そういってからタブレットの画面に触れた。

間もなくスピーカーから聞こえてきたのは、尾村のパソコンに入っていたザアザアという音だった。

朝比奈が怪訝そうな顔をした。

「雨音のようだね。これがどうかしたのか？」そういった後、いや、と首を傾げた。「少し違うな。雨音じゃない。何の音だろう」

「さすがですね。俺には雨音にしか聞こえなかったんですが、朝比奈さんにはわかるんですね。おっしゃる通り、これは雨音ではありません。専門機関で調べてもらったところ、じつは全く違うものだと判明しました」

その専門機関というのは、開明大学の近くにある数理学研究所だ。そこでは数学や物理に関する様々な研究が行われているらしい。円華が、コネクションがあるからあそこで調べてもらおう、といいだしたのだった。いつものことながら、彼女のバックグラウンドは底知れない謎に満ちている。

朝比奈は、しばらく音に耳を傾けていたが、やがてかぶりを振った。

「わからないな。聞いたことがない。何の音だね？」

「これは竹林です」ナユタは答えた。「正確にいえば、竹林の間を吹き抜ける風の音です」

「竹林か……」朝比奈は腕組みをし、改めて耳を澄ます仕草をした。それからゆっくりと首を縦に何度か揺らした。「なるほどね。竹林なんて、子供の頃にどこかの田舎で見たっきりだからうまくイメージできないけど、一本一本の竹の揺れる音が重なると、こんなふうに聞こえるんだね。うん、いい音だ。いいものを聞かせてもらった。心が洗われるような感覚があるよ」

「じつは、ほかにもまだあるんです」

ナユタはタブレットを操作して竹林の音を停止させた後、別の音源を選んだ。

「次は、この音です」

スピーカーから流れてきたのは、鳥の囀りだ。竹林の音と同様、尾村のパソコンに入っていたものだ。

「鳥が鳴いているね」朝比奈がいった。「何の鳥かはわからないが、なかなかいい声だ。これまた、心がほっとするね。そうか、今日は僕に『音』というプレゼントを持ってきてくれたわけだ」

「その通りですが、これらの音を集めたのは俺ではありません。じつは尾村さんのパソコンに残されていたんです」

「サムの……」朝比奈の表情に翳《かげ》りが滲《にじ》んだ。

「それにこれらの音は、単にヒーリング効果を狙っただけのものではないようなんです。この鳥の囀りにしてもそうです。もう少し待てば、別の音が聞こえてきます」

鳥の鳴き声は続いている。だがやがて、それを消すような音が流れてきた。ひゅうっ、ひゅうっという強い風の音だ。さわさわと聞こえるのは草木を揺らす音だろうか。

「どこかの平原で録音した音だと思われます。竹林と同じく、尾村さんが録音したかったのは、鳥の鳴き声ではなく風の音だったのではないでしょうか」

「風……」朝比奈の眉間に皺が刻まれた。「何のためにそんなものを?」

「もう一つ、聞いていただきたい音があります」

ナユタがタブレットを操作すると、それはすぐに聞こえてきた。

ぐおおおん、ぐおん、ぐおん、ぐおおん——例のあの音、銀貂山の岩壁に轟《とどろ》いた音だ。

「何だ、この音は」朝比奈の顔つきが険しくなった。「これも風の音だというのか」

「そうです。銀貂山に吹く風の音です」

銀貂山、と朝比奈は呟いたようだが、その声はスピーカーから聞こえる音に消された。

ナユタはオーディオを止め、タブレットを外した。

「先週、銀貂山に行ってきました。尾村さんが転落したと思われる現場を見てきました」

足場の狭い崖っぷち、気流を乱す複雑な地形、そこに吹く強い風、そしてその風によって轟音《ごうおん》が鳴り響くことをナユタは話した。

「そんな場所でこういう音が……」朝比奈はゆらゆらと頭を揺らした。「やっぱりすごいな、自然の力というのは」

「そう、自然の力。問題はそこです」ナユタは朝比奈の前に戻った。「テレビのドキュメンタリー番組の主題曲を作ってほしい、という依頼を受けていますよね。英里子さんにお願いして、依頼内容の詳細を音楽プロデューサーに問い合わせてもらいました。番組のタイトルは、ずばり『生きている地球』。地球上の様々な場所で、自然の驚異を伝える内容だとか。そこで音楽プロデューサーから出された注文は、母なる大地が呼吸をしているようなイメージの曲を作ってほしい、曲名は『大地の息吹』にしたい——そうですよね」

朝比奈は、こくり、と小さく頷いた。「ああ、そうだよ」

「依頼内容は、尾村さんも御存じだったわけですよね」

「ああ、知っていた。打合せにはサムも同席していたからね。いつものことだ」

「依頼内容を聞いて、朝比奈さんはどう思われましたか」

朝比奈は腕組みをし、低く唸った。

「難しい注文だと思ったね。自然というのは、僕が一番苦手な分野だ。特に大地などという途方もなく大きなものになると頭でイメージできない。かなり若い頃から視界が狭くなっていたので、広大な景色を見た記憶がないんだ。想像しようとしても、絵空事になってしまう」

「その悩みを尾村さんには話したんですか」

「話したよ、もちろん。いつだってサムは私の唯一の相談役で――」

そこまで話したところで、突然朝比奈がはっとしたように言葉を切った。やがて頬がみるみる強張《こわば》っていくのがわかった。

「どうかされましたか」

「さっきの三つの音……もう一度聞かせてくれないか」

ナユタは隣にいる円華と顔を見合わせた。どちらからともなく頷き合った。

いいですよ、といってナユタはタブレットを手に立ち上がり、先程と同じようにオーディオ機器に繋いだ。

竹林、平原、銀貂山に吹く風の音を順番に流した。朝比奈は凍りついたように動かず、じっと耳を傾けている。音が消えた後も、しばらくそのままだった。ナユタは彼が話しだすのを待った。

やがて、朝比奈の唇が動きだした。彼は、といった。

「彼は……サムは……僕の悩みに応えようとしていた、というのか？　自然の驚異を、大地の息吹を感じられないでいる僕のために、それらをイメージできる音を録音していたと」

ナユタは、大きく息を吐いた。

「それしか考えられないじゃないですか」言葉に力を込めた。「竹林を揺らす風、平原を駆け抜ける風、そして岩壁を吹き上がる風。尾村さんは懸命にかき集めていたんです、様々な大地の息吹を。それらを朝比奈さんに聞かせれば、何らかのヒントを摑めるかもしれないと考えたに違いありません」

「サムは……自殺したんじゃないのか」

「違います。その根拠があります」ナユタはもう一度、銀貂山の轟音を流した。「この音は、じつをいうと俺たちが録音したものではないんです。いくつかのキーワードで検索し、インターネット上にあったものを見つけて、ダウンロードしたんです。この音をアップロードしていたのは、ある登山愛好家でした。その人のコメントを読んで、はっとしました。その人は、この音のことを『大地の息吹のようだ』と書いているんです。さらにもう一つ、驚くべきものを見つけました。最近になって、音を聞ける気象条件や詳しい場所について質問している人がいたんですが、その人のハンドルネームは『サム』だったんです。尾村さんだと考えて、間違いないと思います」

「サムが……」

「俺の推理はこうです。尾村さんは、『大地の息吹』をイメージできる音を探していた。竹林を吹き抜ける風や平原を駆ける風を録音した後、ほかに何かないかと考えた。そこでインターネットで『大地の息吹』で検索したところ、銀貂山の轟音が見つかった。それを聞いた尾村さんは、自分でその地に行き、録音しようとした。でも問題の場所は、とても危険なところでした。突然強い風が、予想しない方向から吹いてくるんです。尾村さんは、より奇麗な音を録音しようとして崖の先端に近づきすぎたんだと思います。悪いタイミングで背中から風を受けて滑落した――それしか考えられません。尾村さんの荷物は見つかっていませんが、きっとどこかに録音機器が落ちているはずです。『大地の息吹』を録音したはずの機器が」

興奮した口調になってしまうのを、ナユタは抑えられなかった。こうして話しながらも、彼自身がまだその内容に驚いたままなのだ。

「最後にもう一つ、最も大事なことが」ナユタはいった。「ハンドルネーム『サム』さんは、質問の最後にこう付け加えています。この音を私の大切な人に聞かせたいんです、と」

　強張っていた朝比奈の顔が、ぐにゃりと歪《ゆが》んだ。唇を真一文字に固く結んでいたが、堪《こら》えきれぬようにその隙間から嗚咽《おえつ》が漏れた。

「ああ、僕はなんてひどい誤解をしていたんだ。サムが裏切ったように、僕を置き去りにして、あの世に逃げたように思っていた。何という愚か者だ。何という馬鹿だったんだ」

　頭を両手で抱え、朝比奈は苦悶《くもん》の表情を浮かべた。その目から涙が溢れ始めた。うおおお、うおおお、と吠《ほ》えるように泣き声をあげた。

　彼の様子にナユタは圧倒され、声を失った。大の男がこれほど激しく、人目を憚《はばか》らずに泣き喚《わめ》く姿を、これまでに見たことがなかった。

　ひとしきり咆哮した後、朝比奈は俯いたまま動かなくなった。ナユタは相変わらず発すべき言葉が見つからなかったし、円華も英里子も無言だった。

　やがて朝比奈が顔を上げた。その表情は穏やかで、口元にはうっすらと笑みが浮かんでいる。

　工藤君、と彼は呼びかけてきた。「君はやっぱり、僕が思った通りの人だった。僕たちの真の理解者だった。同時に救世主でもあった」

「いえ、そんな……」

「ありがとう」朝比奈が右手を出してきた。

ナユタは深呼吸を一つした後、その手を握った。

10

いつものように英里子に見送られ、ナユタたちは朝比奈の家を辞去した。彼女からも感謝の言葉をかけられたのはいうまでもない。

車に戻って運転席に座ると、ナユタは思わず鼻歌を歌った。朝比奈作曲『my love』のメロディだった。

「気分、よさそうだね」円華が隣でいった。

「そりゃそうさ。万事、うまくいったからな。こんなに清々《すがすが》しい気持ちになれたのは久しぶりだ。さっきの朝比奈さんの姿には胸が熱くなった。じーんときたよ」

「本当に?」

ああ、と答えてからナユタは助手席のほうに顔を向けた。すると円華が疑わしそうな目で彼を見ていた。

「本当に感動した?」彼女は重ねて訊いてきた。

ナユタは眉根を寄せた。

「本当だ。どうしてここで嘘なんかつかなきゃいけないんだ。それとも君は何も感じなかったというのか」

「ううん、そんなことない。あたしはずっと感動してる。尾村さんが何のために銀貂山に登ったのかを知った時から、ずっと感動したまま」

「俺もそうだよ。二人で推理を組み立てた時に、いっただろ？　朝比奈さんのために、一人であんな危険なところへ録音しに行った尾村さんはすごいって、俺、何度もいったじゃないか。忘れたのかよ」

「忘れてない。たしかにすごいとはいってた」

「だろ？」

「でも、すごいとしかいわなかった」

ナユタは彼女のほうに上体を捻った。「何がいいたいんだ。はっきりいえよ」

すると円華は考えにふけるように目を伏せてから、改めてナユタを見つめてきた。

「あなたは感動したんじゃなくて、ただ驚いて感心しただけじゃないの？」

「えっ？」思いがけない質問だった。ナユタは当惑した。

「自分が理解できない心理に出会って、びっくりしただけじゃないかって訊いてるの」

ナユタは首を振った。「そんなことはない」

「もし感動したというのなら、何に感動したのかいってみて」

「何にって、もちろん尾村さんと朝比奈さんの……何というか、心の結びつきに、だ。絆《きずな》とでもいえばいいのかな」

「結びつき、絆」円華は彼の言葉を復唱した。「ほかには？」

「どうして愛っていわないの？」

「ほか？」

「どうして？」彼女は首を傾げていった。「どうして愛っていわないの？」

ぎくりとした。ナユタの胸の奥に、一瞬鋭い痛みが走った。

「いや、それは……どうしてって、特に理由はないけど」

「あれは愛じゃないの？　愛って認めたくないの？」

「そんなことはない。あれも愛だと思うよ。だから……二人の愛に感動した。そういうことでもいい」しどろもどろになってしまった自分にナユタは苛立った。「何なんだよ、君は。言葉なんてどうでもいいだろ。どういう言い方をしようが俺の勝手だ」つい声を荒らげた。

「どうでもよくないんだよ」ナユタとは対照的に静かな口調で円華はいった。「そこを曖昧《あいまい》にしたままじゃ、苦労した甲斐がない。尾村さんの死の謎を解いた意味がない」

「はあ？」ナユタは大きく口を開けた。「君が尾村さんの死因を調べたのは、父親のため、羽原博士の研究のためだろ？　朝比奈さんを立ち直らせて、作曲する時の脳の動きを調べられるように――」

言葉を切ったのは、円華が途中で首を振り始めたからだ。

「もしかして、違うのか？」

「ごめんね。違うんだ。あれは嘘」

「うそ？」

「羽原手法に朝比奈さんの曲が効果的だなんて話はでたらめ。あたしの作り話」

「何だって？　おい、どういうことだっ」ナユタは円華の肩を摑んだ。「俺を騙したのか？　何のために？」

「わけがあるんだ」

「どんなわけだ？」ナユタは彼女の身体を揺すった。

円華が顔を歪めた。「痛いよ、放して」

「正直に話せ。きちんと説明しろっ」

「話すよ。話すから――」

突然、運転席のドアが開いた。はっとしてナユタが振り返ろうとした時には、すでに腕と肩を摑まれていた。ものすごい力で引っ張られたと感じた直後、身体が車外に投げ出されていた。何が起きたか、さっぱりわからなかった。

そばに誰かが立っていた。スーツ姿の武尾だった。

「ストップ、大丈夫だから」円華がいった。「車に戻ってて」

武尾は無言で頷くと、すぐそばに駐まっているセダンに乗り込んだ。セダンの運転席には桐宮女史がいるようだ。

「いつの間に……」地面に座り込んだままでナユタは呟いた。

「いったでしょ。あの人たちはあたしから目を離さない」

「君は……何者だ？」

「そんなことより、訊きたいことがあるんじゃなかったの？」

「そうだった」ナユタは立ち上がり、尻を払った。「なぜ嘘をついたんだ。研究のためだなんて」

「ああでもいわないと、あなたを動かせないと思ったから。本当の目的を知ったら、きっと反発した」

「俺が反発？　何だ、本当の目的って」

円華は唇を舐《な》めてから口を開いた。

「工藤ナユタ君を工藤京太君に戻すこと。それがあたしの最初からの目的だった」

11

場所を変えようと円華がいったので、近くの公園に移動した。遊戯施設の少ない、寂しい公園だった。子供の姿がないのは、平日のせいだけではないだろう。砂場の近くにベンチがあったので、二人で並んで座った。

「『凍える唇』を観た時、衝撃を受けた」円華が話し始めた。「評論家たちが褒めたように、人間の本質に迫ったすごい映画だと思った。快楽を求めるのに年齢も性別も立場も関係なくて、ただ快楽と愛情の大きさだけに拘《こだわ》った人間を、ものすごい映像美で描いてるんだもの。でもしばらくして、気になってきた。何がっていうと、主人公のことが。

ううん、違う。主人公じゃなくて主人公を演じていた少年——工藤京太という子役のことが気になってきた。この子は、一体どんな気持ちでこの演技をしていたんだろう、この役を演じている時、どういう思いが胸を支配していたんだろうって、疑問が膨らんでいった。だって、性に溺《おぼ》れて、しまいには同性愛にも目覚める役だよ。十三歳の少年が演じるにはハードすぎると思うのがふつうでしょ」

「何も考えていなかった」ナユタはいった。「頭の中を空っぽにして、監督の指示通りに動いて、台詞をいっただけだ。この胸の中には何の思いもなかった」

「でも、あの映画に出たことで、あなたの中に残ったものはあるでしょ」

「何も」ナユタは即答した。「何も残ってない」

「そうなの？　だったら、どうして思い出したくないの？」

「えっ……」

「甘粕才生についてあたしが尋ねた時、あの映画のことは思い出したくないといったじゃない。何も残ってないなら、そんなふうには思わないはずだよ」

ナユタは小さく呻《うめ》いた。うまく切り返さねばと焦るが、言い訳が思いつかない。

「あの言葉を聞いた時に思ったんだ。ああ、この人も犠牲者なんだって」

「犠牲者？」

「甘粕映画のね」円華はいった。「甘粕才生は天才だけれど、役者を使い捨てにすることで有名だった。作品のためには、その人の将来を犠牲にすることなんて何でもない。

人生を壊すことさえも意に介さなかったといわれている。だからあなたもそうだったんじゃないかと思ったわけ」

ナユタは円華を睨《にら》みつけた。「俺は別に人生を壊されちゃいない」

「うん、あなたは立派に生きている。それは認める。でも、わだかまりは消えていない。だから朝比奈さんを拒絶した」

「拒絶?」思わず声を尖《とが》らせた。「俺がいつそんなことをした?」

「あなたを信用して、頼ってきているのに、逃げてたでしょ? 買い被りだとかいって。いつものあなたなら、何とかして力になろうとしていたはず。違う?」

「いつもの俺?」ナユタは、ふんと鼻を鳴らした。「偉そうなことをいうな。俺の何を知ってるというんだ」

「そこそこは知ってるつもりだよ。案外、付き合いが長くなっちゃったからね。あなたの朝比奈さんたちに対する偏見にも気づいてる」

「何だと」ナユタは声に怒りを含ませた。「もう一度いってみろ」

「何度でもいったげる。あなたは朝比奈さんたちに偏見を持っている。もっというなら、嫌悪している。同性愛者たちを憎んでいる」

「そんなことはない」

「それならどうして同種の人間だと思われるのが嫌なの? 偏見がないなら、そんな誤解なんて何でもないはずでしょ」

ナユタは返答に詰まり、唇を噛《か》んだ。

図星だった。朝比奈と尾村の関係に抵抗を感じていたのは事実だし、ナユタが『凍える唇』の少年だったと知った彼等が、それまで以上に親しげにしてくるのを不快に感じていたことも否定できなかった。

「どうなの？」円華が訊いてきた。

ナユタは息を整え、彼女の目を見返した。

「だとしたら、どうなんだ。人権侵害だといって、俺のことを訴えるか？　どんな人間にだって歪んだ部分はあるさ。君だって完璧《かんぺき》な人間じゃないだろ」

円華は何度か瞬きし、じっとナユタを見つめてから吐息を漏らした。「……よかった」

「えっ？」

「自分の心に歪んだ部分があることは認めるんだね。それならよかった。一歩前進したのかも。これで顔向けできる」

「顔向け？　どういうことだ」

「あなたを救い出すことは、ある人の願いでもあるの」

「ある人って？」

「あたしが捜している人。前に話したでしょ？　その人が、あたし以上に心配してたの。『凍える唇』の主人公を演じていた子役の将来を。心に傷が残っていないかどうかを。もしまだ癒《い》えてなかったとしたら、何とかしなきゃといってた。どの道で迷っていたと

して も、きちんと正しい場所に戻れる手助けをしたいって」

「俺は別に……」

迷っちゃいない、といおうとしたが、相変わらずナユタを見つめてくる円華の目に気《け》圧《お》され、言葉が出なくなった。

だから、と円華は続けた。

「朝比奈さんの話を聞いた時、あなたと一緒に尾村さんの死の真相を調べようと思ったの。突き止められるかどうかは自信がなかったし、やっぱり自殺だったという結論が出てしまうかもしれないけれど、それはどうでもよかった。大事なことは、あなたが少しでも朝比奈さんたちの気持ちに寄り添えるかどうかだった。でも今の言葉を聞いて、少し安心した。今までのあなたなら、朝比奈さんたちへの偏見を認めなかったと思う」

ナユタは額に手を当てた。気持ちが混乱している。懸命に目をそらしてきた胸のうちにある深い闇に、突然光を当てられたような気分だった。

円華は黙っている。彼の混乱を理解し、それが収まるのを待ってくれているようだ。

深呼吸を一つした後、たしかに、とナユタは呟いた。

「さっき朝比奈さんが泣いているのを見て、複雑な気持ちになった。自分が避けていた世界に触れる感覚があった。それが何なのか、あの時にはわからなかったけれど、今ははっきりとわかる」額から手を離し、円華の顔を見つめて続けた。「愛なんだな。たぶん俺はあの人たちの愛に触れたんだ」

「それに気づいたのなら、もう大丈夫だね」円華は傍らに置いていたバッグを開け、中から四角く平たいケースを出してきた。「これ、渡しておく」

DVDだった。『凍える唇』というタイトルが目立っている。

「その映画にまつわる何があなたの心に深い傷を残したのか、詳しいことは訊かないでおく。でも、いつか観ればいいと思う。辛《つら》いからといって、過去から目をそらすべきじゃない」

ナユタは無言で受け取った。

「前にもいったけど、あなたの演技は素晴らしいと思った。でも——」円華は迷いの表情を浮かべつつ続けた。「でもあれは、単なる演技ではないよね？　朝比奈さんたちは誤解していたわけじゃない。ああいう人たちの目はごまかせない。あなたはやっぱりゲイ……だよね？」

ナユタは息を呑み、円華の顔を見返した。彼女は目をそらさない。今さらごまかしは許さない、とばかりの強いオーラを発している。

いつから、とナユタはいった。「いつから気づいてた？」

「映画を観た時から、何となくそうじゃないかと思ってた。初めて会って、あなたがあの時の少年だと思い出した時、直感的に確信した。スキー場の近くにあるホテルで、一緒に泊まったことがあるよね。あたしのほうに抵抗がなかったのは、あなたは女性に興味がないだろうと思ったから」

あっ、とナユタは口の中で声を漏らした。そういえば、そんなことがあった。

「でもあなたはそのことを隠そうとしていた。だからあたしも触れなかった。さっき、あなたは朝比奈さんたちに偏見を持っているといったけど、正確には憎悪。近親憎悪。そうだよね？」

ナユタはDVDのタイトルに目を落とし、頷いた。「そうかもしれない」

「人って、いろんなものに縛られて生きている」円華はいった。「いつかあなたが解放される日が来るのを祈ってる」

彼女の言葉はナユタの心に沁みた。ありがとう、という言葉が素直に出た。

じゃあね、といって円華が立ち上がった。くるりと背を向け、公園の外に駐まっているセダンに向かって歩いていく。

セダンの後部ドアを開き、武尾が出てきた。

円華はナユタに向かって手を振ってから、乗り込んだ。

12

トレイを開け、ディスクを載せたところで手が止まった。このままトレイを閉じれば自動的に再生が始まる。

映画『凍える唇』が液晶画面に映し出される。

ナユタは深呼吸をした。円華の言葉を思い出した。辛いからといって、過去から目をそらすべきじゃない——。

その通りだと思う。振り返れば、ずっと逃げ続けてきた。高校時代もそうだ。なぜ自分がこんな目に遭わなくてはならないのか、とただ苛立っていた。過去に何があったのかを直視しようとしなかった。

この映画は自分の暗い過去そのものなのだ、と思った。

ただし、映像だけではない。この映画に関わるすべての記憶が、心にどす黒い影を落としている。そのことをナユタは自覚していた。

特に、あの夜だ。

すべての撮影が終了した日、所謂クランクアップした日の夜だ。場所はロケ地となった田舎町の小さな旅館。そこでは出演者やスタッフたちによる宴会が行われていた。もちろんナユタも参加した。

だがマネージャー代わりの母はいなかった。その日の朝になって急用ができ、彼女だけは家に帰ったからだった。ナユタは翌日、スタッフの一人に自宅の最寄り駅まで送ってもらうことになっていた。

宴会はナユタにとって楽しいものではなかった。周りは大人ばかりで、話す相手がいない。撮影期間中も、話したのは監督の甘粕くらいだった。

一人でジュースを飲んでいると、一人の男性がそばに座った。水城《みずき》という映画のプロデューサーだった。ナユタは撮影が始まる前に話したことがある。母から、「監督よりも偉い人」と教えられていたので緊張した。

水城はナユタの演技を褒めてくれた。この映画は君がいなければ成り立たなかった、君のおかげで素晴らしい作品になりそうだといわれ、素直に嬉しかった。

「演じてみて、どうだった？　君自身も、何か目覚めたものがあったんじゃないか」

そう問われ、動揺した。胸の内を見透かされたようだった。

無我夢中で甘粕の指示通りに演じていただけだが、主人公と同調するものがあったことは否めなかった。自分の中にこんな部分があったのかと気づき、戸惑ってもいた。思えば、甘粕は工藤京太という子役に、そういう素養があることを見抜いていたのかもしれない。

ナユタが答えないでいると、目覚めたはずだ、と水城は顔を覗き込んできた。

「君自身の中に、今回の主人公と同じ資質があって、それが刺激されていたはずだ。そうでなければ、あんな演技はできない。どうだ？」

違います、とは答えにくくなった。仕方なく、少し、といってみた。

水城が満足そうに頷いた。

「だろうね。でも恥ずかしがることはない。昔は高尚な趣味として扱われていたんだ。人生は楽しまないとな。私なんか、楽しんでるよ、どっちも」

ナユタは頷いたが、なぜ水城がこんなことをいうのか、今ひとつよくわからなかった。

どっちも、とはどういうことなのか。

やがて宴会がお開きになった。ナユタが部屋に戻ろうとすると、再び水城が声をかけてきた。もう少し話したいから部屋に来ないか、というのだった。

疲れていたが、断ることなど考えられなかった。何しろ相手は一番偉い人なのだ。部屋で二人きりになると、水城はビールを飲み始めた。さらにナユタにも、飲んでみないかと誘ったのだった。

「ビールぐらい、どうってことない。何事も経験だ。役者なら尚更な」

ここでも断れなかった。正座したままグラスにビールを注いでもらった。ビールを飲むのは初めてではなかった。美味《おい》しいと思ったことはない。この時も味はよくわからなかった。しかし緊張のせいで喉《のど》が渇いていたので、ごくごくと続けて飲んだ。

「いけるじゃないか。頼もしい」水城は嬉しそうな顔で、さらに注いできた。

それからのことはよく覚えていない。水城が語る芸能界や演技に関する話に、ただ相槌を打つばかりだったのだが、途中から記憶がなくなっている。

理由は明白だ。アルコールが回ってきて、眠ってしまったのだ。

気づいた時、部屋は真っ暗だった。布団の上にいた。何が起きたのか、まるでわからなかった。悪い夢をいくつも見たことは覚えている。ひどく頭が痛く、胸焼けがしたので、そのせいかと思った。

やがて鼾《いびき》が聞こえてきた。すぐそばで誰かが寝ている。大人の男だ。

不意に恐怖心が襲ってきた。悪い夢——あれは本当に夢だっただろうか。

息が止まりそうに驚いたのは、自分が全裸だと気づいた時だ。夢の中で服を脱がされていた。身体中を触られ、唇に接吻《せっぷん》された。途切れ途切れに蘇《よみがえ》ってくる悪夢は、次第に現実味を帯びてきた。

全身が、がたがたと震えだした。畳の上に自分の服が乱雑に放置されているのが、うっすらと見えた。手を伸ばして取ろうとしたが、身体が思うように動かない。

ようやく服を手繰り寄せると、下着を穿《は》いた。まだ震えは止まらない。ほかの服は両腕に抱えたまま、スリッパも履かずに部屋を出た。

自分の部屋に戻るとトイレに駆け込んだ。強烈な吐き気が込み上げてきたからだ。便器に向かってげえげえと嘔吐《おうと》しながら、あれは夢だ、全部夢に決まっている、と頭の中で繰り返していた。

13

新しい曲が完成したので聞いてくれないか、と朝比奈から連絡があったのは、十二月に入って間もなくだ。自分なんかに曲の善し悪しはわからないといったのだが、それでもいいから聞いてほしいという。それならば、とすぐに車で向かうことにした。

朝比奈は顔色がよく、動きもきびきびとしていた。防音室でピアノを弾く後ろ姿は、十歳以上も若返って見えた。

そして奏でられた曲は壮大で優雅な旋律に満ち溢れていた。まさに「大地の息吹」だ。

曲が終わると、思わず拍手をしていた。

「気に入ってもらえたかな」朝比奈が訊いてきた。

「素晴らしいと思います。きっと尾村さんも喜んでおられますよ」

「そういってくれると安心する。すべて君のおかげだ。改めて感謝するよ。ありがとう」

「いいえ、そんな」

ところで、といってポケットから一枚の名刺を出した。

「今度、名刺を新しくしたんです。一枚、受け取っていただけますか」

「名刺？　それは構わないが」

朝比奈のそばに近づき、彼の手に新しい名刺を持たせた。

「おっ、点字がついているね」

「はい。鍼灸師は視覚障害者でもなれますから、そういう方にも興味を持ってもらえるようにと思いまして」

「なるほど」朝比奈は名刺を指先で撫《な》で、おや、と首を傾げた。「クドウ……ケイタと書かれているようだけど」

「そうです。これからは、そちらを名乗ることにしたんです」

ふうん、と頷いてから朝比奈はにっこりと笑った。「それはいい。賛成だ」

「よかった」

朝比奈の家を出ると、車に戻りながらスマートフォンでネットニュースをチェックした。坂屋が出場したスキージャンプの大会結果を知るためだった。だがその前に、ある速報ニュースが目に入り、彼は足を止めた。

映像プロデューサーの水城義郎《よしろう》が死亡した、というものだ。記事によれば、D県の赤《あか》熊《くま》温泉で散歩中、硫化水素を吸って中毒死したらしい。事件なのか事故なのかは書かれていなかった。

天罰か。あるいは、誰かが恨みを晴らしてくれたのか――。

工藤京太は再び歩きだした。今夜こそ、『凍える唇』を観られるかもしれないと思った。

第五章　魔力の胎動

1

「体重六〇キロの成人の体内合計カリウムが一二〇グラムの時、その体内放射能を求めよ――これでどうだ？」椅子の背もたれを大きく倒し、冬の青空を窓ガラス越しに見上げながら青江修介《あおえしゅうすけ》はいった。

だが隣にいる奥西哲子《おくにしてつこ》からの返事はない。青江が見ると浮かない顔で首を傾げている。

「御不満か」

奥西哲子は黒縁眼鏡の位置を直し、眉間《みけん》に皺《しわ》を寄せた顔を向けてきた。

「少し簡単すぎませんか」

青江は下唇を突き出し、かぶりを振った。

「いいんだよ。サービス問題だ。このあたりで点を取らせないと落第者が増える。ただでさえ環境分析化学は単位が取りにくいってことで人気がないのに」

奥西哲子はため息をつき、ノートパソコンのキーボードに手を置いた。「但《ただ》し書きはアボガドロ定数だけでいいですね」

「カリウム40の同位体存在度と半減期も付けてやってくれ」

「そんなの、学生なら覚えてて当然じゃないですか」

「ど忘れするってこともあるだろ」

「お優しいんですね」皮肉めいた口調でいってから奥西哲子はキーボードを叩《たた》き始めた。

青江は再び窓の外に目をやった。今日は本当にいい天気だ。典型的な冬型気圧配置で、東京がこれだけ晴れているということは、日本海側は雪かもしれない。長期予報によれば、今年の冬は珍しく寒くなるらしい。東京に雪が降るのは大抵春先だが、年明け早々にも降雪があるかもしれないと予想されている。

十二月に入っていた。研究室の学生や大学院生は、全員受講で出払っている。この時間を生かして、一月に行われる試験の問題を二人で作り始めているのだった。

できました、と奥西哲子がいった直後、電話が鳴りだした。机の上にある固定電話だ。呼び出し音から外線だとわかる。

奥西哲子が受話器を上げ、はい、とだけ答えた。無闇に研究室名をいわないよう命じてあるからだ。

「……はい、そうです。……おりますけど、失礼ですが、どちら様でしょうか」奥西哲子は青江のほうに身体を向けながら訊《き》いた。さらに、「はっ？」と眉《まゆ》をひそめた。

青江は嫌な予感がした。知り合いならば携帯電話にかけてくるはずだし、出入り業者や大学関係者なら、この女性助手がこんな顔をするわけがない。

奥西哲子が送話口を手で塞《ふさ》ぎ、受話器を耳から離した。

「誰？」青江は訊いた。

「D県警のムロタさんという方からです。男性です」奥西哲子は当惑した表情でいった。

「はあ？　D県警？　なんで？」

「先生に相談したいことがあるそうです」そういって受話器を差し出してきた。

「相談？」受話器を受け取りながら考えを巡らせた。心当たりなど何ひとつなかった。知り合いにムロタという者はいないし、D県には学生時代に一度行ったきりだ。

咳払いを一つしてから、はい、と受話器にいった。「青江ですが」

「あーっ、これはどうも」耳が痛くなるほど大きな声がいった。「お忙しいところ、申し訳ありません。私、D県警察本部生活安全部生活環境課のムロタといいます」

「はあ……」名乗られただけでは、どう対応していいかわからない。

「先生のお名前と御連絡先はですね、J県警から教えてもらいました。三年前、先生はJ県警に協力したことがありますよね」

「J県警というと……」そう聞けば思い出す地名があった。「灰堀《はいぼり》温泉のことでしょうか」

すぐ横にいる奥西哲子が、ほんの少し目を見張った。彼女にとっても聞き逃せない地名なのだろう。

「そうです、そうです」ムロタが嬉《うれ》しそうな声を発した。「あの時、先生のおかげで大いに助かったとJ県警から聞いています」

「それほど大したことはしていないのですが」

「いやいや、先生がいなかったら、村全体を閉鎖することになったかもしれないと聞きました。貴重なアドバイスをくださっただけでなく、さらなる被害者が出るのを防いでくださったとか」

「たまたまですよ。それよりあの……どういう御用件でしょうか」

「今お話しさせていただいているのが用件です。つまり、私共も先生のお力を借りたいわけです」

「といいますと？」青江の胸に不吉な風が吹いた。先程の嫌な予感は杞憂ではすまなかったか。

じつは、といってムロタは続けた。

「本日、こちらの赤熊温泉という場所で事故が起きたんです。硫化水素による中毒です。散歩中の男性一人が亡くなりました。その原因調査と今後の対策に、どうか先生の御協力をお願いしたいのです」

電話を切った後、奥西哲子に事情を話した。話を聞いているうちに彼女の眉間の皺が深くなった。

「また温泉地でそんなことが……。あの時の教訓が生かされてないんですね」暗い声でいった。

「地元の人はわかっているだろうけど、よそから来た観光客は火山ガスの危険性を認識していないからな。で、そういう観光客の無知を地元民は把握しておらず、知っていて当然だと思っている。だけど今度こそは、広く周知させるようにしないと」

青江の言葉を聞き、奥西哲子の眼鏡のレンズが光ったように見えた。

「また行くんですね、事故現場に」

「仕方がない。そういうことを防ぐ手伝いをするのも我々の仕事だ」

「研究室は……ここはどうしますか」

「君に任せる。今回は、私一人で行ってくる」

そうですか、といってから奥西哲子は一度目を伏せ、改めて青江を見つめてきた。

「単なる事故だといいですね」

青江は深呼吸を一つしてから頷いた。「そうだな」

三年前に見たいくつかの光景が脳裏に蘇《よみがえ》ってきた。

2

三年前――。

青江は奥西哲子と共に、電車でJ県に向かっていた。灰堀温泉村で起きた硫化水素中毒事故の調査に協力するためだった。ただし、協力を要請してきたのは県警ではなく、県の自然保護課に属する摂津《せっつ》という男性職員だった。

青江たちは摂津とは面識があった。これよりさらに一年三か月ほど前、名刺交換をしていたからだ。青江は国内にあるいくつかの温泉地で、硫化水素ガスの発生状況を調べようとしていた。灰堀温泉はその時に選んだ温泉地の一つで、摂津には現地の案内をしてもらったのだ。

「あそこの沢を踏み抜いたのか」タブレットを操作しながら青江は呟《つぶや》いた。そこに表示されているのは、今回の事故現場を示した詳細な地図だ。そして傍らには、前に調査した結果をまとめたファイルを置いている。双方を見比べてのコメントだった。

「危険な場所ですか」

向かい側に座った奥西哲子が訊いてきた。四人掛けのボックスシートだが、あまり混んでいないので二人で占拠している。

「極めて危険なところだ。覚えてないか？　宿が集まっている集落から少し離れたところに、温泉の湯が流れている沢があったじゃないか」

奥西哲子は少し考える顔をした後、ああ、と首を縦に動かした。

「そういえば、ありましたね。かなり硫化水素濃度が高かったです」

「それでも通常は問題ないが、冬場になって雪が降ると、その沢が雪に覆われる。外見だけではわからないが、内部は空洞になっていて、硫化水素ガスが充満している。そんなところを踏み抜いたら最悪だ。落下して、最初の呼吸をした時点で気を失う」青江はタブレットを睨《にら》み、首を捻《ひね》った。「要注意だと、あの時に摂津さんたちにもいっておいた。どうして対策を取らなかったのかな……」

「油断したんじゃないですか」奥西哲子は淡泊な口調でいった。「今まで何も起こらなかったから、これからも起こらないと信じる――よくあることです」

「でも悲劇は起きた。この事実を現地の人々がどう受け止めているかだな」

乗換駅で降り、灰堀温泉村に向かう電車に乗った。乗客は少ない。車両を見回したが、青江たち以外には数人が乗っているだけだ。

灰堀温泉駅に着くと、意外なことに一緒に降りた乗客が二人いた。白髪で恰幅《かっぷく》のいい男性と、上品な顔立ちの女性だ。改札口を通ったところで、「観光旅行ですか」と男性が青江に快活な口調で話しかけてきた。

一瞬迷ったが、嘘をつくと後が面倒になる気がした。観光だと答えれば夫婦者と見られるに違いなく、そのことを奥西哲子がどう受け止めるかも気になる。正直に、仕事です、と答えた。

「あっ、そうなんですか」白髪の男性は目を瞬《しばた》かせた。「こんなところに仕事とはどういう……」そういってから顔の前で手を横に振った。「すみません。どうしても気になってしまいましてね。何しろ、あんな事故が起きた後ですから」

「事故のことを御存じなんですか」

青江の問いに、相手は大きく頷《うなず》いた。

「もちろん知っています。じつは昨夜、今日予約を入れてある旅館から電話がありましてね、こういう事故が起きたので警察から営業の自粛を要請されている、キャンセルを希望するなら無償で応じる、といわれたんです。それでどうしようかと妻と相談したのですが、ずっと楽しみにしていたし、これに合わせて仕事も休みを取ったんだし、用心すれば問題ないだろうということになって、こうしてやってきたというわけです」

なあ、と男性は隣にいる妻に同意を求めた。彼女も薄い笑みを浮かべて頷いた。

なるほど、と頷きながら、ここにも油断している人間がいると青江は思った。だから事故が起きるのだ。

「我々は、今回の事故について調査するために来たんです。東京から」

「そうでしたか。すると、ええと、どちらかのお役所の方ですか」白髪の男性の質問は終わらない。好奇心を刺激してしまったようだ。

あなた、と妻が横から声をかけた。「失礼よ、根掘り葉掘り尋ねちゃ」

「ああ、それもそうだな。いや、すみません。やっぱり事故のことは気になっているものですから」男性は愛想笑いをした。

「構いません。我々は大学で研究しているものです」

ほう、と男性の口が丸くなった。「研究というと」そこまでしゃべったところで照れたように苦笑し、顔の前で手を横に振った。「すみません。もうこのへんにしておきます」

どうやら研究内容を訊こうとしたようだ。諦《あきら》めてくれて幸いだった。地球化学などと聞いたら、それは何かとさらに質問してきたかもしれない。

駅舎を出ると、あたり一面は雪で真っ白だった。道路脇には寄せられた雪の壁ができている。青江はマフラーを巻いた首元を押さえて後悔した。ダウンジャケットの下に、もっと厚着をしてくるべきだった。

ではまたどこかで、といって白髪の男性は妻と二人でタクシー乗り場に向かった。その足取りは軽い。

「あんな事故が起きても、来る人は来るんですねえ」奥西哲子が呆《あき》れたようにいった。

「そりゃそうさ。どんなに遭難者が出ても、冬山を登る人がいなくならないのと同じだ」

またどこかで、か――。

灰堀温泉村は狭い。本当にまた会うかもしれないな、と青江は二人の背中を見送りながら思った。

それから間もなく、摂津の運転する白いRVが到着した。

「やあ、どうも先生、わざわざすみません。奥西さんも」車から降りてくると、摂津は何度も頭を下げながらいった。四十過ぎの、顔の丸い太った人物だ。防寒着で身を包んでいるので、さらに膨らんで見える。

「大変なことが起きましたね」

「全くもう、その通りです」摂津は眉を八の字にした。「小さな村なのに大騒動です。とにかく今後の対応に困っておりまして、何とか先生のお力を貸していただけますと大変助かります」

「いや、どこまで力になれるかわかりません。とりあえず現地を見てみないことには」

「ああ、そうですね。すぐに御案内いたします」

青江は奥西哲子と共に車の後部座席に乗り込んだ。ここから灰堀温泉村までは三十分ほどのはずだった。

摂津が運転しながら、事故の概要を話してくれた。事故が起きたのは昨日の午前中で、関西方面から来ていた家族連れが被害に遭ったらしい。両親と小学生の一人息子という家族構成で、レンタカーで来ていた。チェックアウト後も、駐車場にそのレンタカーが置きっぱなしになっていることを不審に思った宿の主人や従業員たちが近所を尋ねて回ると、二つの目撃証言が得られた。その一つは、父親が村の南側にある神社のそばで煙草を吸っていたというもので、もう一つは母親と少年が北に向かって歩いていたというものだった。そこで主人と従業員たちは二手に分かれて家族を捜しに行ったが、神社に向かった従業員たちは父親を見つけられなかった。家族を発見したのは、母親たちの跡を辿《たど》った宿の主人たちだった。冬場は立入禁止になっている空き地で、男女二人が重なるように倒れていたのだ。付近には硫化水素の強い臭いが漂っていて、宿の主人はすぐにガス中毒だと気づいた。二次災害を避けるため、従業員には近寄らせず、一一九番通報した。やがて駆けつけた消防隊員が防護服を着て二人を運んだが、どちらもすでに心肺停止状態だった。二人が倒れていた近くには大きな穴が開いていて、その下は空洞になっており、落ちたとみられる少年が倒れていた――。

「場所を記した地図をメールで送りましたけど、確認していただけましたか？」ハンドルを操作しながら摂津が訊いてきた。

「しました。前回の調査で、最も危険なポイントとして挙げた場所の一つですよね」

「そうなんですよ」摂津は重い口調でいった。前を向いているので青江のほうから顔は見えないが、歪《ゆが》んだ表情が目に浮かぶようだ。

「何も対策は取ってなかったんですか。立入禁止にするとか」

「もちろん取ってました。春から秋にかけては資材置き場として使われていますが、冬場は立入禁止です。そう書いた看板も立ててあったんです。ところがいつの間にか倒されてて、おまけに雪が降ったものだから、見えなくなってしまってたんです」

「倒されてた？」

「どうやら除雪車が引っかけて倒したらしいです。現場は除雪車が方向転換するのに使うことが多いそうです」

「除雪車？　立入禁止の場所に除雪車が侵入していたわけですか」

「そのようです」摂津は浮かない声でいった。この口ぶりから察すると、彼も今回初めて知ったらしい。

「危険だな。車両内だからといって安全とはかぎらない。何かの拍子に雪の空洞が壊れて、充満していた硫化水素が噴出したら、呼吸困難ぐらいじゃすまないおそれがある」

「担当者によれば、彼等なりに注意はしていたというんですがね。いずれにせよ、情報の共有がうまくいってなかったのはたしかです」摂津は申し訳なさそうにいった。意図しなかったとはいえ、結果的に青江の忠告を軽視した形になったことを悔いているようだ。

憂鬱《ゆううつ》な思いを抱えたまま、青江は車の外に目をやった。進めば進むほど雪が深くなっていくのがわかる。前に来たのは本格的な冬が来る前だ。雪が降り積もった後では火山ガスの発生が抑えられ、正確な調査ができないからだったが、裏を返せば冬場は危険な場所が至るところに潜んでいるということになる。

それからしばらくして到着した灰堀温泉村は、異様な雰囲気に包まれていた。古民家が並ぶ通りを、ガスマスクを着けた警察官が頻繁に行き来している。手にしている機器はガス検知器だろう。トランシーバーを使って何やら連絡を取り合っているが、その語気は荒い。

ところが意外なことに、そんな緊迫した空気にも拘《かか》わらず、明らかに温泉を楽しみに来たと思われる観光客の姿が少なからず見られるのだった。年寄りもいれば、家族連れもいる。カップルの姿もあった。

ほらね、と青江は奥西哲子にいった。

「さっきの夫婦が特に変わっているわけではないんだ。どんなに危険な状況でも、自分には火の粉が飛んでこないと信じている人間はいる」

「何の根拠もなく？」

「そう、何の根拠もなく」

摂津がハンドルを切った。車は北に向かった。

灰堀温泉村の配置はシンプルだ。メイン道路は東西に走っていて、主要な施設や商店、宿なども、殆《ほとん》どがその道に沿って並んでいる。南北に走る道は何本か走っているが、いずれもあまり幅はなく、その先は行き止まりだ。

この車が向かう先もそうだった。どこへも通り抜けられない。危険な火山ガスを発生させる沢が潜んでいるだけだ。

しばらく進んだところで、見張りの警察官によって止められた。ここから先は進入禁止だという。

「県警には話を通してあります。装備も用意してあります」

摂津が説明し、ようやく徒歩での通行が認められた。ただしガスマスクとゴーグルを装着するのが条件だ。それらは車のラゲッジスペースに積まれていた。

必要なもの以外は車に残し、ガスマスクとゴーグルを着けた恰好《かっこう》で青江は奥西哲子や摂津と歩きだした。これらの扱いには慣れている。前回も装着した状態で調査を行ったのだ。火山ガスの恐ろしさは誰よりもわかっているつもりだ。

宿の並ぶ集落からは少し離れているので、雪道で見かけるのは警察官ばかりだった。全員がガスマスクを着けている。ただし、特に何かの作業をしているようには見えない。おそらく現場に人が近づかないように見張っているだけだろう。

道の脇に古い祠《ほこら》が建っていた。前回調査をした時、この祠にまつわる話を一人の老人から聞いた。昔からこの付近で小動物などが死んでいることが多く、危険を知らせるために作られたのではないかということだった。

前方に空き地が現れた。警察官が十人ほどいる。そのうちの数名は防護服を着ていた。

摂津が近づいていって警察官の一人と話をし、すぐに戻ってきた。

「現場検証は終わっているそうです。濃度は低くなっているけれど、まだガスマスクは外せないから用心してくれとのことでした」

「ここの濃度はどれぐらいですか」青江は摂津に訊いた。彼が濃度計を持っているからだ。

「ちょっと待ってください」摂津は濃度計を作動させた。「ええと、五二ｐｐｍですね」

「五二……それは高いな」

硫化水素ガスは二〇から三〇ｐｐｍで呼吸器に影響が出る。一〇〇ｐｐｍ近くになれば、長く吸っていると肺水腫の恐れがある。

警察官たちに挨拶《あいさつ》してから前に進んだ。雪面は平らで、比較的硬い。常日頃から圧《お》し固められているのがわかる。

「立入禁止のはずなのに圧雪されていますね」

「そうなんです。さっきもいいましたが、たびたび除雪車が方向転換に使ってたみたいで」

摂津の言葉を裏付けるように、空き地の奥は雪が盛り上がっている。そこより先には除雪車も入っていかなかったのだろう。

「あの穴です」摂津が盛り上がった雪の一部を指した。幅一メートル弱の窪《くぼ》みが見える。その下は空洞なのだろう。

すぐ前にいる防護服姿の警官が、それ以上は近づくなとばかりに手で制した。

「思った通りの場所だ。あの下には温泉の流れる沢がある」

青江の言葉に、「おっしゃる通りです」と摂津は答えた。

ため息をつき、青江は改めて周りを見回した。長い木の棒が二本、Ｘ字になるように立ててある。危険を示す目印のつもりらしい。

「あれは、今回警察が立てたものですか」

だとしたら、ずいぶんとお粗末な代物だと思ったが、違います、と摂津は否定した。

「除雪の担当者らが立てたそうです。これより奥に進んだら危険だ、と除雪車の運転手に知らせるためのものだとか。彼等なりに注意していたといいましたが、このことです」

「なるほど、そういうことか」

自分たちだけがわかればいいのだからお粗末なわけだ、と青江は納得した。

先生、と今まで無言だった奥西哲子が話しかけてきた。

「その御家族、どうしてこんなところに来たんでしょう?」

「それは私も不思議に思っていたところだ」青江は摂津のほうを向いた。「家族がここで何をしていたのかはわかっているんですか」

いやあそれが、と摂津は声を少し大きくした。

「我々も首を捻ってるんですよ。一体、何のためにこんなところに入ったんだろうって。危険を示す看板が倒れてたことに気づかなかったのは村の落ち度ですが、御覧の通り、何もないところですから、観光客がわざわざ立ち入るとは思わんのですよ。ここからどこかへ行けるわけでもなく、行き止まりです。特に奇麗な景色も眺められない。それなのに何をしに来たのか、ここで何をしていたのか、まるで見当がつきません」

3

対策会議は灰堀温泉村の村役場で行われた。顔を揃えたのは県庁と村役場の人間のほか、警察、消防、保健所からの代表者たちだ。青江と奥西哲子はオブザーバーという肩書きで摂津から皆に紹介された。

まずは事故の概要と原因について警察や消防から報告がなされたが、家族の氏名や住所を除いては、青江が知っている以上のことはあまり出てこなかった。ただ一つ気になったのは、空洞の中で発見された少年の姿勢で、頭からつんのめるように倒れていたというのだった。

青江は手を挙げて質問した。「立った状態で雪の空洞を踏み抜いたのなら、ふつうは尻餅《しりもち》をついた状態で倒れているんじゃないですか」

説明に当たった消防の担当者は、部外者からの質問に当惑の色を見せた。

「そういわれても、発見された時の体勢が、そんなふうだったんですよ」

「すると上半身から突っ込んだってことでしょうか」

「上半身から……ですか」担当者は発見時の写真が貼られた書類に目を落とし、戸惑ったように言葉を切った。

「ああ、そうだな。そう考えたほうが合点がいく」地元の警察署長がいった。「雪が盛り上がったところを四つん這《ば》いで登っていったんだろう。で、手をついたところが突然抜けて頭から突っ込んで落ちた。うん、それだ。そうに違いない」

この中では格上の警察署長が断定的にいったせいか、なるほど、とか、もっともですな、といった同意の声が相次いだ。

警察署長は気を良くしたらしく、「さすがは専門家さんだけあって鋭い指摘だ」と得意顔を青江に向けてきた。

でも、と青江はいった。「なぜあんなところに上がったんでしょう？　雪が積み上げてあるところなんて、ほかにもたくさんある。もっと高く、もっと登り甲斐《がい》のあるところが」

警察署長の顔が不機嫌なものに変わった。「そんなことは登った本人に訊いてみなきゃわからんよ」

消防の担当者が手を挙げた。

「家族が泊まっていた『山田旅館』で聞いたんですが、あのあたりには近づかないよう、吉岡《よしおか》さんの旦那《だんな》さんには話してあったそうです」

吉岡というのは、今回の被害者家族の名字だ。

「真面目に聞いてなかったか、場所を勘違いしたか、じゃないかな」今まで無口だった村長が、呟くようにいった。「だとすれば、本人にも落ち度があったと……まあ、あまりこういうことをいってはいかんのかもしれないが」

「いや村長、その点は大事ですから、はっきりさせておいたほうがいいですぞ」警察署長がぴんと背筋を伸ばした。「場合によっては賠償金という話も出てくるかもしれませんからな。どの程度きちんと危険性が伝えられていたかどうか、改めて捜査してみましょう」

猫背気味の村長はさらに頭を低くして、よろしくお願いします、といった。少しでも村側の責任を軽くしたいのだろう。

今後の対策についての話し合いが始まった。現場に至る道を通行禁止にすることや、周辺のガス濃度を継続的に測定することなどはすぐに決まったが、営業中の宿や住民たちへの対応となると意見がなかなかまとまらない。それぞれの立場が違うからだ。

意見を求められた青江は、すぐに観光客や住民を避難させるよう提案した。

「前回の私の調査で、硫化水素ガスが噴出するポイントは、ある程度特定できています。ただ現在はどこも雪に覆われていて、その下がどうなっているのかは不明です。亀裂《きれつ》が生じている箇所や、今回のような空洞もあるでしょう。ガスは気体だから、少しでも隙間があれば入り込み、移動します。つまりどの場所からガスが漏れてきても不思議ではないということです」

この意見に警察や消防の人間たちは賛成した。住民や観光客がいなくなれば、自分たちの仕事が格段に楽になるからだ。だが観光を大きな財源とする村側は難色を示した。

「今ここで全員避難ということになれば、来年以降、冬場はここには人が住めんということになる。それはいくら何でも無茶というものだ」村長は、ぼそぼそと語った。口調に覇気はなかったが、断固とした意思は感じられた。

話し合った結果、自主性に任せる、という結論に落ち着いた。明日以降に避難勧告は出すが、強制力はない。宿には営業自粛を要請するが、これまたそれぞれの判断に委《ゆだ》ねるというわけだ。中途半端だと思ったが、オブザーバーにすぎない青江は、彼等が出した結論を覆す立場にはない。

会議後、青江と奥西哲子は、宿まで摂津に送ってもらった。宿は被害者家族が泊まっていた『山田旅館』だ。偶然ではなく、青江が希望したのだった。主人や従業員たちから参考になる話を聞けるかもしれないと思ったからだ。

『山田旅館』は県道に面した大きな旅館だった。摂津によれば、二十人以上が宿泊できる宿は、ここ以外には二軒しかないらしい。青江たちが前回宿泊したのは、そのうちの一軒だった。

摂津がチェックインの手続きを兼ねて、宿の主人を紹介してくれた。山田一雄《かずお》という五十歳ぐらいの男性で、この宿は彼の曾祖父《そうそふ》が建てたらしい。

青江の肩書きを聞き、山田は途端に恐縮の態度を見せた。

「それはそれは、どうも御迷惑をおかけしております」

「いえ、我々は迷惑だとは……。それよりあなた方が大変でしょう？」

「いやあ、参っております。こんなことは初めてです」

「予約はキャンセルが多いですか」

「三分の一程度ですかね。いらっしゃったお客様には、状況を詳しく説明するようにしています。ただ、大丈夫ですかと訊かれて、危険ですともいえず、困っています」

摂津が、「では先生、明日もよろしくお願いいたします」と青江たちにいって帰っていった。明朝から村役場で会議があるのだ。

「消防の人から聞いたのですが、事故現場が危険だということは、被害に遭った御家族にも伝えてあったとか」

青江が確認すると、そうなんですよ、と山田は大きく頷いた。

「吉岡さんから、散歩するのにお薦めのコースはありますかと尋ねられたんです。県道沿いに歩くのが一番ですよと答えました。その時、脇道はどうかとも訊かれたので、南に行けば古い神社があると教えました。でも北には行かないでくださいといいました。今の時期は火山ガスが溜《た》まってたりして危ないから近寄らないほうがいいんですと、それはもうはっきりと教えたんです。すると吉岡さんは、それは気をつけたほうがいいなとおっしゃってました。だから理解されたと思ったんですけど、わかってなかったんですかねえ」

「その時、奥さんや息子さんも一緒にいましたか」

「いえ、吉岡さんだけです。だから、二人には話さなかったのかもしれませんが」

青江は考え込んだ。今の話を聞くかぎり、吉岡一家があんな場所へ行く理由がない。

「本当に気の毒なことです。せっかくの楽しい家族旅行がこんなことになって、さぞかし無念だろうと思います」山田が、しみじみといった。

「奥さんや息子さんとも話をされたのですか」

「チェックアウトの時に少し。いい思い出ができたと奥さんは喜んでおられました。息子さんも楽しそうでしたね。元気なお子さんでした。今度野球を始めるんだといって、張り切っていたんですけどねえ」山田は腕組みをし、項垂《うなだ》れた。

「チェックアウト後、なぜすぐに車に乗らなかったのかな」

「なぜなんでしょうねえ。息子さんは何かゲームをするようなことをいってましたけど」

「ゲーム？　何のゲームですか」

「聞いてません。車の中でスマホを使ったゲームでもするんだろうとばかり……」

たしかに今の御時世、ゲームといえばそれだ。

「ああ、これはこれは、どうもっ」突然、男性の大きな声が聞こえてきた。すぐそばの階段から下りてきたのは、駅前で声をかけてきた白髪の男性だった。浴衣《ゆかた》の上から丹前を羽織っている。「またお会いしましたね。同じ宿でしたか」

ああどうも、と青江は曖昧《あいまい》に会釈する。何となく苦手なタイプなのだった。

「やっぱり来てよかったですよ。いやあ、いい湯です。もう二回も入っちゃいました。食事時のビールが旨《うま》いだろうと今から楽しみです」

「はあ、それはよかったですね」

「あなたも早く入ればいいですよ。仕事は終わったんでしょう？」

「そうですが……」

脳天気な台詞《せりふ》に対応する言葉を青江が探していると、すみません、と今度は後ろから声が聞こえた。女性の声だ。

振り返るとグレーのコートを羽織り、マフラーを巻いた女性が立っていた。年齢は三十代半ばといったところか。

「はい、いらっしゃいませ。ええと、お名前は」山田がカウンターの向こうに移動した。

「いえ、あの、予約はしていません」女性が小声でいった。

えっ、と山田が当惑した顔を上げた。

「予約してないんですけど、泊まりたいんです」女性は上目遣いに山田を見て、「だめでしょうか」と遠慮がちに続けた。

「あ、そうですかあ」山田は頭に手をやり、なぜか青江のほうを見た。断るべきなのかどうか、判断に困ったのだろう。何人分かのキャンセルが出ているわけだから、部屋は空いているはずだ。料理を出すことも、たぶん可能だ。

どうすべきか相談されても困ると思い、行こう、と青江は奥西哲子を促した。

「あっ、先生、部屋まで御案内します。——おーい、誰か」山田があわてた様子で奥に向かって声をかけた。

4

湯の中で手足を伸ばすと、全身の血が勢いよく駆け回る感覚があった。一日の疲労が立ち所に抜けていくような気がする。もちろん錯覚にすぎないのだが、この快感が人々を虜《とりこ》にするのだろう。

肩まで湯に浸かり、青江は浴場内を見回した。換気口は二つあり、一つは床面と同じ高さにある。これは環境省の指導通りだ。温泉が浴槽から常に満ち溢れているのも、贅沢な雰囲気を出すのが目的ではなく、安全性を考慮したものだ。一キログラムの湯の中に二ミリグラム以上の硫黄《いおう》が含まれている温泉には、いくつかの基準が設けられている。

だが屋外に関しては、これといった指針がない。濃度は日々変わるもので、昨日は安全だったからといって、今日もそうだとはかぎらない。とはいえ、どこもかしこも立入禁止にしていては生活に支障が出る。

それにしても――。

吉岡一家は、なぜあんなところに行ったのか。あそこで何をしていたのか。

山田の話が嘘とは思えない。危険な場所だと伝えたのは事実だろう。にも拘わらず、なぜ――自分がこんなことを考えても意味がないと思いつつ、気になって仕方がなかった。

大浴場を出た後、部屋で資料を眺めていたら夕食の時刻になった。食堂は二階だ。行ってみると、すでに奥西哲子が席についていた。青江はテーブルを挟んだ向かい側に腰を下ろした。

周りを見回せば十数人の客がいる。危険性をどこまで認識しているのか知りたかったが、尋ねるわけにもいかない。

おや、と隅の席に目を留めた。予約なしでやってきた女性が座っているからだ。

「あの女性、結局泊めてもらえることになったみたいだな」

奥西哲子が、ちらりと女性のほうに目をやった。

「満室じゃないし、宿としては断る理由がなかったんじゃないですか。それにしても、予約なしで、どうしてこんなところまで来たんでしょうね」

「一人旅をしていて、ふらりと寄る気になったということかな。でも事故のことを知らないわけがないと思うんだけどな」

料理が運ばれてきた。川魚や山の幸を使った素朴な献立だった。青江は少し迷ったが、ビールを頼むことにした。不謹慎というほどではないだろうと思ったからだ。

「これから食事ですか」頭上から声がした。見上げると、例の白髪の男性が笑っていた。

「ええ、まあ……」

見ればわかるだろうといいたいが、口には出せない。

「我々は部屋で食事を済ませたんですが、何だか少し物足りなくてね、山菜の佃煮《つくだに》でもつまみながら飲み直そうと思いまして」そういいながら男性は、断りもなく青江の隣の椅子を引き、腰を下ろした。

「奥さんはどちらに？」青江は訊いた。

「また温泉に入りに行きました。私以上に温泉好きでしてね」

あんたも入ってきたらどうだ、といいたいところだった。

尋ねもしないのに、男性は自己紹介を始めた。桑原《くわばら》という名字で、横浜《よこはま》で会社を経営しているらしい。

行き掛かり上、青江も名乗らざるをえなくなった。泰鵬《たいほう》大学と聞き、桑原は目を輝かせた。専門は何かとか、今回の事故に関して何を調べるのかとか、あれこれ質問してくる。

「ガス濃度とか、発生場所とか、いろいろです」答えながら目で奥西哲子に助けを求めたが、彼女は赤の他人のような顔で黙々と箸《はし》を動かしている。

「ほほう、大変そうですね。――おっ、あの女性もいますね」桑原が声をひそめていった。予約なしの女性に気づいたらしい。

「泊めてもらえたようですね」

「そうなんですよ。彼女、事故のことは知らずに来たそうです。予約しなかったのは、急に思い立ったからだとか」

「よく御存じですね」

青江がいうと桑原は、ふふふ、と意味ありげに含み笑いをした。

「じつは私が旅館の主人に口添えしたんです。キャンセルで部屋が余っているなら泊めてやればいいとね。時間が遅いし、追い返すなんてかわいそうじゃないですか」

どうやらこの男は、野次馬根性が強い上に、お節介な性格らしい。

ちょっと失礼、といって桑原は立ち上がった。問題の女性の席に近づくと、声をかけ、向かい側に座った。

「助かった」青江は吐息を漏らしてから、奥西哲子を睨んだ。「少しは私の代わりに相手をしてくれたらどうなんだ。教授が困っている時に助けるのが助手だろう」

奥西哲子は顔を上げ、瞬《まばた》きした。「困ってたんですか」

「当たり前だ。気づかなかったのか」

「会話が弾んで楽しそうだなと思って聞いていました」すました顔でいい、再び箸を動かし始めた。青江に文句をいう隙を与えてくれない。

横を見ると、いつの間にか瓶ビールが運ばれてきていた。青江はグラスに注ぎ、ごくりと喉《のど》に流し込んだ。

「美人ですからね」奥西哲子が、ぽつりといった。

「はあ?」

「噂の女性です」彼女は、わずかに振り返る仕草をした。「地味な雰囲気ですけど、よく見るとなかなかの美人です。そそられる男性も多いんじゃないですか」

「あの桑原って人、彼女を口説くつもりだというのか。奥さんが一緒なんだぜ」

「今回の滞在中にどうにかしようとは思っていなくても、連絡先の交換ぐらいは狙ってるかも。泊めてもらえるよう口添えするなんて、親切心だけではやりませんよ、ふつう」

先程の青江たちのやりとりを、聞いていないようで、じつはしっかり聞いていたようだ。

青江は食事を続けつつ、時折、桑原たちの様子を窺《うかが》った。桑原は女性の向かい側に居座ったままで、熱燗《あつかん》を手酌で飲みながら、しきりに何やら話しかけている。女性の顔は見えないが、さぞかし迷惑そうにしているのではないかと想像し、同情した。

食事の後、部屋に戻って明日の準備をしていると、ドアをノックする音がした。奥西哲子とは、明日のことについて十分に打ち合わせたはずだがと首を傾げ、腰を上げた。ドアを開け、内心げんなりした。桑原が立っていたからだ。

「お休みのところ、すみません。ちょっとよろしいですか」

「何でしょうか。大した御用でなければ、明日にしていただきたいんですが」

「すぐに終わります。どうしてもお耳に入れておきたいことがありまして」桑原は声をひそめていった。「例の女性、予約なしで泊まりに来た女性についてです」

またその話か、と青江はげんなりした。

「私とは関係がないと思うんですけど」

「いやそれが、大ありなんです」桑原が顔を寄せてきた。「今回の事故と関係があります」

えっ、と青江が声を漏らした時、一人の中年女性が通りかかった。不審げな視線を青江たちに走らせるのがわかった。

「とりあえず、中に入れてもらえませんか」桑原が小声でいった。

青江はため息をつき、どうぞ、とドアを大きく開けた。すみません、といって桑原が入ってきたが、部屋まで通す気はなかった。その場に立ったまま、「事故と、どういう関係があるんですか」と尋ねた。

それが、と桑原は深刻そうな声を出した。

「彼女といろいろな話をしたんですがね、どうもおかしいんです。この宿までのアクセス方法をネットで調べたというんですが、どんなふうに調べたかを訊いてみたら、この宿の公式サイトを見たといってみたり、旅館検索で調べたといってみたり、どうにもあやふやなんです。この宿のサイトには、すでに事故のことが出ています。そもそも『灰堀温泉』なんてワードでネット検索したら、続々と事故の記事が出てくるはずです。事故が起きたことを知らなかったなんて、あり得ませんよ。そう思いませんか」

話が本当なら、疑問を抱くのは尤《もっと》もではある。

「事故のことを知っていて、わざわざ来たと？」

「それしか考えられません。しかし我々のように以前から予約していたならともかく、そうでないのなら、事故のことを知った時点で、ふつうは自粛するはずです。ものすごい変わり者で好奇心を刺激され、現地を訪ねてみたくなるということはあるかもしれませんが、あの女性はどう見てもそういうタイプじゃない。それに、もしそうなら事故のことを知らないなんて嘘をつく必要がない」

桑原が淀《よど》みなく話した内容は、筋が通っていて説得力があった。単に野次馬根性が強いだけではなく、それなりの観察眼を備えているのかもしれない。

「事故について知っていながら、そのことを隠してでもこんなところへ来る理由が、あの女性にはあるということですね」

桑原は大きく頷いた。

「むしろ、事故のことを知ったから、その危険な場所へ行こうと思いついたのではないか、と私は考えているんです」

その言葉の意味は、青江にもわかった。

「彼女は自殺するためにやってきた、というわけですか」

「それ以外に考えられることがありますか」

桑原から逆に問われ、青江は言葉に窮した。「で、私にどうしろと?」と尋ねるしかなかった。

「先生たちは明日も調査するわけでしょう? たとえば危険な場所はどこか、とか」

「そうですが……」

「だったら、その途中でもし彼女を見かけたら、注意しておいてもらいたいんです。もしかすると、危険な場所を下調べしているのかもしれませんから」

桑原の依頼は妥当なものだった。たしかにそういう可能性は十分に考えられた。

「わかりました。気をつけておきます」

「よろしくお願いします。すみません、どうもお邪魔しました」桑原はドアを開け、出ていこうとした。

「ずいぶんと気になるようですね、あの女性のことが」青江は思わずいった。

桑原が振り向いた。たった今まで真剣だった顔に、笑みが浮かんだ。

「お察しの通り、少々下心がありました。でも彼女がここへ来た理由がそういうものだとすれば、それどころじゃない。何しろ、人の命がかかっている」そういった後、いや、と首を捻った。「それもまた正直ではないな。まだやっぱり下心は健在だ、と打ち明けておきましょう。どんな理由で自殺を考えたのかは知らないが、その悩みを聞いてやろうという下心がね。ただし、どうか妻には内緒ってことでお願いします」

青江は息を吐き、首を縦に振った。「了解しました。おやすみなさい」

「おやすみなさい」桑原は出ていった。

青江はドアを閉め、鍵《かぎ》をかけた。世の中には変わった人間がいる――改めて思った。

5

翌日の朝食後、青江たちは出かける支度を済ませると、一階の休憩室で摂津が迎えに来るのを待つことにした。ほかに客がいなかったので、青江は昨夜の桑原の話を奥西哲子に聞かせた。

「どう思う？」

青江の問いに、なるほどねえ、と奥西哲子は納得の色を示した。

「たしかにそんな理由でもなければ、急にこんなところへ来たくなるとは思えませんね。でも――」女性助手は首を捻った。「死ぬかなあ」

「どういう意味だ」

「どんな事情があるのかは知りませんけど、あの女性が死を選ぶかなあと疑問に感じたんです」

「どうして？」

だって、と奥西哲子は眼鏡のレンズを光らせた。「美人ですから」

「またそれか」青江は、がくっと肩を落とした。「美人だって、死にたい時はあるだろ」

「死にたいのと、実際に死を選ぶのは大違いです。死にたくなっても、美人の場合、大抵すぐに死なずに済む方法が見つかります」

「断定的だな」

「統計に基づいた推論です」奥西哲子の自信に満ちた口調は揺らがない。

「しかし科学者は常に例外を考慮に入れねばならない」

「わかっています。だからもし彼女の場合が例外なら、自殺する動機に興味があります」

「動機か。男にふられたとか？」

奥西哲子は、ふんと鼻を鳴らした。「そんなことで女は死にません」

「でもよくいうじゃないか。私を裏切ったら死んでやる、とか」

「演技です。そんな言葉を真に受ける男がいたとしたら、そいつはアホです」奥西哲子は冷めた目を青江に向けてきた。

「たとえば、の話だ」青江はいった。「私がそんなことをいわれたわけじゃない。とにかく、美人だから自殺しないなんていう決めつけは危険だ。もしあの女性を外で見かけたら、気をつけておこう」

それから間もなくして防寒服姿の摂津が休憩室に入ってきた。青江たちを見て、「今日もよろしくお願いします」と頭を下げた。

休憩室を出ると、宿主の山田が一人の男性と話しているところだった。男性は『消防』と記された腕章を着けている。二人は何やら揉《も》めている様子だ。

「どうかしたんですか」青江は山田に声をかけてみた。

「あっ、先生、どうにかしてくださいよ。避難しなきゃいけないなんて、そこまで大層な話なんですか」山田は助けを求める目をした。

「強制ではないといってるじゃないですか」消防の人間がいった。「あくまでも避難勧告。避難したほうがいいですよといってるだけです。住民の方もお客さんも、ここに残っていたい人は残ってても結構です」

「残っていいなら、避難勧告なんか出さなきゃいいでしょうが。この村は危ないと宣伝してるようなもんだ。来年以降、お客さんが来なくなったら、一体どうしてくれるんです？　旅館を閉めろとでもいう気ですか」

「実際、危ないんだから仕方ないでしょ。こちらにおられる青江先生がお調べになったデータなんかに基づいて、我々は判断しとるんですよ」

「危ない場所はわかってる。こっちは何十年も、この土地に住んでるんだ。あの家族にもきちんと教えました。教え方が悪かったということならいくらでも詫《わ》びますが、旅館を辞めろとまでいわれる筋合いはないっ」

「誰もそんなことはいってません。一時的に避難したらどうですかと勧めてるだけです」

「だからそれが余計なお世話だといっとるんだっ」

どうやら興奮して議論が嚙《か》み合わなくなっているようだ。長居していて火の粉が飛んできても面倒だと思い、こそこそと宿を出ることにした。

「やっぱり、全員避難というのは現実的ではないようですね」車に乗り込んでから青江はいった。

摂津が苦々しい顔で頷いた。

「旅館だけでなく、ふつうの民家でも同じような感じです。住民たちにしてみれば、火山ガスなんて、昨日今日の話じゃないんです。野鳥やタヌキが中毒死しているのをしょっちゅう見ているわけで、危険性を十分に認識しながら、これまでうまく付き合って生活してきた。事情のわからない余所者《よそもの》が死んだからといって、なぜ自分たちが避難しなきゃならんのかっていう気持ちなんでしょう。まあその言い分はわからんでもないです」

事情のわからない余所者か——被害者たちに浴びせるにはあまりに辛辣《しんらつ》な表現だが、平穏無事に暮らしてきた地元民としては、それが本音なのだろうと青江は思った。

摂津の車で最初に向かった先は、今回の事故現場だ。昨日と同様に立入禁止区域の手前で車から降り、マスクとゴーグルを装着した。

現場まで歩いていくと、警察関係者と思われる男たちと中年の男女がいた。二人は雪の上に花束を置き、手を合わせているところだった。

摂津が関係者の一人と言葉を交わしてから、青江たちのところへ戻ってきた。

「亡くなった吉岡さんのお姉さんと旦那さんだそうです」声をひそめていった。

なるほど、と青江は納得した。吉岡一家の遺体を引き取りに来たのだろう。遺体は行政解剖に回されているが、今日には戻ってくるはずだった。

遺族の一行が引き揚げた後、青江たちはガス濃度の確認などを行った。一〇ｐｐｍ以下だから、特に問題はない。実際、試しにゴーグルを外してみたが、目に刺激などは感じなかった。

周辺や、いくつかの危険ポイントを見回った後、村役場に向かった。会議室に行くと、消防や警察の担当者たちが深刻そうな顔で何やら話し合っている。今日は警察署長たちの姿はない。

「どうかしたんですか」摂津が問いかけた。

担当者たちは迷ったような表情で顔を見合わせた。やがて、警察の地域課から来ている田村《たむら》という人物が口を開いた。

「今日、御遺族がこっちに来られました。吉岡さんのお姉さん夫婦です」

「知っています。さっき、ちらりと見かけましたから」摂津が答えた。「それが何か？」

「いや、じつは……」田村は躊躇《ためら》いがちに続けた。「ちょっと気になる話を聞きまして」

「どんな話ですか？」

「それがですね、お姉さんがいうには、事故ではないかもしれないってことなんです」

「どういうことですか」

「内密にお願いしますよ」田村は声を落とした。「吉岡さん、先月、会社をお辞めになっているんです。しかもその理由というのが複雑でね、会社の金の使い込みを疑われたんだそうです。吉岡さんは認めなかったし、結局、誤解だと判明したらしいんですが、それ以来すっかり精神的に参っちゃって、しばらく休職した後、結局退職ということになったわけです。でもマンションのローンは残っているし、家庭もあるわけで、一体どうしたらいいんだろうとお姉さんのところへ相談に来たこともあったとか。その時、あまりに落ち込んでいる様子なので、早まったことをしなければいいのだけれど、と心配していたんだそうです」

「ちょっと待ってください」青江が横から口を挟んだ。「もしかすると自殺かもしれないってことですか」

「もしかすると、ですよ」田村は慎重な物言いをした。「でも可能性はあるってことです」

まさか、と青江は呟いたが、明確に否定できるほどの根拠はなかった。吉岡は山田から、あの場所が危険だと聞いていた。わざと足を踏み入れたのだとすれば筋は通る。

同時に、桑原から聞いた話も頭に浮かんだ。例の美人は、やはり自殺が目的でやってきたのだろうか。何年か前、硫化水素を使った自殺が相次いだことがあった。安らかに死ねる方法だと未《いま》だに信じている人間が少なくないのか。

この後に行われた対策会議でも、吉岡一家の死は自殺かもしれないという説が話題の中心となった。

「危険な場所だと聞いていて、わざわざ家族で行ったというのが理解できない。仕事を失ったことにショックを受けての自殺なら話がわかる」

「奥さんも同意してたのかな」

「それはわからんね。無理心中かもしれない」

「精神的に参ってたってことだから、所謂《いわゆる》うつ病だったんじゃないか。あれは自殺の原因として一番多いそうだ」

「自殺とすれば、たぶん無理心中だろう。少なくとも子供は事情を知らんかっただろうし」

口々に交わされる会話の中に、自殺説を否定する意見はなかった。誰もはっきりとはいわないが、自殺であってくれたら話が早いのに、と皆が考えているのは明らかだった。

村の責任が軽くなるからだ。

　青江は山田とのやりとりを反芻《はんすう》していた。あの場所の危険性を告げたのは吉岡にだけで、その場に妻や息子はいなかったということだった。吉岡が二人に教えず、無理心中を狙って、あの場所に連れていった可能性はゼロではない。

　いや――。

　ふと、思い出したことがあった。青江は手元の資料を読み直した。

「目撃された場所は、別でしたよね」

　青江がいうと、全員の目が彼に集中した。

「何のことですか」摂津が尋ねてきた。

「遺体が見つかる前のことです。吉岡さんたちのレンタカーが駐車場に残っていることに気づき、みんなで捜した。すると吉岡さんの姿は村の南で目撃されていて、奥さんと息子さんは北に向かって歩いているのが目撃されていた。で、二手に分かれて捜したところ、一家は北の空き地で倒れていた。たしか、そうでしたよね」

　摂津は何人かと頷き合ってから、青江のほうを向いた。「そうです」

「どうして吉岡さんだけ、最初は別の場所にいたんでしょうか」

「どうしてって……」摂津が再びほかの者と顔を見合わせた。

「何か別の用があったんじゃないですか」田村がいった。「もしかすると、無理心中に適した場所を探していたのかもしれない。でも結局、山田旅館で教わった場所が一番いいと判断して、その現場に移動した。その後、電話で奥さんたちを呼び寄せたというわけです。実際、奥さんのスマートフォンには、吉岡さんからの着信が残っていました」

「無理心中に適しているかどうか、どうやって判別するんですか。硫化水素が発生していそうな場所を探すんですか。そんなことをして、自分だけが中毒死することは考えなかったんでしょうか」

「私にそういわれても……」

田村は助けを求めるように周りを見回したが、発言する者はいなかった。

6

会議後、青江は奥西哲子と二人で、要注意箇所を見て回ることにした。青江が読み上げるガス濃度計の数値を奥西哲子が記録していく。背負ったバックパックの中には、いつでも装着できるようガスマスクとゴーグルが収められている。

住居がある地域では濃度計は殆ど反応していなかった。これでは住民たちが避難しようとしないのも当然か。

先生、と奥西哲子が青江の脇を突いてきた。「あれを」前方に視線を向けた。

いわれたほうに目をやり、はっとした。例の女性――桑原が気にしていた女性がいたからだ。立入禁止の看板の前で見張りに立っている警察官に、何やら話しかけている。

青江たちが近づいていくと、女性は二人のほうをちらりと見た後、そそくさとその場を離れ、近くに停めてあった車に乗り込んだ。ナンバープレートから、レンタカーだとわかった。

「あの人、レンタカーで来てるんですね」逃げるように走り去る車を見送りながら、奥西哲子がいった。

「そうだな……」

もし自殺するつもりだとしたら、車は放置する気か、と青江は思った。防寒着に身を包んで見張りに立っている若い警察官に、御苦労様です、と声をかけた。寒空の下でじっと立っているのは辛《つら》いだろう。警察官はほんの少し表情を和ませ、ぺこりと頭を下げた。

青江は名刺を出して自己紹介した後、「今の女性、何を話しかけてきたんですか」と訊いてみた。

「やっぱりガスのことです。今でも危険なガスが出ているのかとか、どの場所が一番危ないのかとか」

「何とお答えになったんですか」

「そういうことを今、いろいろな人たちが調べているので、はっきりしたことがわかるまで、とりあえず危なそうな場所はすべて立入禁止にしようってことになってると……」警察官は朴訥《ぼくとつ》な口調で話した後、「いけませんでしたか？」と窺うような目を向けてきた。

「いえ、それでいいと思います」

青江の回答に、若い警察官はほっとしたような顔を見せた。彼等も、未経験の状況にどう対応していいかわからず、下手な言動で騒ぎが広がるのを恐れているのだ。

その後も青江は奥西哲子と二人で村中を歩いた。さほど広い村ではないが、ところどころ凍ったところもあるので滑らないように用心する必要があり、移動には時間を要した。

村の南端あたりまで来た時、古い神社が目に留まった。

「ああ、この神社ですね」奥西哲子が得心したようにいった。

「これがどうかしたか？」

「今朝の会議でも出たじゃないですか。遺体が発見される前の吉岡さん一家の行動のこと。奥さんと息子さんが村の北に向かって歩いていた一方、吉岡さんは南側にいるところを目撃されてたって話でした」

「そうだけど、この神社とどういう関係がある？」

奥西哲子は苛立《いらだ》ったように眉を少しひそめた。

「昨日の摂津さんの話を聞いてなかったんですか。吉岡さんは神社のそばで煙草を吸っているところを目撃されたとおっしゃってました」

ああ、と青江は口を開けて頷いた。「そういえば、そんなことをいってたな」

「山田さんによれば、吉岡さんから散歩に適したコースを訊かれて、南に行けば神社があると教えたってことでした。だから実際に見に来られたんじゃないですか」

「なぜ一人で来たんだ?」

「そんなこと知りませんよ」

ガス濃度計の数値を見たところ、ほぼゼロだった。当然だ、と青江は思った。前回の調査でも、このあたりではガスの発生は確認されていない。

吉岡は、なぜこんなところで一人で煙草を吸っていたのか。無理心中する場所を探していたとしても、ここでは硫黄の臭いすらしない。

村役場の近くまで戻ると、道路脇で摂津が一人の中年女性と立ち話をしていた。青江たちに気づいたらしく、先生、と手招きしてきた。

「紹介しておきます。こちら、事故当日に吉岡さんの奥さんと息子さんを目撃したサトウさんです」

「あ、そうなんですか」青江は女性のほうを向いた。サトウさんは、ややぽっちゃりした体形で顔も丸い。

「今ここでたまたま会ったものですから、改めてその時のことを思い出してもらっていたんです。二人の様子とか」摂津がいった。

「どうでしたか」青江はサトウさんに訊いた。

「そう訊かれてもねえ」サトウさんは首を傾げた。「すれ違っただけだから、よく覚えてないんですよ。鳥居がどうとかいうのが聞こえましたけど、神社に行くには方向が逆ですしねえ」

「鳥居？　ほかにはどんなことを話してましたか」

サトウさんは顔をしかめ、手を横に振った。

「すれ違っただけだといったじゃないですか。それ以上のことは聞いちゃいませんよ」

それもそうかな、と青江も納得せざるをえなかった。会話の断片を覚えていただけでも大したものなのかもしれない。

「もういいですか。私、買い物の途中なので」サトウさんがいった。

「あ、もう結構です。ありがとうございました」青江は礼を述べた。

サトウさんはくるりと背を向け、歩きだした。だがすぐに立ち止まり、振り返った。

奥西哲子の手元をじっと見つめている。彼女はバインダーを手にしていた。各所のガス濃度を記録した書類を留めてあるのだ。

「どうかしましたか」

青江が尋ねるとサトウさんは考え込む顔になって戻ってきた。

「紙を持ってたような気がします」

「紙？」

「息子さんが、です。こうやって広げた紙を両手に持って歩いていたように思うんです」サトウさんは両手で紙を持つ恰好をした。

「どんな紙でしたか」

「どんなって、ふつうの白い紙だったんじゃないでしょうか。ごめんなさい、そこまでは覚えてないです」

「ふつうの紙か……」

「ごめんなさいね、大した話ができなくて」そういってサトウさんは去っていった。

すみません、と摂津が頭に手をやった。「わざわざ先生たちを呼び止める必要はなかったですね」

「いや、そんなことはないですけど」

三人で村役場に向かう途中、あるものが目に留まり、青江は立ち止まった。道端に立てられた、村内地図を描いた看板だ。神社を示す鳥居のマークを見つめているうちに、不意に閃《ひらめ》いた。

「もしかすると……」青江は踵《きびす》を返し、足早に今来た道を戻り始めた。

「どこへ行くんですか」奥西哲子が追ってきた。摂津もついてくる。

「さっきの神社だ。とんでもないものが見つかるかもしれない」

「何ですか、とんでもないものって？」

それは、といって青江は足を止めた。「見つけなければわからない」

「はあ？」

「とにかく急ごう」青江は小走りになった。

神社まで戻ると、青江は周囲を見回した。事故があった場所と同じように、雪が道路脇に寄せられている。その表面を注意深く観察しながら移動した。

「一体、何を探してるんですか」奥西哲子が訊いてきた。

「目印だ」

「目印？」

「私の推理が正しければ、どこかに目印があるはずなんだ」

答えながらも青江は雪面に目を走らせる。どんな目印かについても、見当がついていた。

やがて青江は足を止めた。雪の上に木の枝が置かれているのを見つけたからだ。枝は二本あり、Xの字を書くようにクロスさせてある。

枝を取り除き、手袋を嵌《は》めた手で雪を掘っていった。すぐに手応《てごた》えがあった。何かが埋められているのだ。

取り出したものはビニール袋に入れられていた。あっ、と隣で奥西哲子が声を漏らした。

「先生、それは……」摂津が何かいいかけたが、続ける言葉が見つからない様子だ。

「摂津さん、大至急捜してもらいたいものがあります」青江はいった。

7

捜し物が見つかったという連絡が摂津から入ったのは、日が沈みかけた頃だった。青江たちが村役場で待っていると、間もなく摂津が戻ってきた。

「危険な場所でしたから、警察の人たちに防護服を着て捜してもらいました。やっぱりあの、雪の空洞内に落ちていたそうです」そういって摂津は一枚の紙を出してきた。

「警察で調べるということなので実物は渡しました。で、コピーを取ってきました。すごいですね。先生の推理通りでしたよ」

受け取ったコピー用紙を見て、青江は息を呑《の》んだ。摂津がいうように、予想通りのものが描かれていた。

それは簡単な地図だった。道を示す線が何本か引かれ、林や建物を表すイラストが足されている。さらには鳥居のマーク、そしてそこから少し離れたところにXの印――。

吉岡一家がチェックアウトした時、少年が山田に、「これからゲームをする」といっていたらしい。何のゲームなのか。青江はそれが何となく気になっていた。

「サトウさんの、「息子さんは広げた紙を持って歩いていた」という話と、村内地図の看板から閃いた。ゲームとは、もしかすると宝探しゲームではないのか。少年が歩きながら持っていた紙は、宝の在《あ》り処《か》を示す地図だったのではないか。

その地図を描いたのは誰か。少年と一緒に行動していた母親ではないだろう。つまり父親ということになる。そう考えると、父親だけが南の神社のそばにいたことが気になる。彼は何をしていたのか。

息子と妻が現れるのを待っていたのではないだろうか。なぜなら宝の隠し場所は、その近くだったからだ。地図の通りに進めば、そこに辿り着くはずだった。地図に描かれた鳥居のマークは神社を示していた。

ところが一向に二人が現れない。心配になった吉岡は、捜し始めた。やがて村の北側に進み、例の祠を見つけた。もしやと思い、さらに奥まで進んだ。息子が、地図の鳥居マークを祠だと思い込んだおそれがあるからだ。

こうして問題の空き地に行った吉岡は、倒れている妻を見つけた。さらには空洞に落ちている息子にも気づいた。助けようとしたが、硫化水素ガスを吸ってしまい、即座に気を失った――。

少年と母親がガスを吸った経緯は容易に想像がつく。地図を読み間違えてしまったのだ。不幸なことに問題の空き地には、除雪車に侵入限界ポイントを示すための、X印の枝が立てられていた。そこを掘ろうとして、少年は雪の空洞を踏み抜いてしまったというわけだ。

「不幸な偶然がいくつも重なってしまったんですね」地図のコピーに目を落とし、奥西哲子が沈んだ声で呟いた。

青江は会議机の上を見た。その上にはビニール袋に入ったものが置かれている。袋の中身は新しいグローブだった。それには、『お誕生日おめでとう』と書いたカードが付けられていた。

8

宿に戻る頃には、あたりは真っ暗になっていた。カウンターに山田がいて、お帰りなさいませ、と頭を下げてきた。

「大変なことがわかりましたよ」

そう前置きし、青江は吉岡一家の悲劇の原因について説明した。話を聞くと、山田は目と口を大きく開いた。

「そういうことでしたか。いやあ、それは何とも痛ましい話ですなあ」山田は顔をしかめ、身体をよじらせた。

「結局のところ、立入禁止の看板が倒れていたのがいけなかったわけです。そこで危険な場所については、きちんと表示が成されているかどうか、改めて確認するということになりました」

「そうですか。私もこれからお客さんたちには、そういうところには近寄らないでくださいと、これまで以上にしっかりと話すようにします」山田は真剣な顔つきでいった。

昨日と同じように、夕食前に大浴場で身体を温めることにした。湯船に浸かって手足を伸ばしていると、入り口のドアが開き、桑原が入ってきた。やあこれはどうも、と声をかけてきたので、こんばんは、と挨拶した。

「いかがですか、調査のほうは」桑原は青江のそばに寄ってきた。

「まあ、ぼちぼちです」

この男にまで事故の原因を話す必要はないと思った。例の女性を見かけたことも黙っていることにした。あれこれ訊かれたら面倒だ。

青江が身体を洗っていたら、お先に、といって桑原は出ていった。意外に烏《からす》の行水だ。あるいは、短時間の入浴を何度も繰り返すのが好きなのか。

ところが青江が服を着て大浴場を出ると、廊下に桑原の姿があった。窓際に立ち、スマートフォンで電話をしているところだった。青江をちらりと見てから電話を切った。

「参りましたよ、こんなところにまで仕事の電話がかかってくる」

「それは大変ですね」

俺の知ったことか、と青江は腹の中で呟いた。

桑原が窓の外を見て、おや、といった。

「どうかしたんですか」

「あの女性です。どこへ行くんだろう」

青江は桑原の横に立ち、窓の外を見下ろした。人気のない道を一人の女性が歩いている。その後ろ姿から、たしかにあの女性だと思われた。

「こんな時間に一人で出ていくなんて、一体どんな用があるんだろう。気になるな」桑原は呟いた。

車に忘れ物でもしたんじゃないか、と青江は思ったが、口には出さなかった。なぜ彼女がレンタカーで来ていることを知っているのか、説明するのが面倒だったからだ。

何でしょうね、とだけいい、青江は窓から離れた。

一旦《いったん》部屋に戻ってから食堂に向かった。奥西哲子はまだ来ていなかった。ビールを頼もうかどうか迷っていると、彼女が入ってきた。

「君が遅れるなんて珍しいな」

「すみません。村の地図をゲットしておこうと思って一階に探しに行ったんですけど、見当たりませんでした」

「村の地図？　何のために？」

「先生が今回のことをレポートにまとめる際、参考になるのではと」

「レポート？　そんなもの、書く気はないぞ」

奥西哲子が黒縁眼鏡に手をかけた。「書いたほうがいいと思いますよ」

「どうして？」

「宣伝になるからです。地球化学の。知名度、かなり低いですからね」

うっ、と青江は言葉に詰まった。

「ところで、あの人を見かけましたよ。あの変わった人。桑原さん……でしたっけ」

「君もか。私も風呂《ふろ》で会った。あの人、一階で何をしてたんだ」

「してたというより、出ていかれたんです。外へ」

えっ、と青江は奥西哲子の顔を見返した。「外へ出ていった？」

「はい。何でしょうね、こんな時間に一人で」

「もしかすると……あの人を捜しに行ったのか？」

「捜しに？　誰をですか」

青江は奥西哲子に、風呂から出た直後の桑原とのやりとりを話した。

「そうですか。あの女性が一人でねえ。でもそれで捜しに行ったのだとしたら、相当に御執心ってことですね。奥さんが一緒だっていうのに」

「ちょっと心配だな。変な場所へ足を踏み入れなきゃいいけど」

考えれば考えるほど気になってきた。あの女性に一目惚《ぼ》れしたのかもしれないが、自殺を心配するのなら警察に相談すればいいのではないか。

「奥西君、悪いけど一緒に来てくれないか」椅子から腰を上げながら青江はいった。

「いいですけど、どこへ？」

「奥さんに訊いてみるんだ。何か別の理由で外出したのかもしれない」

食堂を出ると山田を見つけ、桑原の部屋を訊いた。彼等の部屋は青江たちの一つ上の階にあった。部屋の前まで行くとドアをノックした。はい、と女性の声が応え、間もなくドアが開いた。

「……何でしょうか」桑原の妻が不安そうな顔を覗《のぞ》かせた。

「旦那さん、お出かけになりましたよね。何をしに出ていかれたんでしょうか」

青江の問いに、桑原の妻は訝《いぶか》しげに眉根を寄せた。「どうしてそんなことを……」

「御承知の通り、現在、村には危険なところがあります。なるべく外出は控えたほうがいいんです。ましてや、こんな時間には。差し支えなければ、外出の理由を教えてもらえませんか」

桑原の妻が唾《つば》を呑み込むのがわかった。

「理由は……知りません」

「知らない？　訊かなかったんですか」

「あの人は、どんな時でも勝手に行動して、私には何も話してくれなくて……。だから、あの、知らないんです。ごめんなさい、もういいですか。疲れてるので」

「いや、でも――」

青江の言葉を遮るように、ばたんとドアが閉まった。

「どういうことだろうな。亭主が一人で宿を抜け出したというのに、理由を知らないままでいいのか」

首を捻りながら青江は歩きだそうとしたが、奥西哲子がついてこない。訝しく思って振り返ると、険しい顔でじっと青江を見つめてきた。

「どうした？」

奥西哲子は徐《おもむろ》に口を開いた。

「あの人、たった今まで泣いていたんじゃないでしょうか」

「えっ？」

「左手に握りしめたハンカチが濡《ぬ》れていました。目も赤かったと思いませんか」

青江は瞬きした。ハンカチには気づかなかったが、目は赤かったような気がした。

それに、と奥西哲子は続けた。

「ハンカチを握りしめた手が震えていました。何かに怯《おび》えるみたいに。これから起きることを知っていて、それで怯えているのではないでしょうか」

青江は、はっとした。女性助手が何をいいたいのか、理解した。

もう一度ドアをノックした。桑原さん、くわばらさん、と呼びかけた。

再びドアが開き、桑原の妻が顔を見せた。たしかに目が充血している。先程よりも赤い。

「教えてください。何のために旦那さんが出ていったか、御存じなんでしょう？　何をするつもりなのか、知っているんでしょう？」

青江が詰問すると、彼女の顔はぐにゃりと歪んだ。支えを失ったように膝《ひざ》から崩れ、わああ、と泣きだした。

警察によって桑原が保護されたのは、青江が彼の妻を問い詰めてから約三十分後のことだった。場所は今回の事故現場の近くで、見つかった時、桑原は一心不乱に雪を掘っていたという。掘れば硫化水素ガスが出てくると思っていたらしい。

村役場の会議室で、青江は憔悴《しょうすい》しきった桑原と対面した。周囲には警察や消防の関係者もいる。青江からの連絡を受け、桑原の捜索に駆り出された人々だ。

「説明してもらえますか。大体のことは見当がついているけど、あなた自身の口から真実を聞きたいので」

青江の言葉に、桑原はこくりと頷いた。それからぼそぼそと話した内容は次のようなものだった。

経営している会社の業績が悪化しており、今のままでは破綻《はたん》するのは確実だった。大きな借金が残っており、自宅も手放さねばならない状況だが、それは構わなかった。桑原が辛いと思ったのは、これまで世話になってきた人たちに迷惑をかけることだった。金銭面だけでなく、いろいろな形で応援してくれた人たちに顔向けできないと思った。

そこで思いついたのが生命保険だ。多額の保険に入り、事故を装って死のうと決心した。妻は反対したが、これしか道はないといって説得した。

アイデアはあった。以前、訪れたことのある灰堀温泉だ。火山ガスの出る危険な地域があると聞いていた。そんなところで中毒死したとしても、誰も自殺だとは思わないだろうと考えた。

そこで予約を入れたが、思いがけないことが起きた。どこかの家族が、先に事故死してしまったのだ。桑原は焦った。事故が起きたとなれば、監視が強化されるだろう。仮に見張りの目をかいくぐったとしても、今度は、なぜわざわざ危険なところに足を踏み入れたのか、自殺ではないのか、と疑われるのは必至だった。

悩んだ末に思いついたのが、謎の自殺志願者を仕立て上げることだった。その人物の自殺を食い止めようとして捜しに出て、危険地域に足を踏み入れてしまい、中毒死してしまった、というシナリオを組み立てた。

急遽《きゅうきょ》、知り合いのホステスにバイトを持ちかけた。温泉地で指示通りの行動を取ってくれたら十万円さしあげます──この話にホステスは乗った。もちろん、詳しい計画内容は教えていない。

このストーリーを成立させるには証人が必要だった。青江を選んだのは、ホステスが宿に現れた時、たまたまその場に居合わせたからだが、事故を調査している学者だというのも都合がいいと思った。一般客以上にガスの危険性を認識しているだろうから、謎の女性客は自殺志願者かもしれないという桑原の話に、真剣に耳を傾けてくれるに違いないと睨んだ。

ホステスが宿から一人で出ていくところを青江に目撃させたのも、もちろん計画的だ。青江が風呂から出た時、桑原は電話をかけていたが、話している相手はホステスだった。青江に目撃させるため、宿を出るタイミングを教えていたのだ。

そのホステスは、今頃はレンタカーで駅へ行き、東京に向かう列車に乗っているはずだった。早ければ明日のニュースで桑原の死を知るかもしれないが、自分がどんなことを頼まれたかを警察に話すことはおそらくないだろうと踏んでいた——。

桑原がすべてを告白した後、しばらく誰も声を発しなかった。皆が青江の言葉を待っている気配があった。

青江は深いため息をついてからいった。「あなたは馬鹿だ」

桑原の肩がぴくりと動いた。そんな彼を見下ろして青江は続けた。

「あなたがどこで死のうと、どんな死に方をしようと、私にはどうでもいい。勝手に死ねばいい。でもこれだけはいっておく。自殺を事故に見せかけるなど言語道断。自殺するなら遺書を残しなさい。村が迷惑だ。村人たちの生活を何だと思っているんだ」

桑原が首を縦に折った。頷いたのか、項垂れたのかはわからない。

9

青江が赤熊温泉駅に着いたのは、D県警の室田《むろた》から要請を受けた翌日だ。朝一番の電車に乗って、やってきたのだ。ホームまで迎えに行きますと室田がいったので、電車を降りてから周りを見たが、それらしき人物の姿はない。

仕方がないので、ベンチに腰を下ろして待つことにした。木製のベンチは冷えていて、尻を乗せた直後は背筋に寒気が走った。

　ホームに人気は少なかった。母娘《おやこ》連れと思われる二人と、登山用ジャケット姿の若者がいるだけだ。若者はフードを頭から被《かぶ》っていた。彼等は青江が乗ってきたのとは逆向きの電車を待っているらしい。

　女の子がカラフルなものをどこからか出してきて、遊び始めた。昔懐かしい紙風船だ。手の上で器用に弾ませている。

　すると突然、強い風が吹いてきた。寒さが身体の芯《しん》まで沁《し》みる冷たい風で、青江は身体を縮めた。

　あっという声が聞こえた。女の子が見上げている。青江も視線を移した。紙風船が空中を舞っていた。今の風で飛ばされたらしい。

　かわいそうに、と青江は思った。このままでは紙風船は線路上に落ちるだろう。

　その時、フードを被った若者がすっと動きだした。数メートルほど移動し、ホームの縁《へり》に立った。さらに右手を前に伸ばした。

　空中を漂っていた紙風船が、ふわり、と彼の右手に載った。

　青江は目を瞬いた。何だろう、今のは。彼は何をしたのか。風に飛ばされていた紙風船を受け止めた。ただ、それだけのことだろうか。まるで彼には紙風船の落ちる位置が予《あらかじ》めわかっていて、そこに手を差し出しただけのように見えたのだが――。

　若者は、はい、といって女の子に紙風船を渡している。ありがとう、と女の子は礼をいった。若者の顔はフードのせいでよく見えない。

「青江先生ですか」不意に声をかけられた。二人の男性が駆け寄ってくるところだった。

そうです、と青江は立ち上がった。

「いやあ、遅れてすみません。いろいろと手間取ってしまいまして。私が電話をさしあげた室田です」そういって名刺を出してきたのは、四角い顔に太い眉をした、どこか下駄《げた》を連想させる人物だった。

はじめまして、といって青江も名刺を出した。

その時、電車が入ってきた。四両編成の短い電車だ。

「先生、どうも遠路はるばるありがとうございます」

室田は、もう一人の男性を紹介した。磯部《いそべ》という県の環境保全課から出向してきている職員だった。磯部は眼鏡をかけて少し出っ歯という、一昔前の外国マンガで描かれる日本人そのものの外見をしていた。

「このたびはお世話になります」磯部は深々とお辞儀をした。

「さあ、行きましょう。車を用意してありますので」

室田に促され、青江は歩きだした。何となく気になったので振り返ると、あの若者も母娘連れも電車に乗った後だった。

駅の前に停めてあったパトカーで現場に向かった。運転するのは若い警察官だ。助手席には室田が座った。

「硫化水素による中毒死ということですが、事件性が疑われているんですか」青江は隣にいる磯部と助手席の室田を交互に見ながら訊いた。

「いや、電話でも少しお話ししたと思いますが、事件という扱いではないです」室田が答えた。「警察の見解としては、あくまでも事故です。それ以外には考えにくいと思います。ただ、事故が起きる可能性を地元の人間がどこまで把握していて、どこまで適切な対策を取っていたか、あるいは取っていなかったか、という点が問題になっております。要するに過失があったかどうか、です」

「地元の住民たちの話によれば、こんなことは初めてだってことなんですけどねえ」磯部が弁護するようにいった。

「赤熊温泉では初めてかもしれないけど、ほかの温泉地では事故が起きているわけでしょ。だったら自分たちのところでも起きるかもしれないと考えて、二重三重の防止策を講じておく必要があったのではないか、という話なわけですよ」

正論としかいいようのない室田の言葉に、青江は簡単には同意できない。長い年月をその土地で暮らしてきた人々にとっては、硫黄の臭いが漂っているのがふつうなのだ。対策していないのは落ち度だ、とまではいいきれない。

改めて灰堀温泉村での出来事が頭によぎる。今回もまた、不幸な偶然がいくつか重なったのだろうか。

パトカーが止まったのは、登山道入り口と書かれた看板の前だった。しかし今はロープが張られており、そこから先へは通行できないようになっている。

警察車両が何台か停まっており、防毒マスクを着けた警察官の姿があった。

「申し訳ないのですが、ここからは徒歩でお願いします」

室田の言葉に、大丈夫です、と青江は答えた。

用意されていたマスクとゴーグルを装着し、青江は室田や磯部たちと共に登山道を歩いていった。否《いや》が応でも灰堀温泉村に行った時のことを思い出す。だがあの時とは決定的に違う点があった。今シーズン、ここにはまだ雪が降っていない。灰堀温泉村にあったような雪の空洞は、どこにもないはずだ。

途中、登山道から脇道に入った。正式な道とは思えない。獣道だろう。

「被害者は、なぜこんなところを進んだのですか」青江は訊いた。

「道を間違えたみたいです」室田が答えた。「赤熊の滝という、はっきりいって大した名所でもない滝があるんですが、被害者と奥さんは、そこへ行こうとしていたそうです」

「なるほど」

不幸な偶然の一つ目がそれなのだろうか、と青江は思った。

さらに進んでいくと、やがて細長い窪地に出た。左右から山が迫っているのだ。すぐ下に沢がある。

防寒服を着た数人の男性が、何やら作業をしていた。室田たちを見て会釈してきたから、関係者なのだろう。

室田が足を止めた。「被害者が倒れていたのは、このあたりです」

青江は周りを眺めた。窪地だから、空気より重い硫化水素が滞留しやすいのは事実だ。どんな状況で事故が起きたのだろうと考え、ふと疑問が湧いた。

「被害者は奥さんと一緒だったんですよね。奥さんのほうは無事だったんですか」

「いや、事故が起きた時、奥さんはいなかったんです」室田が答えた。

「いなかった？　どうしてですか？」

「奥さんによれば、このあたりまで来たところで、カメラのバッテリーを持ってくるのを忘れたことに気づいたんだそうです。それで旦那さんを残し、一人で宿に取りに戻ったわけですが、改めてここへ来てみたら旦那さんが倒れていた、ということなんです。それであわてて宿に連絡し、救急車を呼んだとか」

「カメラのバッテリーを……」

「いってみれば、不幸中の幸いですよ」磯部が口を開いた。「奥さんはまだ若くてね、三十歳かそこらじゃないですかね。もしそのまま一緒にいたら、旦那さん同様、中毒死していたと思います」

「へええ……」

青江が声を漏らした時、一陣の風が吹き抜けていった。硫化水素ガスが滞留していたとしても、一瞬にして消し去るだろうと思える強い風だった。

青江は細長く続く窪地の先へ目をやりながら考え込んだ。どんな条件が揃えば、この場所で、人が中毒死するほどまで硫化水素ガスの濃度が高まるだろうか。

不幸な偶然の重なり――そんな簡単な言葉で片付けていいものだろうか。

しかしそれ以外には考えられない。人為的なものが関わる余地などゼロだ。この世に魔力とでもいうべきものが存在しないかぎりは――。

なぜか、さっき見た紙風船が頭に浮かんだ。

本書は二〇一八年三月に小社より刊行された単行本を文庫化したものです。

魔《ま》力《りよく》の胎《たい》動《どう》

東《ひがし》野《の》圭《けい》吾《ご》

令和3年 3月25日 初版発行
令和6年 8月10日 15版発行

発行者●山下直久

発行●株式会社KADOKAWA
〒102-8177 東京都千代田区富士見2-13-3
電話 0570-002-301(ナビダイヤル)

角川文庫 22593

印刷所●株式会社KADOKAWA
製本所●株式会社KADOKAWA

表紙画●和田三造

●お問い合わせ
https://www.kadokawa.co.jp/ (「お問い合わせ」へお進みください)
※内容によっては、お答えできない場合があります。
※サポートは日本国内のみとさせていただきます。
※Japanese text only

ISBN 978-4-04-109674-1 C0193

角川文庫発刊に際して

角　川　源　義

第二次世界大戦の敗北は、軍事力の敗北であった以上に、私たちの若い文化力の敗退であった。私たちの文化が戦争に対して如何に無力であり、単なるあだ花に過ぎなかったかを、私たちは身を以て体験し痛感した。西洋近代文化の摂取にとって、明治以後八十年の歳月は決して短かすぎたとは言えない。にもかかわらず、近代文化の伝統を確立し、自由な批判と柔軟な良識に富む文化層として自らを形成することに私たちは失敗して来た。そしてこれは、各層への文化の普及滲透を任務とする出版人の責任でもあった。

一九四五年以来、私たちは再び振出しに戻り、第一歩から踏み出すことを余儀なくされた。これは大きな不幸ではあるが、反面、これまでの混沌・未熟・歪曲の中にあった我が国の文化に秩序と確たる基礎を齎らすためには絶好の機会でもある。角川書店は、このような祖国の文化的危機にあたり、微力をも顧みず再建の礎石たるべき抱負と決意とをもって出発したが、ここに創立以来の念願を果すべく角川文庫を発刊する。これまで刊行されたあらゆる全集叢書文庫類の長所と短所とを検討し、古今東西の不朽の典籍を、良心的編集のもとに、廉価に、そして書架にふさわしい美本として、多くのひとびとに提供しようとする。しかし私たちは徒らに百科全書的な知識のジレッタントを作ることを目的とせず、あくまで祖国の文化に秩序と再建への道を示し、この文庫を角川書店の栄ある事業として、今後永久に継続発展せしめ、学芸と教養との殿堂として大成せんことを期したい。多くの読書子の愛情ある忠言と支持とによって、この希望と抱負とを完遂せしめられんことを願う。

一九四九年五月三日

角川文庫ベストセラー

鳥人計画　東野圭吾

日本ジャンプ界期待のホープが殺された。ほどなく犯人は彼のコーチであることが判明。一体、彼がどうして？　一見単純に見えた殺人事件の背後に隠された、驚くべき「計画」とは⁉

探偵倶楽部　東野圭吾

「我々は無駄なことはしない主義なのです」――冷静かつ迅速。そして捜査は完璧。セレブ御用達の調査機関〈探偵倶楽部〉が、不可解な難事件を鮮やかに解き明かす！　東野ミステリの隠れた傑作登場‼

さいえんす？　東野圭吾

「科学技術はミステリを変えたか？」「男と女の〝パーソナルゾーン〟の違い」「数学を勉強する理由」……元エンジニアの理系作家が語る科学に関するあれこれ。人気作家のエッセイ集が文庫オリジナルで登場！

殺人の門　東野圭吾

あいつを殺したい。奴のせいで、私の人生はいつも狂わされてきた。でも、私には殺すことができない。殺人者になるために、私には一体何が欠けているのだろうか。心の闇に潜む殺人願望を描く、衝撃の問題作！

さまよう刃　東野圭吾

長峰重樹の娘、絵摩の死体が荒川の下流で発見される。犯人を告げる一本の密告電話が長峰の元に入った。それを聞いた長峰は半信半疑のまま、娘の復讐に動き出す――。遺族の復讐と少年犯罪をテーマにした問題作。

角川文庫ベストセラー